Alles darf nicht so ernst genommen werden!

Im Verlag CW Niemeyer sind bereits folgende Bücher der Autorin erschienen:

SchattenHaut
SchattenWolf
SchattenGift
SchattenTod
SchattenGrab
SchattenSchwur
SchattenSucht
SchattenGier
SchattenZorn
SchattenQual
SchattenSchuld
SchattenSchnee
FriesenNerz
FriesenGeist
FriesenSpiel
FriesenLust
FriesenSchmutz
KurzKrimis und andere SchattenSeiten

FSC www.fsc.org
MIX
Papier aus verantwortungsvollen Quellen
FSC® C104608

Der CO_2-Ausstoß dieses Druckproduktes wurde mit ClimateCalc berechnet und kompensiert:

www.climatecalc.eu
Cert. no. CC-000094/DK

Bibliografische Information der Deutschen Nationalbibliothek
Die Deutsche Nationalbibliothek verzeichnet diese Publikation in der Deutschen Nationalbibliografie; detaillierte bibliografische Daten sind im Internet abrufbar über http://dnb.ddb.de

www.niemeyer-buch.de

Umschlaggestaltung: C. Riethmüller
Der Umschlag verwendet Motiv(e) von 123rf.com
Druck und Bindung: Nørhaven, Viborg
Printed in Denmark
ISBN 978-3-8271-9389-6

Prolog

Es war auch jetzt am frühen Morgen schon wahnsinnig heiß in Neuharlingersiel. Ganz ungewöhnlich für den Landstrich an der Nordseeküste. Selbst die Einheimischen schüttelten mittlerweile den Kopf. Die Hundstage schienen in diesem Jahr nicht vergehen zu wollen. Man verschanzte sich jetzt gerne in den Kellern, wo man sowieso während der Saison wohnte, um seine eigenen Räume gewinnbringend zu vermieten. Dort war es schön kühl, während die Touristen schwitzten, aber die konnten ja auch ans Meer zum Baden gehen.

Weitere 14 Tage mit Extremtemperaturen hatte der Wetterfrosch angesagt. Inzwischen erhielt er anonyme Morddrohungen. Hitze machte manche Menschen zu Untieren. Ihre wahre Natur drang an die Oberfläche. Andere wiederum litten still oder nahmen sich Urlaub an der See, wo sie sich mehr im Wasser als an Land aufhielten. Wer unter dem Dach wohnte, hatte schlechte Karten. Der alte, hinkende Fischer Hinnerk außer Dienst war ein ebenso armes Opfer des Klimawandels wie die in Neuharlingersiel und Umgebung allseits bekannte Lotti Esen. Wie Hinnerk schwitzte auch sie unter ihren Dachschrägen. Eigentlich nannte Lotti jeder, der sie kannte, nur Oma Pusch. Sie war nicht nur wegen der legendären Rollmopsbrötchen aus ihrem Kiosk beliebt, sondern auch, weil sie immer ein wachsames Auge oder Ohr auf alles ringsherum hatte. Nichts blieb ihr verborgen. Wer etwas wissen wollte oder zu erzählen hatte, ging zu ihrem kleinen Verkaufsstand am Hafen. Dadurch blieb sie immer nah am Zahn der Zeit, und meist war sie sogar den Ermittlern bei Morduntersuchungen eine Nasenlänge voraus. Das ärgerte einen ganz besonders: Oberkommissar Eike Hintermoser, der ausgerechnet auch noch ein Neffe von Oma Pusch war, obwohl er so einen merkwürdigen Namen hatte, aber davon später mehr. Wir müssen dringend runter zum Strand, auch wenn die Morgenröte gerade erst verblasst, denn es ist Ebbe. Und die legt frei, was die Flut verborgen oder mitgebracht hat.

Fluch oder Segen

Kein Windhauch lag über dem Sand. Selbst die Möwen hörte man nicht. Sie hatten sich wohl längst ein schattiges Plätzchen gesucht. Aber einer tat, was er immer tat: Frühmorgens sah man ihn am Strand entlanghinken. Das eine Bein war kürzer als das andere. Einheimische wussten, dass Hinnerk seine Behinderung einem Unfall auf See zu verdanken hatte. Immerhin war er nicht ertrunken. Neptun hatte ihn irrwitzigerweise verschont. Warum auch immer. Manch einer munkelte, die Fische hätten ihn wieder ausgespuckt, weil er so sternhagelvoll gewesen sei. Konnte einer, der säuft, nicht ersaufen? Egal, er hatte überlebt, was er nur darauf zurückführte, dass der Alkohol ihn nicht hatte untergehen lassen. Mittlerweile fühlte er sich durch ihn zusätzlich konserviert und durchaus noch in der Lage, der schönen Witwe Hansen den Hof zu machen.

Heute war er wahnsinnig froh, dass sie ihn begleitete, während er nach Strandgut suchte, um seine magere Rente aufzubessern. Und obwohl die Sonne unbarmherzig auf Hinnerks spärliches Haupthaar brannte, klagte er nicht ein bisschen. Schließlich musste er stark für Lina sein, kein Waschlappen. Sein Handicap war schon schlimm genug. Er konnte froh sein, dass sie überhaupt

Zeit mit ihm verbrachte. Das Herz ging ihm auf, wenn er sie beobachtete, wie sie da vor ihm in der Morgenröte hersprang mit ihren grauen Flechtzöpfen. Ja, sie war in der Tat eine ungewöhnliche Frau. Wenn sie ihn doch nur erhören könnte, dachte er, war aber zu schüchtern, sich zu erklären. Außerdem schwitzte er jetzt in seiner Cordhose und dem Flanellhemd. Das war peinlich.

Das Thermometer zeigte gegen sechs Uhr früh bereits 21 Grad. Und hier war es immer noch ein paar Grad kühler als im Inland. Alle Überlegungen, sich seiner warmen Kleidungsstücke zu entledigen, warf Hinnerk über Bord. Er hatte nun mal nichts anderes im Schrank. Sein letztes T-Shirt hatte ein großes Loch, die einzige dünne Hose, die er besaß, rutschte ihm von seinem mageren Gesäß. Wäre er allein gewesen, hätte er in der Feinripp-Unterwäsche weitergesucht. Doch das blieb wegen der Schicklichkeit ein Traum. Er musste sich ablenken, während der Schweiß inzwischen in Bächen von seinem heißen Schädel rann.

„Guck mal hier, Hinnerk!“, rief Lina Hansen und schwenkte eine Flasche.

„Toll“, freute sich der Fischer, „das gibt immerhin Pfandgeld.“

Wenig später sah er etwas im Sand blitzen. Er bückte sich und zog ein Klappmesser heraus.

„Ui“, sagte Lina, „das sieht doch noch ganz gut aus.“

Hinnerk nickte, während er seinen Fund betrachtete und eine der Klingen ausklappte. „Etwas rostig vielleicht, aber das kriege ich wieder hin. So ein Taschenmesser kann man immer gebrauchen."

Lina lief ein Stückchen voraus. Sie hatte wohl ebenfalls etwas entdeckt.

„Wahnsinn, ein Handy", jubelte sie und strahlte. „Ich wollte schon immer eins."

„Geht es denn noch?", erkundigte sich Hinnerk verwundert.

„Woher soll ich das wissen?", fragte Lina. „Ich kann doch mit so was nich üm."

„Giv moal her, dat Dingens", bat Hinnerk und tippte auf dem Display herum. Es schaltete sich ein und forderte ein Passwort.

„Do is noch Licht in", sagte Lina. Sie grinste glücklich.

„Schon, aber wir kommen nicht rein", wandte Hinnerk ein.

„Aber das kriegst du doch bestimmt hin", war sich Lina sicher und Hinnerk brummte dazu. Damit hatte er zumindest nicht gelogen, obwohl er stark anzweifelte, das sechsstellige Passwort knacken zu können.

Lina war vorerst zufrieden und steckte das Smartphone ein, das rotgolden in der Sonne geglänzt hatte. Dann hüpfte sie weiter und sang dabei. Hinter ihr ächzte Hinnerk in seinen warmen Klamotten. Er konnte sich nicht vorstellen, wie man bei den Temperaturen noch herumspringen konnte wie ein junges Reh.

„Nu hebb ick wat für di", rief Lina zehn Meter weiter vorn.

Hinnerk hörte beim Näherkommen ein Summen. Als er seine Angebetete erreicht hatte, sah er, dass sie auf einen Strohhut zeigte, der Hunderten von Fliegen als Sitzplatz diente, während sich andere bemühten, ihre Konkurrenten zu verdrängen. Lina versuchte, die Plagegeister mit ihrer Tasche wegzuwedeln.

„Dat is doch noch een mojen Hood*", stellte Lina fest.

„Mit disse Flegen?", hakte Hinnerk verwundert nach.

„Ja, seker! De Sünn brannst di. Dien Dööts is roodklöört!", erwiderte Lina und zeigte auf seine knallrote Birne.

Der Einfachheit halber wird der folgende Dialog in Hochdeutsch wiedergegeben.

Hinnerks Gesichtsglut verfärbte sich wegen der Peinlichkeit noch dunkler. Sie hatte gesehen, dass ihm die Suppe hinablief.

„Ach was", widersprach er vehement, „das kommt nicht von der Sonne, sondern vom Bücken, wenn der Kopf nach unten hängt. Ich brauche keinen Hut."

Ärgerlich trat er nach dem fliegenübersäten Strohgeflecht und schrie auf. Die Kopfbedeckung hatte sich keinen Millimeter bewegt. Lediglich die Fliegen waren für einen Moment aufgeschwirrt, um sich in Sekundenschnelle wieder einen neuen Platz zu ergattern. Aber Hinnerk hatte sich gestoßen. Nun tat ihm zu allem Überfluss auch noch der Flunken weh.

„Scheiße!", brüllte er, ließ sich in den Sand fallen und rieb sich seine Zehen.

* *schöner Hut*

Das sah so lustig aus, dass sich Lina bemühen musste, nicht zu grinsen.

„Was hast du denn?“, fragte sie so besorgt sie konnte. „Ich kann mir kaum vorstellen, dass ein Strohhut so hart sein kann.“

„Da muss ein Stein drunterliegen“, sagte Hinnerk mit verzerrtem Gesicht. Der Schmerz ließ nur langsam nach.

Jetzt war Lina doch in Unruhe. Und dabei hätte sie fast gelacht. Sie hatte ihm Unrecht getan. Das wollte sie wieder gutmachen.

„Warte“, erwiderte sie, „ich gucke mal nach. Und überleg dir, ob du ihn nicht doch aufsetzen solltest. Du bekommst sonst einen Sonnenstich.“

„Hast du Angst, dass sie mir auch noch das letzte Bisschen Hirn wegbrennt, das der Alkohol übrig gelassen hat?“, fragte er spitz. Er hatte wohl bemerkt, dass ihre Sorge anfangs nicht echt war.

„Wo denkst du denn hin“, konterte sie mit einem strafenden Blick.

„Entschuldigung“, sagte er kleinlaut. Er wollte es sich wirklich nicht mit ihr verscherzen. „Das ist mir im Schmerz so rausgerutscht. Na gut, ich setze diesen hässlichen Hut auf, aber nur deinetwegen.“

„Das machst du schön für dich selbst, Fischer Hinnerk, du Sturkopp“, schimpfte sie. „Von mir aus kannst du das Ding dann am Hafen in den Müll schmeißen und dir was anderes kaufen, wenn du es so dicke hast.“ Dabei wusste sie genau, dass das nicht so war.

„Wir könnten ihn auch abwaschen und in der Sonne trocknen, vielleicht wird er dann wieder schön", lenkte Hinnerk ein.

Aber Lina zuckte nur mit den Schultern und wandte ihm den Rücken zu. Da fühlte er sich genötigt, zu dem blöden Hut zu hinken und ihn trotz des Fliegengewimmels vom Boden aufzuheben. Leider kam ein Glatzkopf anstatt eines Steins darunter zum Vorschein, der in Richtung Horizont blickte. Blicken war vielleicht zu viel gesagt, denn er konnte ja nichts mehr sehen. Nicht nur, weil er zu einer Leiche gehörte, sondern auch, weil da gar keine Augen waren. Hinnerk war heilfroh, dass Lina es nicht sehen konnte, aber sie war ihm längst gefolgt, weil er schon eine gefühlte Ewigkeit auf den Schädel stierte, von dem er nicht wusste, ob da unten noch was dranhing. Es war also unvermeidlich, dass Lina die leeren Höhlen sah, aufschrie und wie immer in Ohnmacht fiel. Die Fliegen ließen den Strohhut nun links liegen und nahmen direkt auf dem Objekt ihrer Begierde Platz.

Oma Puschs Rat ist gefragt

Die Temperatur war weiter gestiegen. Es trug nicht unbedingt zur Verbesserung der Situation bei, denn wie alter Fisch begann auch der Kopf in der Sonne einen üblen Geruch anzunehmen.

Hinnerk, dem ebenfalls nicht allzu wohl im Magen war, ließ sich nichts anmerken und kümmerte sich rührend um Lina. Schließlich wollte er was von ihr. Da konnte er doch jetzt nicht als Schwächling dastehen. Leider bekam sie es nicht mit. Sie war immer noch nicht wieder bei Sinnen. Das war gut und schlecht zugleich. Um der Optik und dem Dunstkreis des Glatzkopfs zu entgehen, hatte er etwas Ungeheuerliches gewagt. Nachdem er sich kurz umgesehen hatte, ob niemand in Sichtweite war, hatte er Lina bei den Füßen gepackt und die Angebetete fünf Meter weiter in Richtung Westen durch den Sand gezogen. Sie war schwer wie Blei, und ihre Arme zeigten jetzt nach oben. Schnell vergewisserte er sich, dass sie nicht auch tot war, aber zum Glück atmete sie noch. Hinnerk holte tief Luft. Er war schweißnass von der Anstrengung, aber auch, weil er von der Situation völlig überfordert war. Oma Pusch hätte gewusst, was zu tun wäre. Er musste sie anrufen, bevor jemand Wind von der Sache bekam.

Doch Hinnerk hatte sich verrechnet, denn während er an Lina zog, waren Touristen über den Deich gekommen, die das merkwürdige Spektakel da unten am Strand gesehen hatten.

„Hey, lassen Sie das“, schrie der Rentner und schwang seinen Stock. „Ich rufe die Polizei.“

Seine Frau zeterte neben ihm und rang mit den Armen.

Hinnerk blieb nichts anderes übrig. Er musste schnell weg, sonst würden sie ihn noch verdächtigen, etwas mit der Glatze zu tun zu haben. Aber vielleicht entdeckte die auch niemand, wenn er schnell den Hut wieder drüberstülpte, bevor er wegrannte. Um Lina würde sich schon jemand kümmern.

Während der alte Mann vom Deich herabstolperte, setzte Hinnerk der Leiche wieder den Hut auf und schippte Sand über die Sache. Hunderte von Fliegen meuterten. Er hatte sie um Futter und Brutplatz gebracht. Dann floh der alte Fischer mit seinem einen kürzeren Bein so schnell er konnte. Dabei war er dem Rentner gegenüber im Vorteil, weil er den Weg über den gepflasterten Strandabschnitt wählte, während sich sein Verfolger erst mal durch den Sand kämpfen musste. Im Nu hatte er ihn abgeschüttelt und kam schließlich schweißtriefend an der alten Hafenkneipe „Dattein“ an, über der Lotti Esen alias Oma Pusch wohnte. Dort klingelte er Sturm, was dazu führte, dass sich die allseits bekannte Dame den Kopf in ihrem Alkoven stieß. Man hatte sie aus dem Schlaf gerissen. Fluchend und noch nicht ganz wach wankte sie zur Tür, vor der ein Hinnerk stand, den sie beinahe nicht erkannt hätte. Er war nass und ächzte so sehr, dass er kein Wort herausbekam.

„Hinnerk, du? Um diese Uhrzeit?“, fragte sie verwundert und musterte ihn von Kopf bis Fuß. Er sah grässlich aus. „Moin, komm erst mal rein. Hast du gesoffen und bist anschließend ins Sieltief gefallen?“

Der alte Fischer schüttelte den Kopf und keuchte. Er hatte seine Sprache immer noch nicht wiedergefunden. Oma Pusch schnupperte. Tatsächlich, von Alkohol war nichts zu riechen. Umso verwunderlicher erschien ihr sein Auftreten.

„Lina … wegen der Glatze, aber einer war hinter mir her“, kam es gepresst und stoßweise aus seinem Mund.

„Was?“, rief Oma Pusch voller Schreck. „Lina hat eine Glatze?“

Wieder schüttelte Hinnerk den Kopf.

„Toter Kopf am Strand“, stöhnte er und hielt sich am Türrahmen fest.

„Ich verstehe nur Bahnhof“, gab Oma Pusch zu, „lag da einfach so ein Schädel rum? Ein echter? Und wer war hinter dir her?“

„Darf ich mich erst mal setzen?“, bat Hinnerk. „Ich kann nicht mehr.“

Oma Pusch sah, dass er trotz des roten Gesichts ganz weiß um Mund und Nase war. Aber er war auch nass und dreckig. Geschickt warf sie fast im Vorbeigehen eine Decke über den Sessel und bat Hinnerk, Platz zu nehmen. Der rettete sich praktisch in letzter Sekunde mit zwei großen Schritten ins Wohnzimmer und ließ sich hineinsinken.

„Danke", keuchte er, „ich bin zu alt für so was!"

„Wenn du mir jetzt noch erklären könntest, was du genau meinst", sagte Oma Pusch. „Müssen wir was wegen Lina unternehmen?"

„Nein", erklärte ihr Hinnerk. „Das wird der Alte schon erledigt haben, der hinter mir her war."

„Also, jetzt mal der Reihe nach und schön von vorn", befahl Oma Pusch und brachte ihm ein Glas Wasser. Sie trug wegen der Hitze nur eine dünne Bluse über ihren Shorts und beäugte ihn kritisch. „Aber zuerst runter mit den Klamotten. Denkst du, es wäre Winter? Warum trägst du so warme Sachen?"

Hinnerk machte ein zerknirschtes Gesicht. „Ich hab nix anderes."

Oma Pusch seufzte. „Warte, ich habe noch was von meinem verblichenen Fridtjof. Das gebe ich dir. Was du jetzt anhast, packen wir ein. Ich wette, dass es dir schon besser gehen wird, wenn du nicht so überhitzt bist."

Gesagt, getan. Sie kramte in ihrem Schrank und kam mit einem Hawaiihemd zurück. Es war schrecklich bunt. In der anderen Hand trug sie ein paar Knickerbocker, die knallgelb ins Auge stachen.

Am liebsten hätte Hinnerk sie gefragt, ob sie noch alle Steine auf der Schleuder hätte, aber er biss sich lieber auf die Zunge und quetschte ein „Danke" heraus. Dass sie aber nun auch noch wartete, bis er sich auszog, ging überhaupt nicht.

„Kann ich mal dein Bad …?“, weiter kam er nicht.

„Nee, Hinnerk, da habe ich grade frisch gewienert. Zieh dich man gleich dort um, wo sowieso schon alles dreckig ist. Ich gehe unterdessen in die Küche“, kündigte sie an und verschwand. Jetzt war der auch noch etepetete, als ob sie noch nie einen Kerl in Unterwäsche gesehen hatte.

In Wirklichkeit war das aber mit Hinnerks Feinrippmodellen so eine Sache. Sie waren viel zu groß, mit ihrem Eingriff nicht wirklich modern und keineswegs sauber. Er hatte also allen Grund, damit nicht vor einer Dame zu posieren. Plötzlich kam ihm eine Idee.

„Du, Lotti“, rief er ihr zu, „hast du vielleicht auch noch was für drunter?“ Alles war besser, als das, was er anhatte.

„Ja, klar!“, kam es aus der Küche.

Hinnerk hätte schwören können, dass da etwas Schalk in ihrer Stimme gelegen hatte.

„Ich werf es dir zu und drehe mich weg, ja?“, erkundigte sie sich. Dann hörte man die Schranktür. „Für Fridtjofs Geschmack kann ich nichts“, sagte sie mit unterdrücktem Gnickern, als sie Unterhemd und -hose über ihre Schulter hinweg in Richtung Hinnerk schmiss.

Der staunte nicht schlecht, was er da in den Händen hielt. Das schwarze Netzhemd ging ja noch, aber was war das für eine Unnerbüx? So wenig Stoff. Da hatte man wohl gespart. Wie rum die nur gehörte, fragte er sich, wollte aber Oma Pusch nicht bemühen. Der dünne Faden konnte kaum vorne sein, also probierte er es andersherum. Nun lag der rot-schwarze Stoff notdürftig wie ein Feigenblatt über seinem Gehänge, das über die Jahre der Schwerkraft zum Opfer gefallen war. In seinem Hintern klemmte der Faden. So hielt es wenigstens. Den Rest würde die Kanarienvogelhose kaschieren, hoffte er. Außerdem war das Ensemble weniger warm und er musste sich ja glücklicherweise vor niemandem ausziehen.

„Kannst wieder reinkommen", rief Hinnerk Oma Pusch zu.

Sie brachte eine Stofftasche für die ollen Klamotten mit und setzte sich aufs Sofa.

„So, und nu vertell mi alls!", forderte sie ihn auf.

Hinnerk, der sich zwar verkleidet wie ein Clown vorkam, ging es trotzdem besser, darum holte er weit aus.

„Also, das war so …", begann er und erzählte ihr brühwarm von den Ereignissen des frühen Morgens.

Schmiere stehen

Während Oma Pusch zuhörte, geriet sie mehr und mehr in Verzückung. Was Hinnerk da berichtete, klang aufregend und spannend. Sofort war ihre Neugier geweckt. In ihrem Kopf ratterte es. Sie musste überlegen, was nun zu tun war. Die Situation war nämlich wegen der Touristen nicht einfach. Bei früheren Mordfällen hatte sie noch vor der Saison ermitteln können. Aber jetzt lärmte es überall am knatschvollen Strand, nachdem die Hotelbüfetts abgeräumt oder die „Spätstücker" aus ihren Ferienwohnungen gekommen waren. Trotzdem konnte man nicht davon ausgehen, dass sich die Menge nur mit sich selbst beschäftigte und Sandburgen um ihre Strandkörbe baute. Neugierige Augen gab es immer. Wenn Oma Pusch und Hinnerk also tätig werden und den Kopf genauer unter die Lupe nehmen wollten, brauchten sie einen Sichtschutz und am besten auch jemanden, der Schmiere stand. Da Lina mit Sicherheit ausfiel, weil man sie wegen ihrer Ohnmacht ins Krankenhaus gebracht hatte, blieb nur Oma Puschs Freundin aus dem Süderriff. Rita war schon über Jahrzehnte hinweg ihre Wegbegleiterin und neuerdings ihre zuverlässige Partnerin in Sachen Mordermittlung. Meist saßen die beiden Frauen gemeinsam in Oma

Puschs Kiosk und verkauften die überall an der Küste bekannten, ja fast schon als legendär zu bezeichnenden Rollmopsbrötchen. Fischburger mit Pfiff sozusagen, denn Oma Pusch hatte etwas Einzigartiges erfunden: Sie spritzte einen Schuss Honig über den Bratrollmops, sodass sich eine wohlige Mischung aus süß und sauer im Mund der Kunden einstellte. Ein Genuss, der dermaßen gut ankam, dass seine Erfinderin darüber nachdachte, ihn zum Patent anzumelden.

Ein paar Kleinigkeiten sollten wir über Charlotte (Lotti) Esen noch erzählen. Nicht jeder, der dieses Buch in den Händen hält, kennt das Urgestein aus Neuharlingersiel bereits. Oma Pusch ist eine Dame ohne Alter, gewissermaßen ein zeitloser Mensch, der auf eine große Familie stolz sein kann und mit nahezu jedem in der Umgebung verwandt ist. Fünf Kinder und 13 Enkel sorgen für manche Turbulenzen in ihrem Dasein, aber auch für glückliche Momente. Drei Männer hat sie überlebt und ist finanziell unabhängig. Das hat sie ihrem letzten namens Fridtjof zu verdanken, der glücklicherweise eine Lebensversicherung abgeschlossen hatte, bevor er auf hoher See beim Fischfang verunglückte und zu Nordseesand wurde. Man hat ihn nie gefunden. Böse Zungen munkelten, es hätte einen Deal zwischen den Ehepartnern gegeben und der olle Fischer läge längst an einem herrlich weißen Strand in der Karibik, aber das ist natürlich Humbug.

Ach, eins fragen Sie sich noch? Wieso nennt man die Hobbyermittlerin Oma Pusch? Doch das darf ich leider nicht mehr erwähnen. Ich höre ihre Standpauke heute noch, weil ich Familieninterna im ersten Buch „Friesen-Nerz" ausgeplappert habe. Mir klingeln jetzt noch die Ohren. Also: Bitte einfach nachschauen! Doch nun zurück zur Geschichte:

Oma Pusch erreichte ihre Freundin an einem delikaten Ort, aber warum musste Rita ihr Smartphone auch mit aufs Klo nehmen?

„Moment, ich muss erst abziehen", bat Rita. Man hörte Wasser rauschen. „Eben noch Hände waschen, bleib dran! So, jetzt bin ich ganz Ohr!", sagte sie.

„Hinnerk ist hier", begann Oma Pusch.

„Das ist doch nichts Außergewöhnliches", erwiderte Rita, „oder ist er jetzt auf dich anstatt Lina scharf?"

„Keineswegs", antwortete Oma Pusch und sah sich zu Hinnerk um, der wie ein bunter Vogel in ihrem Sessel saß. „Er hat einen Kopf am Strand entdeckt."

„Bei dieser Flut von Touristen sollten da mehrere sein", lachte Rita. „Ein abgeschlagener ist es sicher nicht, der wäre schließlich auch anderen aufgefallen."

„Wissen wir nicht", berichtete Oma Pusch, „weil wir keine Ahnung haben, ob unten an der Glatze noch was dranhängt."

„Da hat wohl ein Kind seinen Vater aus Jux eingegraben", vermutete Rita. „Schon mal an so was gedacht?"

„Ehrlich gesagt nein, denn der Kopf ist so tot wie nur irgendwas, und jemand hat ihm die Augen ausgestochen", erklärte Oma Pusch. „Bist du jetzt überzeugt?"

Rita zuckte zusammen und war froh, dass das niemand sehen konnte.

„Ja, aber warum ist dann nicht längst die Kripo da und alle anderen? Kapier ich nicht", sagte Rita.

„Weil Hinnerk einen Hut drübergestülpt und ihn mit Sand bedeckt hat. Es dauert jetzt zu lange, das alles haarklein zu erklären. Das machen wir später. Wir brauchen dich zum Schmierestehen. Hast du nicht so ein Wurfzelt im Keller für die Kinder deiner Urlaubsgäste?"

„Schon, aber was willst du denn damit?", erkundigte sich Rita.

„Kommen! Mitbringen! Ich kauf es dir ab", ordnete Oma Pusch an. „Wir labern schon viel zu lange. Schwing die Hufe! Treffpunkt ist am Kiosk."

An Oma Puschs Ton erkannte Rita, dass sie sich besser sputen sollte. Normalerweise wäre sie jetzt eingeschnappt gewesen, aber sie wusste genau, dass ihre Freundin nur so mit ihr sprach, wenn sie extrem aufgeregt war. Und das hieß gemeinhin, dass eine turbulente Zeit bevorstand.

In Windeseile flitzte sie in den Keller, schnappte sich das Zelt und schwang sich auf ihr Fahrrad. Mit dem kunterbunten Vehikel erreichte sie in wenigen Minuten den Hafen. Hinnerk und Oma Pusch standen schon parat. Rita stutzte. Wie sah der denn aus? Ein Ara wirkte blass neben ihm. Nur mühsam konnte sie ein Lachen unterdrücken. Wahrscheinlich diente der Aufzug zur Tarnung.

„Wir tun so wie Touris“, befahl Oma Pusch, die einen Sandeimer mit Schaufel in der Hand trug und damit Ritas Vermutung insgeheim bestätigte. „Etwas Handwerkszeug trägt Hinnerk in seinem Rucksack.“

„Und was habt ihr jetzt vor?“, fragte Rita.

Oma Pusch grinste. „Ganz einfach! Wir gehen zu der Stelle, lassen dein Zelt aufpoppen und schlüpfen rein. Dann nehmen wir die Schere aus Hinnerks Rucksack und schneiden ein großes Loch in den Boden. Anschließend stülpen wir das Zelt über den verbuddelten Schädel und können ganz in Ruhe nachgucken, was sich dahinter verbirgt.“

„Darunter, meinst du wohl, Lotti“, wandte Hinnerk ein.

„Ja, das auch, aber wir wollen doch außerdem wissen, was es mit deinem komischen Fund auf sich hat.“

Der alte Fischer nickte.

„Und was ist mein Part?“, erkundigte sich Rita.

„Du sollst vor dem Zelt Schmiere stehen, damit uns niemand stört“, erklärte Oma Pusch.

Rita sah beleidigt zu Boden. Oma Pusch war in der Zwickmühle. Hinnerk hatte den Kopf gefunden und hielt sich deshalb für berechtigt, im Inneren des Zeltes mitzumischen. Ihre Freundin ermittelte sonst aber immer mit ihr und meinte daher, ihr Platz müsste zwingend an Lottis Seite sein. Doch wann immer Oma Pusch nicht weiterwusste, atmete sie einmal tief durch. Meist fiel ihr spontan eine List ein. Und so war es auch diesmal.

„Ritalein", begann sie vorsichtig, „das ist bestimmt kein schöner Anblick. Diese leeren Höhlen sind wahrscheinlich richtig ekelig. Ich dachte, das will ich dir lieber ersparen."

Hinnerk nickte. „Boah, wirklich fies, wie der so mit nix auf das Meer starrt."

„Schon gut", sagte Rita etwas besänftigt, „muss man sich ja in echt nicht antun, und du hast den Kopp sowieso schon gesehen."

„Ich mache auch Fotos von allen Seiten", versprach Oma Pusch. „Das ist dann weniger schlimm, als wenn man auch noch mit der Nase drüberhängt."

„Sehr liebenswürzig von dir", brummte Rita.

„Du hast im Grunde die wichtigste Aufgabe", erklärte ihr Oma Pusch. „Wir müssen uns voll und ganz darauf verlassen, dass uns niemand stört oder gar entdeckt. Sonst kommen wir in Teufels Küche."

„Ja, ja, lass gut sein", erwiderte Rita. „Nun los, ab zum Strand!"

Der Glatzenkopp

Hinnerk, Oma Pusch und Rita taten so, als ob sie normale Touristen wären. Scheinbar sorglos bummelnd und kichernd überquerten sie den Deich, liefen über die Sandfläche und peilten den Platz an, den Hinnerk in Erinnerung hatte. Leider hatte sich dort ganz in der Nähe eine Familie mit einer Strandmuschel niedergelassen. Von Lina, dem älteren Herrn, der hinter Hinnerk hergewesen war, und dessen Gattin fehlte jede Spur.

„Herrje, ich fürchte, man hat Lina ins Krankenhaus gebracht", sorgte sich der alte Fischer.

„Da ist sie doch in guten Händen", versuchte Oma Pusch ihn zu beruhigen.

„Schon, schon", erwiderte er.

„Ja, ganz bestimmt. Sie wird sich dort gut erholen. Und ihr könnt euch ganz in Ruhe um die Angelegenheit im Sand kümmern. Das hat doch auch was", flüsterte Rita den beiden zu, damit die Leute nebenan nichts mitbekamen.

Sie waren ein bisschen zu dicht an der vermuteten Stelle. Dort zeigte sich ein kleiner Huckel auf dem Boden. Mist, und jetzt steuerte deren nackiger Spross direkt darauf zu.

„Mama, da ist ein Berg, kann ich da buddeln?", rief der Pöks seiner Mutter zu.

Hinnerk, Rita und Oma Pusch blieb die Luft weg.

„Um Himmels willen, wir müssen ihn aufhalten", wisperte Rita.

„Mir wär's lieber, wir könnten die ganze Familie von hier weglocken. Nicht, dass die auch nur das Geringste von unseren Aktivitäten mitkriegen", flüsterte Hinnerk.

„Ich überleg mir was", zischte Oma Pusch, die ein weiteres Pärchen mit Argusaugen fixierte, das sich diesem Ort am Strand näherte. Verständlich im Grunde, denn hier war man etwas weiter ab vom Schuss und musste nicht in der Masse der anderen Leute liegen. Während die Sonne mit fast 30 Grad unbarmherzig von oben brannte, kam Oma Pusch eine Idee, denn der kleine Junge war bereits gefährlich nah.

„Hilfe!", schrie sie so laut sie konnte. „So helft mir doch! Eine Kreuzotter! Nehmen Sie Ihren Sohn weg! Um Himmels willen, so einen Biss überlebt man nicht unbedingt, vor allem nicht, wenn man noch so klein ist."

Ringsherum fielen die Menschen in Schockstarre. Kurzerhand packte Oma Pusch den Knirps und trug ihn zu seinen Eltern.

„Es ist am Rand des Strandes nicht ungefährlich. Die Biester halten sich hier gerne zwischen Sand und Erde auf. Besser, Sie gehen etwas weiter nach dort." Oma Pusch zeigte in Richtung Hafen.

Die Eltern, die ihre Sprache immer noch nicht wiedergefunden hatten, aber den Jüngsten sich mit Bisswunden windend vor ihren Augen sahen, bauten in Nullkommanichts ihre Strandmuschel ab und suchten das Weite. Das Pärchen mit fester Liegeabsicht im Gefahrenbereich schwenkte sofort zur Seite ab und schaute nach einem anderen Plätzchen.

Hinnerk grinste. „Kreuzotter? Du bist ja echt mit allen Wassern gewaschen. Hier kriecht nicht mal ein Wattwurm vorbei."

„Ist doch egal", schmollte Oma Pusch. „Haben wir unser Ziel erreicht, oder nicht? Los, lass das Zelt aufpoppen, damit wir loslegen können. Und du, Rita, geh auf deinen Beobachtungsposten. Von jetzt an darf uns niemand stören."

„Aye, aye, Kapitän", sagte Rita und salutierte.

Während Hinnerk kurz an der buckeligen Stelle nach dem Hut grub, um den richtigen Platz für das Zelt zu finden, stand Rita wie ein Zinnsoldat mit Blick Richtung Strand und Hafen. In ihrer Hand hielt sie den Eimer, jederzeit bereit, ihn einem Spanner über den Kopf zu hauen, wenn er zu neugierig wurde. Schaufel und Schere waren unterdessen mit Hinnerk und Oma Pusch ins Zelt gewandert. Da es draußen schon wahnsinnig heiß vom Himmel stach, kam es den beiden im Inneren zunächst wie eine Erleichterung vor, aber nur, bis die Sonne den dünnen Stoff durchdrungen hatte und die Luft unbarmherzig aufheizte. Dann saßen sie auch hier in ihrem eigenen Saft.

Den Kopf hätte man inzwischen nicht nur optisch finden können. Auch ihm hatte die Wärme zugesetzt, obwohl der Sand das Schlimmste verhindern konnte. Oma Pusch, die erst einmal nur einen Schnitt durch den Boden des Zeltes gemacht hatte, um es über den Schädel zu stülpen, fuhr nun beherzt fort und entfernte das untere Gewebe weiträumig rings um den Hut herum, der schon sichtbar war.

„Ist die Luft rein?", fragte sie, bevor sie nun das zu untersuchende Objekt freilegte.

„Alles paletti", erwiderte Rita. „Niemand mag Schlangen. Das wird sich herumsprechen. Falls einer kommt, sage ich, ihr sucht ein ganzes Nest von Kreuzottern."

„Das ist ein guter Plan", freute sich Oma Pusch und nahm einen Pinsel aus der Tasche.

„Uh", sagte Hinnerk, „vorhin hat der noch nicht so gemüffelt."

„Echt?", fragte Oma Pusch und rümpfte die Nase. „Bist du sicher, dass es die Glatze ist?"

Beleidigt schwieg der alte Fischer. Was konnte er dafür? Er hatte geschwitzt und zum Duschen war keine Zeit geblieben. Das wusste Lotti doch.

„Kannst du bitte mal mit der Lampe genau auf den Schädel leuchten", bat Oma Pusch. „Ein schlanker Mensch war das nicht. Eher ein Dickschädel!" Sie kicherte nervös. „Ich will von allen Seiten Aufnahmen mit dem Smartphone machen."

Jetzt im grellen Licht sah der Kopf irgendwie gruselig aus. Man sah, dass die Haut teilweise aufgeplatzt war, und da, wo einmal die Augen gewesen waren, klafften nur zwei Höhlen. Wobei Oma Pusch stutzte, als sie mit dem Smartphone noch genauer hineinleuchtete. Da steckte doch irgendwas Blinkendes drin, wenn man es direkt anstrahlte. Das war merkwürdig. Sie hatte keine Ahnung, was es sein konnte.

„Hast du was zum Prokeln?", erkundigte sich Oma Pusch.

Widerwillig zog Hinnerk sein Schweizer Taschenmesser aus der quietschgelben Hose. Das hatte er immer dabei, ohne Wenn und Aber. Doch eigentlich wollte er nicht, dass sie sein Heiligtum dazu verwendete, um in den Augenlöchern eines Toten herumzustochern. Das war ekelig. Wie sollte er das je wieder sauber bekommen? Richtig sauber, so mit Desinfektionsmittel. So etwas hatte er nicht.

„Nun gib schon her!", befahl Oma Pusch, die seine Gedanken erriet. „Ich sprüh dir das nachher ein oder wir legen es in Brennspiritus, keine Bange. Das ist nachher so keimfrei wie ein frisch gewickelter Babypopo, versprochen."

Nicht wirklich überzeugt, aber ohne dass er eine Alternative in petto hatte, reichte ihr Hinnerk das geliebte Werkzeug mit ausgeklappter Klinge. Zuerst hatte er überlegt, ihr den Korkenzieher anzubieten. Den benutzte er nie, weil er immer nur Bier und Köm trank, aber wenn das nicht gegangen wäre, hätte sie zwei Teile beschmutzt. Das wollte er auch nicht. Was für ein Dilemma.

„Sei vorsichtig, das ist scharf", warnte Hinnerk noch, aber Lotti bohrte schon und förderte zwei Steine zutage, die zu leicht waren für ihre Größe.

„Habt ihr das Schlangennest schon gefunden?", rief Rita plötzlich laut von draußen.

„Wir graben noch, das müssen mindestens zehn Kreuzottern sein", brüllte Oma Pusch zurück.

Das Ehepaar mit Baby in der Trage nahm sofort Reißaus.

„Die Luft ist wieder rein", ließ Rita die beiden im Zelt wissen. „Schon was Neues?"

„Ja", berichtete Oma Pusch, „anstatt Augen hatte der Bernstein in den Höhlen. Wenigstens glaube ich, dass es welcher ist. Guck du mal!" Sie reichte Rita zwei Klumpen, die sie in ihrem Seidentuch hielt.

Die kreischte. „Bist du wahnsinnig? Das fasse ich nicht an."

„Dann nimm halt ein Taschentuch raus und leg sie da rein", grummelte Oma Pusch. Rita war manchmal umständlich. „Du musst sie ins Sonnenlicht halten, aber ich denke, das Gewicht spricht schon für sich. Sie wiegen fast nichts."

„Moment", bat Rita und nestelte in ihrer Jackentasche herum. Schließlich zog sie ein umhäkeltes Spitzentuch heraus und nahm die Steine widerwillig entgegen. Sie würde es auskochen müssen, aber ob die Spitze das aushielt?

„Denkst du echt, das ist Bernstein? Dann ist es wahnsinnig viel wert", vermutete Hinnerk. Er konnte jeden

Cent gebrauchen, und es würde ja niemand wissen, dass da im toten Kopf Kostbarkeiten gesteckt hatten. Sie konnten durch drei teilen.

„Nee, Hinnerk, so viel sind die Klunker heute bestimmt nicht mehr wert", bedauerte Rita.

„Da muss ich dir aber entschieden widersprechen", schaltete sich Oma Pusch ein, „denn das Gramm wird teurer als Gold gehandelt. Ich wollte mir neulich Ohrringe machen lassen und bin hinten übergefallen, als ich den Preis hörte."

„Steck sie ein, Rita", rief ihr Hinnerk aus dem Zelt zu. „Wir teilen dann."

„Nix da, die stecken wir schön wieder in die Tiefe, damit alles unversehrt und an seinem angestammten Platz ist, wenn mein Neffe, der emsige Oberkommissar Eike Hintermoser, den Schädel später findet."

„Mist", brummte der alte Fischer und sah seine Felle davonschwimmen.

„Wir gucken jetzt erst mal, ob da an dem Kopf noch wer unten dranhängt", beschloss Oma Pusch, „und dann brechen wir unsere Zelte ab, im wahrsten Sinne des Wortes. Hinnerk, du gräbst, hier ist die Schaufel!"

Der Angesprochene war nicht gerade begeistert, denn er schwitzte trotz der leichteren Klamotten inzwischen wieder wie verrückt. Das Wasser lief ihm den Rücken hinab. Aber Hinnerk schippte natürlich. Er war selbst neugierig.

Während er grub, blieb Oma Pusch mit ihrem Smartphone ständig auf der Lauer. Mittlerweile mussten sie den Sand aus dem Eingang des Zeltes werfen, damit sie sich innen noch bewegen konnten.

„Ich sehe Schultern", sagte Oma Pusch angespannt. „Scheint wohl doch eine ganze Leiche zu sein."

Doch da fiel der Kopf mit einem Mal nach vorn um, und sie entdeckten das ganze Dilemma. An dem Schädel waren zwar ein Hals und auch eine Schulterpartie dran, aber mehr nicht. Darum hatte das Stillleben Übergewicht bekommen.

„Ih", klagte Hinnerk beim Anblick des fehlenden Körpers.

„Ah, nur eine Büste", freute sich Oma Pusch, „so etwas hatten wir noch nie."

Vor lauter Neugier steckte Rita ihre Nase durch den Zelteingang. „Das will ich sehen!"

„Bleib draußen", zischte Oma Pusch, „nicht, dass uns jetzt noch jemand entlarvt. Das wäre eine Katastrophe!"

„Ist ja schon gut", maulte Rita, „dass du mir das alles aber schön auf Bildern festhältst."

„Ehrensache", erwiderte ihre Freundin und drehte den Körperteil mit Hinnerks Hilfe um, damit sie Fotos von allen Seiten machen konnte. „Wo der Rest wohl ist?", sinnierte sie.

„Stimmt, das wäre interessant", gab Hinnerk zu, „es fehlt ja ziemlich viel. Könnte sein, dass der Rest an verschiedenen Stellen hier am Strand verbuddelt worden ist. Das braucht weniger Platz, als wenn du einen ganzen Kerl einbuddeln musst."

„Ist es ein Mann?", fragte Rita von draußen.

„Schwer zu sagen“, gab Oma Pusch zu. „Das dachte ich zuerst, aber jetzt bin ich mir ehrlich gesagt nicht mehr so sicher.“

„Komm, dann lass uns jetzt Schluss machen und schnell von hier weggehen“, drängte Hinnerk. Ihm war nicht nur heiß von der Sonne. Er hatte auch ein schlechtes Gewissen. „Streuen wir jetzt nur Sand drüber und hauen schnell ab!“, schlug er vor.

„Nee, nee“, kam es von Oma Pusch. „Ihn oder sie buddeln wir feinsäuberlich genau so wieder ein, wie wir ihn gefunden haben. Es soll doch alles ganz Original sein.“

Hinnerk seufzte. Er hatte es befürchtet. Doch das Ganze war nicht so einfach. Wieder und wieder rieselte der Sand nach, sodass es nur mit Oma Puschs Hilfe gelang, die Büste ordnungsgemäß zu vergraben. Nun kam auch sie ins Schwitzen.

„Wer von uns verständigt denn gleich die Polizei?“, fragte Oma Pusch scheinheilig. Sie hatte nämlich keine Lust, sich von ihrem Neffen Oberkommissar dumme Sprüche anzuhören. Das kannte sie zur Genüge. Und sie wusste auch, dass Hinnerk mit Sicherheit nicht dazu bereit war, weil er bisweilen schlechte Erfahrungen mit den Beamten gemacht hatte. Blieb also nur Rita übrig. Sie schien es aber nicht zu kapieren, denn es blieb still. Also legte Oma Pusch nach.

„Ritalein“, säuselte sie, „du bist doch immer so verbindlich und höflich. Diese Aufgabe solltest du übernehmen. Dir kann man einfach nicht böse sein.“

Die Freundin fühlte sich einerseits gebauchpinselt, andererseits hatte sie keine Lust, bei der Kripo anzurufen.

„Ich mach's bestimmt nicht. Da könnt ihr euch auf den Kopf stellen", funkte Hinnerk dazwischen und schaufelte Sand über die toten Schultern.

„Wir müssen noch bis zu den Ohren", überlegte Oma Pusch. „Dann setzen wir ihm oder ihr die Kopfbedeckung wieder auf und fertig. Rita könnte doch so tun, als sei sie am Strand entlanggegangen und hätte den Hut aufgehoben. Dann muss sie nicht mal anrufen. Einfach ein bisschen schreien und zetern. Ich wette, irgendein Depp wird dann schon die Polizei verständigen. Sind ja genug Leute hier."

Rita stöhnte. „Na gut, wenn ich nicht selbst anrufen muss, mache ich es, aber ich will keinesfalls befragt werden."

„Dann musst du ganz schnell wegrennen, während du schreist und am besten vorher den Strohhut wegschleudern, damit man die Glatze sieht. Später mischst du dich einfach unters Volk. Das ist die beste Tarnung", sagte Oma Pusch. „Vorher müssen Hinnerk und ich aber weg sein. Klar?"

„Ja, ja, schon gut", erwiderte Rita, „dann macht mal, dass ihr wegkommt. Wir treffen uns gleich im Kiosk."

Das ließen sich die beiden nicht zweimal sagen. Ruckzuck rollte Hinnerk das Zelt ein. Oma Pusch nahm Rita den Eimer ab, legte Schere und Sandschaufel hinein und schlenderte eingehakt mit dem alten Paradiesvogel in Richtung Hafen zurück. Heimlich im Gepäck trug sie eine ganze Menge Fotos des merkwürdigen Torsos. Der Hut blieb auffällig zurück.

Ritas Schauspiel

Sehnsüchtig blickte die Freundin hinter Oma Pusch her. Dies hier war eine Aufgabe, der sie sich nicht wirklich gewachsen fühlte. Eigentlich log sie nicht, sondern sagte immer die Wahrheit, bis auf ein paar kleine Notlügen vielleicht, aber das machte ja jeder. Dafür musste man sich nicht schämen, doch hier am Strand jetzt ein Riesenzinnober zu veranstalten, das war so gar nicht ihre Art. Na ja, es half nichts, mit seinem Schicksal zu hadern. Sie hatte es versprochen und wollte Lotti nicht im Stich lassen. Damit Rita nicht wie Piksieben herumstand, hielt sie ihre Hand über die Augen und tat so, als ob sie aufs Meer starren und nach irgendeinem imaginären Schiff Ausschau halten würde. Als die beiden Totengräber außer Sicht waren, fasste sie sich ein Herz und schlenderte wie zufällig in Richtung Hut, hob ihn auf und fing wie wild an zu kreischen. Dabei trampelte sie auf der Stelle. Es sah eher komisch aus, tat aber seine Wirkung. Die Leute wurden neugierig und wollten ihr zur Hilfe eilen.

„Hilfe, eine tote Leiche!“, schrie Rita, um für noch mehr Tumult zu sorgen. „Mit ohne Augen, ihh!“

Jetzt gab es kein Halten mehr. Die menschliche Natur war im Grunde schlicht. Sensationslust trieb all die

Touristen wie von Zauberhand herbei, die in Hörweite am Strand waren. Das wollte man sehen. Nachdem sich eine Traube um den bedauernswerten Schädel gebildet hatte, zog sich Rita unauffällig aus der Affäre, indem sie mit kleinen, leisen Schritten rückwärtsging. Zur Tarnung zog sie sich den Dekoschal, den sie um den Hals trug, wie ein Kopftuch über. Die Enden baumelten über die Schulter. Ihre Brille steckte sie in die Tasche, dann schlüpfte sie aus der Hose. Glücklicherweise war ihre Bluse lang genug. Bisher hatte sie sie in den Bund gesteckt. Jetzt sah es aus, als ob sich eine ältere Dame im Strandkleid vor der sengenden Sonne schützte. Die Verwandlung war perfekt. In einiger Entfernung blieb sie stehen und blickte zurück. Die Menschentraube war noch größer geworden. Sie konnte den Kopf ganz getrost seinem Schicksal überlassen. In Kürze würde er geborgen werden. Damit würde auch die Suche nach dem Mörder beginnen. Denn eins war ja wohl sonnenklar: Niemand, der keinen Dreck am Stecken hatte, wäre auf die Idee gekommen, einen Torso am Strand zu vergraben.

Konspirative Sitzung im Kiosk

Als Rita am Kiosk ankam, hatte Oma Pusch alle Hände voll zu tun. Hinnerk stand hinten an der Anrichte und schmierte Brötchen, während ihre Freundin einen großen Eimer mit Rollmöpsen öffnete. Die Schlange vor dem Kiosk war lang. Dass Oma Pusch die besten Rollmopsbrötchen in Neuharlingersiel anbot, war längst kein Geheimtipp mehr. Mit einem Spritzer aus der Honigflasche verlieh sie den Snacks einen besonderen Pfiff. Außerdem geizte sie nicht mit dem Fisch und legte ein Röllchen mehr drauf. Jetzt, so kurz vor Mittag, regte sich der Appetit der sonnenhungrigen Strandlieger.

Aber heute konnte man behaupten, dass sich eine wahre Invasion vor dem Tresen tummelte. Das war einerseits gut, weil Oma Pusch viele Menschen ausfragen konnte, andererseits sprengte die Masse an Touristen schon fast die Kapazität ihrer Ressourcen.

„Rita, hol mal bitte schnell noch 20 Brötchen bei Hinrichs", bat Oma Pusch. „Wir sind gleich ausverkauft."

„Schick doch Hinnerk und ich schmiere weiter. Das geht mit Sicherheit schneller", schlug Rita vor.

„Auch wieder wahr", gab Oma Pusch zu. „Du hast mehr Routine."

„Hab's schon kapiert", sagte Hinnerk und schmunzelte. „Ihr Weiber wollt unter euch sein, aber glaubt ja nicht, dass ihr mich ausbooten könnt. Ich bin gleich wieder mit von der Partie, dass das klar ist."

„Ja, ja, du oller Meckerheini", zischte Oma Pusch, ohne dass der Fischer es hören konnte. Dann drückte sie ihm einen Zehneuroschein in die Hand.

„Das sind ja mindestens 20 Mann, die da anstehen", wunderte sich Rita. „So was hatten wir noch nie."

Oma Pusch machte ein nachdenkliches Gesicht. „Das liegt alles an der Klimaerwärmung, weißt du. Bei über 40 Grad hältst du es im Inland ja auch nicht aus. Darum flüchten jetzt alle entweder in die Berge oder an die Nordsee. Ans Mittelmeer will überhaupt niemand mehr. Wer möchte sich schon grillen lassen! Du hast es doch vorhin gesehen. Der ganze Strand war bunt von Touristen. Ich mag es ja, wenn viel los ist, aber das ist mir ehrlich gesagt schon einen Schlag zu viel. Wo soll das noch hinführen?"

„Ich hoffe, Hinnerk beeilt sich, sonst sitze ich hier bald auf dem Trockenen. Nur drei Brötchen sind noch da", seufzte Rita. „Wie sieht es denn mit den Rollmöpsen aus?"

„Keine Bange, alles andere ist reichlich da, auch der Honig", beruhigte Oma Pusch ihre Freundin.

Doch mit einem Mal lief jemand auf die Warteschlange zu, gestikulierte wie wild und die Leute liefen in Richtung Strand. Nur zwei Hartgesottene blieben am Tresen stehen. Der Rest hatte sich verflüchtigt.

„Oha“, stöhnte Oma Pusch. „Was ist das denn jetzt? Wo sind die alle hin?“

„Wir hörten was von Polizei“, erklärte die Kundin, die mit ihrem Mann auf zwei Rollmopsbrötchen wartete.

„Echt? Hoffentlich kein Badeunfall“, sagte Oma Pusch scheinheilig. „Mit vollem Magen sollte man ja nicht ins Wasser, und jetzt zur Mittagszeit hält sich vielleicht nicht jeder dran.“

„Das ist gut möglich“, erwiderte die Frau, „aber dass die da alle gleich hinrennen müssen.“

Oma Pusch zuckte mit den Schultern und reichte dem Ehepaar zwei Teller. Sie wollten direkt am Kiosk speisen. Darum war nur ein ganz leises Gespräch mit Rita möglich.

„Unser Plan ist aufgegangen“, freute sich Oma Pusch, „und wir sind fein raus. Wenn Hinnerk wieder hier ist, soll er die Stellung halten. Ist ja nix mehr los. Höchste Zeit für uns, schnell zum Strand runterzudüsen. Wo ist das Zelt? Wir könnten uns von der Drachenwiese her anschleichen. Ich hab ja den Boden rausgeschnitten. Wenn wir uns klein machen und langsam auf Knien ranrobben, sieht niemand, dass das Zelt wie von Geisterhand immer mehr in Richtung Fundort wandert. Möglicherweise gelingt es uns, meinen Kommissarneffen Eike zu belauschen oder Enno zuzuhören, wenn er aus dem rechtsmedizinischen Nähkästchen plaudert.“

Hinnerk stutzte, als er zurückkehrte. „Huch, wo sind die denn alle hin?“

„Die Polizei ist am Strand“, erklärte Oma Pusch und hatte damit die beste Garantie, dass Hinnerk lieber im Kiosk bleiben würde. „Was hältst du davon, wenn Rita und ich schnell mal spionieren gehen? Anschließend beratschlagen wir zu dritt, was zu tun ist. Einverstanden?“

„Ja, ja, geht ihr ruhig, ich bleibe lieber hier. Mir ist so heiß. Der Weg zum Bäcker hat mich richtig geschafft“, ächzte Hinnerk zur Untermalung.

„Okay, bis gleich“, erwiderte Oma Pusch.

Mit dem Zelt in der Hand liefen die beiden Frauen an Hinnerk vorbei.

„Was wollt ihr denn damit?“, fragte er.

„Keine Zeit, erklären wir dir später“, rief Rita ihm zu.

Dann waren die zwei Hobby-Ermittlerinnen schon außer Sicht.

Spionage im Zelt

Oma Pusch und Rita hatten beschlossen, sich der Sache von Westen aus zu nähern. Auf der Drachenwiese war im Gegensatz zum Strand weniger los. Während sie auf dem Deich entlangliefen, hatten sie von oben eine gute Sicht auf den Fundort. Doch auch hier standen bereits einige Gaffer, denen sie ausweichen mussten. Unten, wo der Torso vergraben lag, hatte sich eine Traube von Menschen rund um die Absperrung gebildet. Das war Mist, denn es behinderte ihre geplante Aktion. Sie mussten unbedingt auf Hörweite an das Geschehen herankommen und wussten noch nicht wie.

Oma Pusch zog ihr Smartphone heraus und stellte die Kamera ein.

„Was machst du denn da?", wunderte sich Rita. „Wir wollten doch möglichst schnell da hin."

„Nur Geduld, meine Liebe", antwortete Oma Pusch. „Ich will nicht fotografieren, sondern mit dem Zoom nachgucken, wer alles schon da ist."

„Den Leichenwagen deines Sohnes Nils habe ich vorhin aus den Augenwinkeln gesehen", informierte Rita ihre Freundin.

„Kein Wunder", lachte Oma Pusch, „dem hab ich ja auch eine WhatsApp-Nachricht geschickt. Nicht, dass die anderen Geier vor ihm da sind und er keine Geschäfte macht. Er braucht das Geld. Du weißt doch, dass er seit Kurzem eine Perle hat. Endlich!"

„Kennt sie seinen Beruf?", hakte Rita nach.

„Ja, aber das hat sie nicht abgeschreckt, eher meine Wenigkeit, weil ich kürzlich mal zufällig und aus Versehen bei ihm reingestürmt bin, weil ich dachte, dass es ihm schlecht ging. War aber echt nicht meine Absicht, in so eine delikate Situation ..."

„Ja, ich erinnere mich an die Geschichte", fiel Rita wieder ein. „Wenn sie trotzdem noch da ist, könnte das nun doch noch was werden mit den Enkeln. Desinfiziert Nils sich eigentlich hinterher?"

„Nach dem Sex?", fragte Oma Pusch perplex. Sie war in Gedanken noch in Nils' Schlafzimmer.

„Nein, nach der Arbeit, Lotti, was sonst?"

„Keine Ahnung, wahrscheinlich ja. Was interessiert mich das denn? Warte, ich erkenne Eike da am Strand und in Uniform den Martin Hinrichsen. Mein Schwager Enno ist auch schon da mit seiner Arzttasche. Er steht aber bei den Gaffern an der Absperrung. Keine Ahnung, warum. Ach, guck, da ist auch die Nele von der Spurensicherung. Wo wohl ihr Chef Bodo Siebenstein rumschwirrt? Den kann ich nirgends entdecken. Aber Nils und Rico sind mit einem schwarzen Leichensack da, glaube ich. Wir müssen uns beeilen, wenn wir noch irgendwas mitkriegen wollen."

Gesagt, getan. In Windeseile rannten die Seniorinnen über die Wiese. Man sollte nicht meinen, wie fit sie noch waren. Das Radfahren, die Ermittlungen und der Kiosk hielten sie auf Trab. Da blieb einfach keine Zeit zum Älterwerden. Vorsichtig näherten sie sich über das Gras hinweg und stülpten sich dann das Zelt über. Jetzt ging es nur noch im Zeitlupentempo und auf Knien weiter.

„Mensch, wie kommen wir denn da nur ganz dicht ran?", überlegte Rita flüsternd. „Sehen tun wir ja sowieso kaum was, aber hören wäre toll."

„Ich hab eine Idee", wisperte Oma Pusch zurück und lugte durch das kleine Dreieck an der Vorderseite, das nur mit einem Fliegengitter bespannt war. Als sie sich nahe genug an die Menschenmenge herangerobbt hatten, verstellte sie ihre Stimme. „Achtung, Achtung! Aus dem Weg! Bitte Platz machen für die Spurensicherung! Sie behindern sonst die Bodenuntersuchungen."

Diese Aussage war nicht ganz ungefährlich. Sie musste in der richtigen Lautstärke erfolgen. Leise genug, um die echten Ermittler nicht zu erreichen, aber kräftig genug, um die Gaffer zu beeindrucken. Kurzfristig erwog Oma Pusch, auch die vermeintlichen Kreuzottern erneut ins Spiel zu bringen, aber das hätte möglicherweise zu einer Panik geführt und ungewollt Aufmerksamkeit erregt. Das konnten die beiden Frauen auf keinen Fall gebrauchen. Sie robbten langsam weiter. Aber die Ansage aus dem Dunkel des Zeltes hatte Wirkung gezeigt. Wie ein Heringsschwarm teilte sich die Menge und ließ sie durch, um danach wieder zusammenzuschwappen. Rita und Oma Pusch waren unsichtbar eingeschlossen in den Reihen der Touristen und daher in der besten

Deckung, die man sich vorstellen konnte. Als Oma Pusch jedoch vorsichtig die Nase aus dem Reißverschluss steckte, blickte sie direkt auf den Zipfel eines durchscheinenden Nachthemdes und ein Paar sehr alte, nackige Beine. Der Seewind ließ vermuten, dass sich unter dem geblümten Kleidungsstück nichts weiter befand, aber das wollte Oma Pusch nicht so genau wissen, denn sie hatte bereits erkannt, wer da vor ihr stand und sich auf seinen Rollator in Violett metallic stützte.

„Direkt vor uns steht die alte Marga", flüsterte Oma Pusch ihrer Freundin zu.

„Wie ist die denn bis hierhergekommen?", wunderte sich Rita.

„Das weiß ich ehrlich gesagt auch nicht", wisperte Oma Pusch, „aber ich glaube, sie hat keine Unnerbüx an." Dann lauschte die heimliche Ermittlerin in Richtung Fundort, indem sie ihre Hände wie einen Trichter an die Ohren hielt.

„Kannst du denn was verstehen?", erkundigte sich Rita.

Oma Pusch schüttelte den Kopf. „Aber ich kann ein bisschen was sehen. Warte!" Sie zog wieder das Smartphone hervor und stellte auf zehnfache Vergrößerung. Dann lachte sie leise. „Du, die pinseln an der Glatze herum. Wahrscheinlich wissen die noch nicht mal, dass da unten kaum was dranhängt."

„Hast du das Nils denn gesagt? Ich meine, damit er und Rico nicht erst mit so einem großen Transportsarg anrücken", erklärte Rita.

„Bin ich bescheuert?", fragte Oma Pusch. „Damit hätten wir uns doch verraten. Ich weiß aber, dass die neuerdings sowieso nur noch mit den schwarzen Säcken rumlaufen. Der Junge kommt auch langsam in die Jahre, weißt du. Ich glaube, er hat es mit dem Knie. Tagtäglich diese Schlepperei! Und oft der Weg durch den Sand, da sinken sie sonst noch mehr ein, wenn dann auch noch das Gewicht vom Sarg dazukommt. Rico hat sich schließlich durchgesetzt. Jetzt haben sie diese Säcke. Okay, die sind sicher praktisch, aber ich finde trotzdem, dass so ein Körper auf diese Weise wie Abfall verpackt wird. Daran werde ich mich nie gewöhnen."

„Do geiht wat för!", dröhnte es plötzlich krächzend über ihren Köpfen. „De Düvel is överall!"

Oma Pusch konnte sehen, wie die Ermittler am Strand zusammenzuckten. Jeder kannte die hochbetagte Marga, die der Zahl 100 bereits näher war als der 90. Meist erzählte sie vom Teufel und seinen Heimsuchungen. Wer konnte, wich ihr aus und suchte das Weite, doch oftmals erschien sie direkt bei der Polizei und erzählte ihre unheimlichen Geschichten. Man nahm sie nicht ganz ernst, aber über den Grad ihrer Demenz war sich niemand bewusst. Klar war nur, dass sie nicht mehr alle Lichter am Christbaum hatte. Nichtsdestotrotz hatten Oma Pusch und Rita herausgefunden, dass immer ein Körnchen Wahrheit in ihren Erzählungen steckte. Wenn man ihr genau zuhörte und pfiffig kombinierte, konnte man aus ihren Worten einen Teil herauslesen, der der Realität nahe kam. Das eine oder andere Mal hatte dieser Umstand Rita und Oma Pusch in die Lage versetzt, Fälle zu lösen, bevor die Kripo eine Ahnung hatte.

„De hätt sin Kopp verloren", wusste Marga und schrie es gegen den Wind.

Nele Freese, die blonde Schönheit von der Spurensicherung, stöhnte. „Nicht wieder die olle Schnepfe!"

„Ist denn da nur ein Kopf?", erkundigte sich Oberkommissar Eike Hintermoser neugierig. *Wer sich über den merkwürdigen Namen wundert, bei dem Vorne und Hinten nicht zusammenzupassen scheint, schaut mal eben schnell ins Personenregister am Ende des Buches.*

„Nee, ich sehe auch schon Schultern", erwiderte Nele genervt. „Insofern hat die Alte unrecht."

„Sie scheint mir auch schon ein paar Jährchen auf dem Buckel zu haben", vermutete Oberkommissar Niklas Müller, der seit Kurzem das Team von Eike verstärkte. „Vielleicht ist sie nicht mehr ganz richtig im Kopf. Was hat sie überhaupt an? Ist das nur ein Nachthemd?"

Eike grinste frech. „Glaube mir, du wirst sie noch eher kennenlernen, als dir lieb ist, mein Freund."

Eike Hintermoser und Niklas Müller hatten zusammen studiert. In dieser Zeit waren sie gute Kumpel geworden. Krischan Hansen, auch „Der Kaiser" genannt, weil er im Grunde schon vor seiner Pension abgedankt hatte, würde nämlich bald in den Ruhestand gehen, und wegen der häufigen Mordfälle rund um Neuharlingersiel hatten sich die Oberen endlich entschlossen, eine weitere Kommissarenstelle zu bewilligen. Ob Hansens Posten wieder besetzt werden würde, war noch nicht bekannt, aber Eike hoffte es inständig.

„Wo ist eigentlich dein Chef, Bodo Siebenstein?“, fragte Eike.

„Der hat heute Urlaub, weil er im Garten helfen soll“, sagte Nele und grinste frech. „Ihr wisst schon, seine Lieblingsbeschäftigung. Ich wette, er wäre viel lieber hier.“

„Vielleicht tust du ihm einen Gefallen und rufst ihn an?“, schlug Eike augenzwinkernd vor. „Bei einem aktuellen Fall ist seine Anwesenheit doch bestimmt vonnöten, oder?“

„Seine Frau Trude wird mir den Kopf abreißen, aber okay, ich riskier's, dann hab ich bei ihm was gut.“

Oma Pusch und Rita sahen, wie Nele sich ein Stück vom Fundort entfernte und telefonierte.

„Die brauchen Verstärkung!“, frohlockte Oma Pusch. „Wer weiß, was die noch entdeckt haben.“

„Vielleicht weitere Teile im Sand?“, überlegte Rita.

Neugierig beobachteten sie, dass sich Nele weiter an der Stelle zu schaffen machte.

„Aus dem Weg!“, dröhnte es plötzlich vom gegenüberliegenden Rand der Absperrung.

Die wohlbekannte Stimme gehörte einem älteren Herrn mit halblangem, weißem Haar. Er hatte einige Zeit dort gestanden und das Treiben beobachtet. Aber jetzt hielt er den Moment für gekommen, sich ins Geschehen einzubringen. Doktor Enno Esen hielt sich selbst für einen Müller-Wohlfahrt des Nordens. Doch seine Zeit als Schicki-Micki-Modearzt war längst abgelaufen. Die jungen, hübschen Touristinnen interessierten sich nicht mehr für ihn. Also war er vor einiger Zeit umgestiegen. Seine Praxis hatte er geschlossen, um als Rechtsmediziner an der Küste tätig zu sein. Das hatte gleich mehrere Vorteile. Von seinen Patienten bekam er keine Körbe mehr, sie quatschten auch nicht dumm rum, und seine Arbeitszeiten waren besser. Außer im akuten Fall teilte er sie sich einfach selber ein. Mittlerweile hatte er sich daran gewöhnt, dass er ein alter Sack war, auf den die Damen nicht mehr flogen. Also waren andere Prioritäten gesetzt worden. Enno genoss lieber einen schönen Wein bei gutem Essen und hatte ein Auge auf seine Schwägerin Lotti Esen geworfen. Klar, sie war kein knackiger Hüpfer mehr, aber durchaus amüsant, ziemlich intelligent und ließ ihn zappeln. Das liebte er. Heutzutage war es ihm wichtiger, sich in der Gegenwart einer besonderen Frau wohlzufühlen als die schnelle Nummer auf dem Schreibtisch im Arztzimmer. Ja, selbst er war mit den Jahren ruhiger geworden.

Am Leichenfundort kam er genau im richtigen Moment an. Nele Freese stand etwas fassungslos vor dem Torso, der ihr soeben auf die Knie gekippt war. Vorsichtig rutschte sie rückwärts.

„Na, was haben wir denn da?“, fragte Enno mit väterlicher Stimme. „Verbeugt sich da jemand vor dir?“

„Nicht witzig", erwiderte Nele. „Das war echt nicht schön. Ich wollte nur den Sand entfernen, um die ganze Leiche für dich freizulegen."

„Verstehe", sagte Enno nach einem kurzen Blick auf das Unterteil der Büste, „fehlt wohl ein Stück, was? Also, dann lass mich mal ran. Ich schätze, du bist hier fertig. Wo ist denn Bodo?"

„Kommt gleich", antwortete Nele knapp.

„Wär ganz gut, den Rest vor jemand anderem zu finden", überlegte Enno laut.

„Was du nicht sagst", war Neles Kommentar. „Und wenn du mir jetzt auch noch erzählst wo, bin ich hin und weg."

Eike Hintermoser schaltete sich galant in das kleine Streitgespräch ein. „Ich hätte nicht übel Lust, den gesamten Strand zu sperren, aber wir hätten überhaupt nicht genug Leute, um den ganzen Sand umzugraben."

„Stell dir mal vor, du würdest hier alle wegschicken", gab Niklas zu bedenken. „Was meinst du, was das für einen Tumult gäbe. Meiner Meinung nach ist das Absperren auch gar nicht möglich. Meerseitig käme man immer ran, wenn man wollte."

„Nun ja, man bräuchte zumindest etliche Kilometer Flatterband, wenn man nur den Sandbereich einkreisen wollte. Und wer sollte das bewachen?", gab Enno zu bedenken.

„Das stimmt natürlich, aber was ist, wenn einer der Touristen auf weitere Leichenteile stößt? Zum Beispiel ein Kind beim Buddeln?", fragte Eike.

Nele seufzte. „Wenn wir ehrlich sind, wissen wir, dass wir das sowieso nicht verhindern können. Ich glaube allerdings, dass das nicht passieren wird. Und wisst ihr auch warum?“

„Nee“, antwortete Eike.

Die anderen schüttelten den Kopf.

„Ganz einfach“, fuhr sie weiter fort. „Der Kopf guckte doch eindeutig aus dem Sand heraus, damit man ihn findet. Also muss das Absicht gewesen sein. Er sollte auffallen. Man könnte doch davon ausgehen, dass der Mörder das auch mit dem Rest des Körpers gemacht hat. Warum sollte er den verstecken?“

„Eine sehr mutige und zugleich fahrlässige Vermutung“, sagte Bodo Siebenstein plötzlich von hinten. Er hatte sich unbemerkt genähert und zugehört. „Eike hat recht, wir sperren weiträumig ab.“

„Guck mal!“, zischte Rita, „jetzt ist der Siebenstein da. Ich bin gespannt, was jetzt passiert.“

„Wenn du mich fragst, stehen die nur rum und labern“, ärgerte sich Oma Pusch leise. „Enno hat noch nicht mal die Büste untersucht. Was ist das nur für ein Saftladen? Da sind wir schon weiter.“

„Achtung, Achtung“, dröhnte es mit einem Mal vom Deich her. „Bitte verlassen Sie augenblicklich das Strandgelände! Dies ist ein Polizeieinsatz. Der gesamte Bereich zwischen Deich und Wasser wird augenblicklich abgeriegelt.“

„Das ist doch Krischan Hansen“, flüsterte Rita. „Wieso sperren die plötzlich alles? Und was ist mit uns?“

„Rückzug, würde ich sagen und zwar schleunigst“, antwortete Oma Pusch.

„Achtung, Achtung. Passen Sie auf Ihre Kinder auf. Ganze Abschnitte des Sandes sind verseucht. Es besteht Lebensgefahr“, fuhr Hansen fort. „Bei Zuwiderhandlungen wird ein Bußgeld von 300 Euro verhängt.“

„Jetzt trägt er aber viel zu dick auf“, meinte Oma Pusch.

Doch die Menschenmenge reagierte prompt. Familien rafften ihr Hab und Gut zusammen. Strandkorbmieter flohen über den gepflasterten Streifen am Meer, Kinder weinten und wurden von ihren Eltern fortgetragen. Nur Marga blieb wie angewurzelt stehen.

„Wat is denn nu los? Hebbt se ook de Düvel seggen?“, fragte die Alte verblüfft.

„Wir müssen ihr helfen“, sagte Rita. „Sie kapiert doch gar nicht, worum es hier geht.“

„Und wie soll das unauffällig gehen?“, erkundigte sich Oma Pusch. „Ehrlich gesagt hab ich noch überhaupt keine Lösung, wie wir hier überhaupt unentdeckt wegkommen sollen. Es lichtet sich bereits. Zurück bleibt nur unser Zelt. Wir werden auffallen.“

„Warte“, wisperte Rita und nestelte am Stoff ihres Verstecks herum.

„Was machst du denn da?“, erkundigte sich Oma Pusch.

„Das wirst du gleich sehen“, versprach Rita und riss den gesamten Boden heraus, teilte ihn und überreichte ihrer Freundin ein Dreieck.

Oma Pusch verdrehte die Augen. „Nicht dein Ernst. Soll ich das etwa als Kopftuch aufsetzen?"

„Klar, wir gehen im Partnerlook als Betreuerinnen von Marga ganz locker über die Strandpromenade zurück. Besser geht's nicht!", erklärte Rita.

Wider Willen musste Oma Pusch zugeben, dass das eine geniale Idee gewesen war. Wieso hatte sie die nicht gehabt? Gemeinsam banden sie sich die Tücher um und mussten grinsen. Das sah echt bescheuert aus, denn es entstellte sie total.

„Okay, dann stehen wir jetzt einfach auf und stülpen das Zelt über unsere Köpfe", schlug Oma Pusch vor. „Anschließend haken wir Marga unter und schieben ab. Unser Versteck rollen wir ein und packen es in den Korb vom Rollator. Einverstanden?"

„So machen wir das", stimmte Rita zu.

Niemand bekam die Verwandlung mit. Die Urlauber hatten sich bereits verstreut und befanden sich im Aufbruch. Niemand achtete auf ein Zelt, das plötzlich Beine bekam und verschwand.

„Marga", sprach Oma Pusch die Alte an, „büschen frische Luft schnappen?"

„Nee, ihr lütten Deerns", erwiderte sie.

Der Einfachheit halber wird der folgende Dialog auf Hochdeutsch wiedergegeben. Marga spricht nämlich nur Platt.

„Ich muss alles im Blick behalten. Der Teufel treibt hier wieder sein Unwesen", erklärte sie den beiden Seniorinnen. In ihren Augen blieben die beiden immer kleine Mädchen. „Die Erde hat sich aufgetan", berichtete sie weiter, „und einer ist zur Hölle gefahren."

„Nicht so ganz", wandte Oma Pusch ein, „denn der Kopf ist auf dem Weg nach unten wohl stecken geblieben. Sonst hätte man ihn nicht gefunden."

„Ja, das ist merkwürdig", wunderte sich Marga jetzt. „Ich hab mich schon gefragt, was die alle hier wollen. Es ist doch so heiß."

„Sag mal, Marga, hast du eigentlich nur ein Nachthemd an?", erkundigte sich Oma Pusch.

„Sicher, was Dünneres hatte ich nicht."

„Und wo ist deine Unnerbüx?", bohrte Oma Pusch weiter.

„Die hab ich wohl vergessen", gab Marga zu. „Ist aber besser, dann kann ich laufen lassen. Merkt hier am Strand ja keiner. Haben wir früher überall so gemacht. Auf dem Weg zur Kirche, beim Bäcker …"

Rita verdrehte die Augen. „Weiß deine Tochter, dass du am Strand bist?"

„Gott bewahre", sagte Marga mit schreckgeweiteten Augen. „Das darf die auf keinen Fall wissen, sonst komme ich ins Heim."

„Keine Bange", versprach Oma Pusch, „bei uns bist du in guten Händen. Aber komm, wir bringen dich jetzt nach Hause. Ist doch zu heiß draußen, selbst im dünnsten Hemd."

Rechts und links eskortiert, schob die alte Frau von dannen. Sehr zur Beruhigung des Ermittlerteams, das schon befürchtet hatte, selbst tätig werden zu müssen.

Wer die beiden unbekannten Frauen waren, die der Hochbetagten halfen, wusste man nicht. Man tippte auf hilfsbereite Touristen.

Wieder im Kiosk

Es hatte eine gefühlte Ewigkeit gedauert, bis Rita und Oma Pusch wieder an der Hafenpromenade angelangt waren. Außer Sichtweite konnten die beiden endlich ihre Kopftücher aus Zeltstoff ablegen. Die Kunstfaser hatte dafür gesorgt, dass ihnen der Schweiß überallhin rann. Inzwischen waren sie klatschnass, denn sie hatten sich auch sportlich betätigen müssen. Marga war einfach zu langsam vorangekommen. Also hatten sie sie kurzerhand auf die Sitzfläche ihres Rollators bugsiert und geschoben. Auf dem Pflaster am Strand war das noch halbwegs gegangen, aber zum Deich hin ging es steil bergan. Nur mithilfe eines freundlichen Rentners hatten sie schließlich den Spazierweg auf der Deichkrone erreicht, der zum Hafen führte. Doch kurz vor dem Parkplatz wartete die nächste Herausforderung auf sie.

„Mist, hier geht es steil bergab", stöhnte Oma Pusch. „Glaubst du, wir können sie halten?"

„Das wäre mir zu heikel", gab Rita zu.

„Aber zu Fuß wird sie es auch nicht schaffen", sagte Oma Pusch, „weder auf den Treppen noch auf der Rampe. Ich frage mich allen Ernstes, wie sie überhaupt da zum Strand gekommen ist."

Marga grinste. „Das wollt ihr wohl wissen, wie? Ganz einfach. Ich ruf immer den lütten Heinz an. Der hilft mir dann. Hier ist seine Nummer." Die Alte hielt Oma Pusch ihren Arm vor die Nase. Darauf stand in großen Lettern eine Nummer. „Siehste, min Deern, da rufste an. Und denn kommt der Heinz mit dem Taxi und holt mich hier oben ab."

„Einen Versuch ist's wert", überlegte Rita laut.

„Um Himmels willen", rief Oma Pusch plötzlich. „Mach du das mal mit dem Anruf. Ich muss sofort zurück zum Kiosk. Guck bloß, wie lang die Schlange jetzt wieder ist."

„Kein Wunder", erwiderte Rita, „die ganzen Menschen mussten doch auch vom Strand runter. Sie werden die Badepause nutzen, um schnell was zu essen."

„Kann sein, aber ich wette, das wird heute nix mehr mit dem Baden", wandte Oma Pusch ein, „die werden nämlich den gesamten Strand mit Baggern umgraben, wenn du mich fragst."

„Da könntest du schon recht haben, aber ich glaube, die Mehrzahl wird rund um den abgesperrten Bereich herum lauern, um anschließend den besten Platz auf der Sandfläche zu ergattern", sagte Rita.

„Egal, sollen sie machen", antwortete Oma Pusch, „ich sause jetzt, bis später. Komm nach, sobald ihr Marga ins Taxi verfrachtet habt."

Rita und Marga winkten ihr noch zu, während Lotti Esen den Deich hinabstürmte und so schnell sie konnte zum Kiosk rannte. Darin stand ein bunter Hinnerk mit rotem Kopf. Er war der Sache nicht gewachsen und versuchte, die Meute mit Ostfriesenwitzen zu erheitern. Eine Katastrophe!

Oma Pusch hörte gerade noch mit halbem Ohr, dass er nach drei Orten für Irrenanstalten fragte und selbst dabei grinste, als hätte er gesoffen. Eine sei natürlich in Ostfriesland, erklärte er, das wäre ja klar und eine im Osten, tja, und Bayern würde komplett überdacht. Nur er kicherte aus vollem Hals, denn der Witz kam bei allen jenseits der Elbe und des Weißwurstäquators überhaupt nicht gut an. Und die machten einen Großteil der Urlauber aus. Oma Pusch musste dringend eingreifen. Er verprellte ihr sonst die ganzen Kunden.

„Kleiner Witzbold, unser Hinnerk", schaltete sie sich ein und zwinkerte den Wartenden zu. „Das liegt nur daran, dass er so einen platten Hinterkopf hat, was, Hinnerk? Es liegt am Trinken."

„Ich weiß nicht, was du meinst", versuchte sich der alte Fischer rauszureden, denn dem kühlen Hellen und dem Köm gegenüber war er weiß Gott nicht abgeneigt, „die paar Glas Bier."

„Nee, als kleiner Junge, meine ich", sagte Oma Pusch schelmisch.

Hinnerk machte ein richtig dummes Gesicht, denn er hatte absolut keine Ahnung, wovon sie eigentlich sprach.

„Na ja, Hinnerk, das hast du bestimmt vergessen, dass dir beim Trinken immer der Klodeckel auf den Kopf gefallen ist."

Mit einem Mal war Stille vor dem Tresen. Diejenigen, die dem Gespräch gelauscht hatten, suchten das Weite und nahmen mit einem Backfischbrötchen von woanders vorlieb oder ihnen war der Appetit vergangen. Doch die lange Schlange rückte einfach auf. Oma Puschs Worte waren glücklicherweise nicht bis nach hinten durchgedrungen.

„Haben Sie keine Rollmopsbrötchen mehr?", fragte eine junge Frau verwundert. „Wir stehen schon so lange an."

„Doch, doch", beruhigte Oma Pusch sie, „es ist genug für alle da. Manch einer will halt nicht warten", redete sie sich raus.

„An den Strand dürfen wir im Moment sowieso nicht", erzählte die Kundin. „Sie haben alles abgesperrt. Ob die da wohl eine Bombe gefunden haben?"

„Möglich", erwiderte Oma Pusch, die es weiß Gott besser wusste, „aber ich glaube eher, dass da ein Verbrechen im Spiel ist", flüsterte sie verschwörerisch. „Vielleicht sogar Mord …"

„Was?", kreischte die Urlauberin vor Schreck und beugte sich dann aber neugierig vor. „Woher wissen Sie das?", erkundigte sie sich leise.

„Ich habe da so meine Quellen", flüsterte Oma Pusch geheimnisvoll. „Was glauben Sie, warum die jetzt den ganzen Strand abgesperrt haben und dort mit großen Baggern und Treckern umgraben?"

„Ja, aber wenn doch schon eine Leiche gefunden worden ist, warum suchen sie dann noch nach einer zweiten?", wunderte sich die Kundin und nahm ihr Rollmopsbrötchen entgegen. Sie konnte ja nicht ahnen, dass nur der Teil eines Toten gefunden worden war. „Ich werde unten spionieren gehen. Falls ich was erfahre, komme ich wieder, versprochen. Mhhh, das Brötchen ist so was von lecker."

„Das freut mich, meine Liebe, und falls Sie tatsächlich Neuigkeiten haben, gibt's noch eins aufs Haus, versprochen!", sagte Oma Pusch und winkte ihr hinterher.

„Hab ich da eben was von einer Leiche gehört?", fragte ein Herr mittleren Alters. Er war als Nächster dran.

„Ja, wundern Sie sich denn nicht über diese groß angelegte Räumaktion?", wollte Oma Pusch wissen. „Man sperrt doch mitten in der Saison nicht so einfach plötzlich den Strand. Wo kämen wir denn da hin?"

„Es könnte sich auch um eine andere Gefahrenlage handeln", wandte der Mann ein. „Wenn zum Beispiel etwas angespült worden wäre, etwas Giftiges oder Kontaminiertes, das die Bevölkerung schädigen könnte."

„Das glaube ich nicht", antwortete Oma Pusch. „Außerdem reichen mir schon die ganzen Bierdosen und die weggeworfenen Pappen vom Pommesstand. Beim Backfisch gibt es auch so Papiertüten. Alles wird später einfach in die Gegend geschmissen. Darum sind wir dazu übergegangen, unsere Brötchen in Salatblätter zu wickeln. Erstens ist es gesund und zweitens nicht schädlich, wenn es unachtsam in die Natur geworfen wird."

„So etwas hat es früher nicht gegeben!", rief eine Seniorin aus der zweiten Reihe. „Keine Erziehung mehr heutzutage. Fressen und wegwerfen, wie es einem passt. Wo kommen wir denn da hin?"

„Manche entsorgen auch Tote", kam Oma Pusch wieder auf ihr Thema zurück. „Die werden dann ebenfalls giftig, vom Leichengift nämlich. Darum muss der Sand drumrum großzügig abgetragen werden."

Der Herr direkt vor dem Tresen verdrehte die Augen. „Also, Ihre Brötchen sind wirklich lecker, aber Ihre Fantasie geht mit Ihnen durch. Sie sollten vielleicht lieber Bücher schreiben."

„Das wäre das Letzte, was ich täte", lachte Oma Pusch herzlich. „Im stillen Kämmerlein allein hocken und in die Tasten hauen. Ich brauche Menschen um mich herum!"

„Opa, bist du schon dran?", rief es neben der Schlange. „Ich muss dir was erzählen."

„Du solltest doch auf der Drachenwiese bleiben", schimpfte der Senior.

„Das wollte ich auch, aber sie haben mich weggeschickt, und jetzt habe ich Hunger", erklärte der kleine Justus.

„Dann nimm hier mal schnell ein Brötchen", sagte Oma Pusch. Ihr wurde warm ums Herz. Sie liebte Kinder und wollte so gerne noch Enkel von Nils, dem Bestatter.

„Wer hat dich denn weggeschickt?", wollte der Opa wissen.

„So ein Polizist mit riesengroßen Ohren", erklärte der Pöks. „Ich habe aber trotzdem gesehen, dass die eine

Schaufensterpuppe in den Sack gesteckt haben, aber nur das Oberteil.“

Der Großvater atmete tief durch.

„Ach, das war Martin Hinrichsen“, erklärte Oma Pusch und kicherte. „Mein Neffe Eike nennt ihn heimlich Rhabarberblattohr, aber das darf er natürlich nicht wissen“, sagte sie mit einem Augenzwinkern zu dem Lütten.

„Nu such dir doch schon mal eine schöne Bank hier am Hafen, wo wir uns hinsetzen können“, schlug er seinem Enkel vor. „Ich komme gleich.“

„Wird gemacht!“, rief der und düste ab.

„Schaufensterpuppe“, seufzte er. „Na, dann haben Sie wohl doch nicht ganz recht mit Ihrer Vermutung, aber sind die nicht immer glatzköpfig?“

Oma Pusch nickte wissend. „Und sie können dennoch aus Fleisch und Blut sein.“

„Nun geben Sie mir schon mein Brötchen, sonst brauche ich gleich keins mehr, wenn Sie weitererzählen“, seufzte er. „Mir scheint, hier spinnen nicht nur Fischer Seemannsgarn.“

Das hatte Hinnerk im hinteren Bereich des Kiosks gehört.

„Nee, da hast du recht, min Jung. Die Weiber sind viel schlimmer mit dem Klönschnack als wir. Sieh dich bloß vor! Aber in dem Fall hat sie recht“, versicherte Hinnerk und winkte ihm zum Abschied zu.

„Dass diese Kerle immer so auf uns Frauen rumhacken müssen“, beschwerte sich die Seniorin. „Ein Rollmopsbrötchen, bitte.“

Hinnerk hatte unterdessen Routine bekommen und konnte sofort liefern. Einen Kommentar sparte er sich. Zufrieden ging die Alte weg.

„Was war das da eben mit der Schaufensterpuppe?", erkundigte sich ein Mittdreißiger mit Vollbart. „Findet der ganze Zinnober nur statt, weil sie eine Plastikdame aus dem Sand gefischt haben? Hat sich da jemand einen Scherz erlaubt? Falls ja, fühle ich mich um einen Urlaubstag am Meer betrogen."

„Mein Lieber", begann Oma Pusch besänftigend, „sei du mal froh, wenn das bei einem einzigen Tag bleibt, denn falls sich herausstellen sollte, dass wir es hier nicht mit Kunststoff zu tun haben, sondern", sie räusperte sich, „sondern mit menschlichen Überresten, dann solltest du morgen lieber nach Benser-, Harle- oder Hooksiel fahren, denn ich fürchte, dass dann der Strand noch ein bisschen länger untersucht wird."

„Danke für den Tipp", sagte er und schob mit seinem Brötchen ab.

„Hallo, hallo", rief es aufgeregt von hinten. „Kann mir jemand sagen, was hier los ist? Da hinten steht ein Leichenwagen."

Nun wurde es Oma Pusch zu bunt. Sie entschloss sich, eine Ansage zu machen.

„Meine lieben Urlauber", rief sie so laut sie konnte, „Verbrechen machen auch vor den schönsten Urlaubszielen nicht halt, aber seien Sie unbesorgt. Der Kommissar hier ist mein Neffe. Wir werden ruckzuck für Aufklärung sorgen, egal, was passiert ist. Wenn es gut läuft, arbeiten sie die ganze Nacht durch, damit der Strand morgen früh wieder freigegeben werden kann. Bis dahin empfehle ich Ihnen einen Besuch der Seriemer Mühle oder des Badewerks. Vielleicht setzen Sie auch nach Spiekeroog über. Da können Sie nahtlos weiterbaden. Oder Sie setzen sich in ein schönes Café hier am Hafen. Wer eine Ferienwohnung mit Balkon oder Terrasse hat, könnte im Schatten auch ein Buch lesen. Hier in der Tourist-Information können Sie zum Beispiel spannende Krimis kaufen, die an unserer Küste spielen. Damit Sie nicht so enttäuscht sind, gibt es jetzt für jeden von Ihnen ein Rollmopsbrötchen gratis, so lange der Vorrat reicht. Wir schmieren, Sie greifen zu!“

Ein Raunen ging durch die Reihe der Wartenden, aber Oma Pusch war nicht nur großzügig, sondern auch extrem neugierig. Hier im Kiosk verschwendete sie ihre Zeit, was mögliche Ermittlungen anging. Den Verdienst hatte sie nicht nötig. Sie lebte von Vermietungen an Feriengäste und von Fridtjofs Lebensversicherung. Ihr Mann, der zugleich Enno Esens Bruder gewesen war, hatte ihr ein schönes Sümmchen hinterlassen. Das Schicksal und die See waren tückisch. Ihn hatte es beim Fischen förmlich auf den Grund des Meeres verschlagen, als der Mast durch eine Windböe umgeschwenkt war und ihn am Hinterkopf getroffen hatte. Wie ein Stein war er in die Tiefe gesunken. Die Fische, die er hatte fangen wollen, kicherten jetzt noch. Er konnte sie seitdem nur noch von unten betrachten.

Das vermutete man zumindest, denn er war im wahrsten Sinne des Wortes nie wieder aufgetaucht.

In Windeseile hatten Oma Pusch und Hinnerk die restlichen Brötchen geschmiert. Ausgerechnet für die letzten beiden Kunden musste sie einen neuen Eimer Rollmöpse öffnen. Und damit begann das Dilemma.

Auf dem Tisch

Während Bagger und Trecker den Strand in Eikes Auftrag unter die Lupe nahmen, tat Enno es im wahrsten Sinne des Wortes mit dem Fragment auf seinem Sektionstisch. Er untersuchte die mysteriöse Büste.

Die Rechtsmedizin befand sich im Kellergeschoss des Bestattungsinstitutes Fritsche & Esen. Das war aufgrund der kurzen Wege praktisch.

In diesem Sommer hatte Doktor Enno Esen einen Hospitanten, der ebenfalls Rechtsmediziner werden wollte. Doktor Fokke Petersen war im Gegensatz zu ihm jung und attraktiv. Allerdings konnte diese Augenweide seinen Patientinnen egal sein. Sie waren ja schon tot. Enno hielt es für eine nahezu unzumutbare Verschwendung, dass dieser Mann nicht Gynäkologe oder zumindest Hausarzt geworden war.

Wie viele Frauenherzen hätten ihm offen gestanden? So viele vergebene Chancen, schwelgte er in Erinnerungen an seine Zeit als Modearzt für Touristinnen, die er reihenweise flachgelegt hatte. Ein bisschen trauerte er dieser Zeit immer noch nach, auch wenn er mittlerweile ruhiger geworden war und sich in seine Schwägerin verguckt hatte. Wenn man bei den jungen Dingern nicht mehr landen konnte, musste man seinen Fokus auf andere Werte legen. Auf ein pfiffiges Köpfchen zum Beispiel, falls man sich gerne intelligent unterhielt oder darauf, dass jemand gut kochen konnte. Auch eine gewisse Bettwärme war nicht zu verachten, selbst wenn sie eher vom Kuscheln kam als von genüsslichen gymnastischen Übungen. Im Alter wurde der Mensch bescheiden und gab sich mit dem zufrieden, was sich ihm noch bot. In Oma Pusch vereinten sich für Enno all die Vorzüge, an denen ihm gelegen war. Er konnte sich sozusagen als Glückspilz bezeichnen, falls sie ihn jemals erhörte.

„Ach, guck, was haben wir denn da?", riss Fokke den älteren Kollegen aus dessen Gedanken.

„Das wirst du mir hoffentlich gleich sagen", erwiderte Enno und umschiffte so, dass er überhaupt nicht bei der Sache gewesen war.

Mit einem scharfen Löffel förderte Fokke zwei Steine zutage, einen aus jeder Augenhöhle. Enno nahm einen davon in die Hand und wusste sofort Bescheid.

„Bernstein", konstatierte er. „Soll uns das irgendetwas sagen?"

„Falls ja, hätte ich nicht die geringste Ahnung was", gab Fokke zu.

„Hmm, Bernstein anstatt Augen", überlegte Enno laut. „Baumharz ist es, versteinertes." Er hielt beide Klunker nacheinander vor die große OP-Lampe, die über dem Sektionstisch hing. „Die funkeln und leuchten richtig. Wie Gold zum Beispiel oder ein Feuer. Geschliffen sind sie auch."

„Ohne Augen ist man blind“, schaltete sich Fokke in den Denkprozess mit ein, „daran ändern auch die Steine nichts.“

„Blind“, sinnierte Enno, „auf beiden Augen blind. Bernsteine leuchten. Licht, leuchten, Erleuchtung. Ich hab's. Das könnte es sein.“

„Jemand, der auf beiden Augen blind ist, erlangt durch die Bernsteine Erleuchtung? Meinst du das?“, erkundigte sich Fokke.

„Ganz genau“, freute sich Enno über das helle Kerlchen.

„Bisschen weit hergeholt, finde ich“, erwiderte Fokke und machte jegliche Sympathie, die sein Gegenüber gerade für ihn fühlte, zunichte. „Aber wir können es auf jeden Fall im Hinterkopf behalten.“

„Sehr großzügig“, murmelte Enno.

„Was hast du gesagt?“

„Uns sollte zunächst einmal die Frage beschäftigen, ob wir es hier mit Männlein oder Weiblein zu tun haben“, lenkte Enno ab.

„Na ja“, begann Fokke, „in dem etwas zu üppigen Gesicht sehe ich Bartstoppeln, aber nur partiell. Haare waren auf dem Schädel wohl auch mal drauf, doch irgendjemand hat sie abrasiert, wahrscheinlich posthum. Ein wenig sprießt wieder. Sieht ziemlich schütter aus.“

„Sprießen ist ja wohl zu viel gesagt“, korrigierte ihn Enno. „Dir muss ich doch nicht sagen, dass nach dem Tod überhaupt nichts mehr wächst.“

„Nee, musst du nicht, aber der Mythos hält sich hartnäckig. Ich hab das eher im übertragenen Sinne gemeint“, erklärte Fokke. „Sicher weiß ich, dass lediglich die Haut schrumpft und es deswegen so aussieht, als ob was wächst.“

Enno nickte beruhigt. „Jetzt wissen wir aber immer noch nicht, ob es ein Er oder eine Sie ist. Hast du eine Idee oder Vorschläge, um das schnellstmöglich herauszufinden?“

„Ehrlich gesagt kann ich anhand der Optik auf keinen Fall sagen, welches Geschlecht unser Kopf hat“, gab Fokke zu, „also empfehle ich, ihn zu röntgen. Ich denke, dann kommen wir weiter.“

„Guter Junge“, freute sich Enno, und Fokke verdrehte im Geiste die Augen, hielt aber lieber den Schnabel. Er war ja zu Gast. „Na, dann leg mal los und schlepp unsere Büste unter den Röntgenapparat. Ich mache uns unterdessen einen Kaffee.“

Fokke nickte, packte sich das Leichenteil unter einigen Schwierigkeiten, denn er hatte das Gewicht stark unterschätzt. Es wäre einfacher gewesen, wenn er den Hals in den Schwitzkasten hätte nehmen können, aber er musste vorsichtig mit dem Exponat umgehen, damit keine Ergebnisse verfälscht wurden.

Während Enno die Kaffeemaschine füllte, klingelte plötzlich sein Smartphone. Sofort wusste er, dass das nur seine angebetete Lotti sein konnte – selbstverständlich auf der Suche nach Informationen und leider nicht wegen seiner tollen Ausstrahlung.

„Ennolein", flötete sie in den Hörer und machte sich daher sofort verdächtig. Sonst sagte sie nie so etwas zu ihm. „Du, Ennolein, sag mal, was machst du gerade?"

„Scherzkeks", erwiderte Enno. „Woher weißt du das mit der Leiche? Hat es sich schon unter den Urlaubern herumgesprochen? Am Strand habe ich dich nämlich gar nicht gesehen. Muss ich mir Sorgen machen?"

„Ach was", sagte Oma Pusch, „habt ihr den Rest auch schon gefunden? Zumindest einen Teil?"

Enno schüttelte den Kopf. Diese Frau war unglaublich.

„Nein, Lotti, tut mir leid, da kann ich dir echt nicht weiterhelfen. Ich bin hier mit Fokke in der Rechtsmedizin und versuche, dem Geheimnis der Büste auf den Grund zu gehen."

„Fokke? Wer ist Fokke? Hieß der Tote so?", erkundigte sie sich.

Enno stöhnte. „Nein, keine Ahnung, wir wissen doch noch nicht mal", er unterbrach sich abrupt. Beinahe hätte er ihr wichtige Informationen gegeben. „Also, Fokke ist zurzeit in der Lehre bei mir, einfach ausgedrückt. Er will auch so was werden wie ich."

„Leichenschnippler?", fragte sie amüsiert.

„Danke, dass du wenigstens nichts mit Fleddern gesagt hast", erwiderte Enno erleichtert. „Ja, er möchte auch Rechtsmediziner werden. Das ist nämlich ein höchst anerkennenswerter und nützlicher Beruf."

„Stimmt, genau wie Bestatter", konterte Oma Pusch. „Findet die Damenwelt aber genauso ekelig."

Enno schnaubte. „Hier geht es steriler und akkurater zu als in mancher Küche, glaube mir! Davon können sich viele eine Scheibe abschneiden."

„Lieber nicht", kam es prustend von Oma Pusch. „Scheibchen Lende oder Schulter. Nee, darauf kann ich echt verzichten. Ich möchte nur wissen, ob du schon irgendetwas herausgefunden hast, das für die Ermittlungen nützlich ist."

„Nein, noch nicht, und falls doch, würde ich es dir nicht sagen", zischte Enno leicht beleidigt in den Hörer.

„Ist wohl eher 'ne Frau", blökte Fokke mit dem Röntgenbild in der Hand durch die Tür. „Hab aber noch was höchst Interessantes entdeckt."

„Ja, warte eben, ich komme", versuchte Enno das Schlimmste zu verhindern. Nicht auszudenken, wenn Fokke aus Versehen weitere Interna ausgeplaudert hätte. Er konnte ja nicht ahnen, mit welchen listigen Weibern man es hier zu tun hatte.

„So, so, also eher eine Frau. Dachte ich mir schon", berichtete Oma Pusch.

„Warum?", fragte Enno perplex.

„Wegen des Fingers", erklärte Oma Pusch.

Enno verstand nun gar nichts mehr.

„Soll ich ihn dir nach Esens bringen oder muss die Spurensicherung herkommen?", erkundigte sich Oma Pusch.

„Wohin denn um Himmels willen?"

„Na, zu mir in den Kiosk. Mach ich vorhin den Kühlschrank auf und will ganz hinten an die Rollmöpse", erzählte sie. „Du weißt schon, die kleinen, durchsichtigen Eimerchen vom Großmarkt, und da liegt er da. Oder besser gesagt, er stand da wie ein mahnender Zeigefinger, vielleicht auch wie ein Stinkefinger. Wer will das wissen? Auf jeden Fall nicht schön das Teil. Das sage ich dir."

„Erstens, was ist es für einer? Zeige- oder Mittelfinger? Zweitens, fass nichts an!", bat er. „Und was um alles in der Welt soll an einem toten Finger schon schön sein. Vor allem, wie kommt er in deinen Kühlschrank?"

„Moment mal", sagte Oma Pusch. Es raschelte. „Der steht da am Rand und lehnt an der Wand", versuchte sie zu beschreiben. „Der ist irgendwie dick und bläulich verfärbt, aber ich kann dir echt nicht sagen, an welcher Stelle der abgetrennt worden ist."

„Und wie kommst du auf die Behauptung, dass es sich um eine Frau handeln könnte? Ob dein Finger mit unserer Büste zusammenhängt, ist darüber hinaus völlig unklar", wandte er ein.

„Büste, aha, mehr nicht?", frohlockte Oma Pusch, denn Enno hatte sich nun doch verplappert. Natürlich wusste sie das längst, aber das würde sie ihm doch nicht unter die Nase reiben.

Enno hingegen hätte sich am liebsten auf die Zunge gebissen.

„Wenn wir Arme mit Händen hätten, wäre es leichter", überlegte Oma Pusch. „Aber du hast überhaupt noch nicht gefragt, was da so richtig ekelig ist."

„Dann sag es mir doch", forderte Enno.

„Ein widerlich langer Kunstnagel!“, erklärte Oma Pusch. „So richtig primitiv. Du weißt schon, wenn man mal rumzappt und aus Versehen bei RTL landet. Da sitzen solche Weiber im Reality-TV: Fett, mit Dreifachkinn, meist tätowiert und noch so Metallgedöns im Gesicht, rote oder grüne Haare und Nägel, mit denen du Saatreihen ziehen könntest. Mir ist schleierhaft, wie man sich damit den Hintern …“

„Lotti“, schimpfte Enno jetzt, obwohl sie durchaus recht hatte. „Du machst sofort deinen Kiosk dicht, und ich schicke dir unseren Bodo Siebenstein von der SpuSi.“

„Wenn's denn sein muss“, seufzte Oma Pusch. „Wir hatten eh keine Brötchen mehr. Du kannst dir gar nicht vorstellen, was hier heute los war.“

Doch“, sagte Enno, denn das konnte er sehr wohl, weil er es sich nicht hatte nehmen lassen, auf dem Rückweg vom Strand bei seiner Lotti vorbeizuschlendern. Gerne hätte er auch angehalten, aber als er die lange Warteschlange entdeckt hatte, war er abgeschwenkt und sofort zu seinem Wagen gegangen. Zumindest hatte er sie von Ferne am Tresen gesehen. Und er ahnte, dass er in den nächsten Tagen zu beschäftigt sein würde, um ihr nahezukommen. Darum verabschiedete er sich etwas wehmütig von ihr.

„Hast du jetzt Zeit, Chef?“, fragte Fokke mit einem Augenzwinkern.

„War beruflich“, versuchte Enno allen Spekulationen vorzubeugen.

„Da bin ich mir ganz sicher", erwiderte Fokke. „Und ich hab jetzt auch was Berufliches. Stell dir vor, was mir beim genaueren Hinsehen noch aufgefallen ist. Du warst ja beschäftigt, da habe ich eigentlich nur mal nachschauen wollen, auf welche Weise die Augäpfel denn entfernt worden sind, und siehe da, ich entdeckte etwas, das ich vorher für vertrocknetes Fleisch gehalten hatte. Ist es aber nicht."

„Ich verstehe nur Bahnhof", gab Enno zu.

„Dann will ich nicht um den heißen Brei herumreden. Siehst du das hier?" Er hielt Enno etwas Rötliches vor die Nase. „Riech mal dran!"

Enno schnupperte. „Kommt mir bekannt vor, aber es fällt mir nicht ein."

„Tomaten", sagte Fokke, „und zwar getrocknete."

„Sehr merkwürdig. Damit kann ich überhaupt nichts anfangen", antwortete Enno. „Wer steckt denn so was da rein?"

„Keine Ahnung", kam es von Fokke, „aber ich werde mir jetzt auch noch die anderen Körperöffnungen der Büste genau ansehen. Wer weiß, was wir da noch finden."

„Ich rechne mit allem", seufzte Enno, und da sollte er recht behalten.

Heisse Gespräche im Kiosk

Unbarmherzig schien die Sonne auf den kleinen Kiosk am Hafen. Da Hinnerk selbst bei Bäcker Johann Hinrichs keine Brötchen mehr bekommen hatte, war der Weiterverkauf von Spezialitäten mit Rollmops unmöglich geworden. Doch nicht nur dieser Umstand hatte dazu geführt, dass die kleine Bude mittlerweile von Oma Pusch verrammelt worden war. Man wollte auch keine Gaffer. Lieber saß man in einer Sauna und fachsimpelte im Geheimen. Auch Rita war inzwischen wieder mit von der Partie. Der hässliche Finger hatte bei ihr zu Magenbeschwerden geführt, die Oma Pusch mit entflammtem Friesengeist kurierte. Jeder wusste schließlich, dass Pfefferminze bei so etwas gut war. Na ja, und der Alkohol schadete dabei nicht. Er brannte die Magenwände blitzrein. Hinnerk und Oma Pusch hatten sich solidarisch erklärt und sich selbst vorsichtshalber ebenfalls desinfiziert. Wer konnte schon wissen, ob Leichengift übersprang?

„Herrje", rief Rita plötzlich. „Was machst du denn jetzt mit dem Kühlschrank? Hicks. Willst du den auch mit Friesengeist ausspülen?"

Oma Pusch schüttelte den Kopf. Rita vertrug wirklich überhaupt nichts. „Den alten Mistbock schmeiße ich weg. Der war mir sowieso zu laut. Außerdem hab ich den schon, seit …" Sie überlegte. „Ja, den hab ich tatsächlich schon gehabt, als Fridtjof, Gott hab ihn selig, noch lebte. Er kann also weg, zumal er kühlte, wie es ihm passte, egal, was du eingestellt hast."

„Können wir denn das Ding dann da nicht wieder reinlegen?", bat Rita. Sie wollte den Anblick nicht länger ertragen. Ihr kam dieser Körperteil wie ein mahnender Zeigefinger vor. „Ich meine, wenn du den Kühlschrank eh entsorgen willst."

„Wo denkst du hin?", schimpfte Oma Pusch. „Dieser Teil einer weiblichen Hand muss von allen Seiten abgelichtet werden. Vielleicht erkennt den jemand schon allein aufgrund des überlangen Nagels."

„Du, sach mal", schaltete sich Hinnerk ein, „was ist denn das überhaupt für ein Finger? Eher so ein Mittelfinger? Für den kleinen ist er zu groß, finde ich."

„Was macht das denn für einen Unterschied?", stöhnte Rita immer noch leicht beduselt.

„Oha, das könnte einen beträchtlichen ausmachen", wandte Oma Pusch ein, „je nachdem, warum man ihn abgeschnitten hat."

„Also bei diese Mafiafilme nehmen sie meist erst den lütten Finger zuerst, quasi so als Anfang oder Vorgeschmack auf mehr, weil man auf den am besten verzichten kann, aber Eindruck macht das allemal", wusste Hinnerk.

„Und wenn's was zu bedeuten haben, also was ausdrücken sollte, dann könnte man eher den Zeige- oder den Mittelfinger brauchen", überlegte Oma Pusch und knipste mit ihrem Smartphone drauflos. „Kannst du den mal drehen, Hinnerk?"

Angewidert nahm der alte Fischer ein Stück Küchenrolle, faltete es und legte den Finger in die gewünschten Positionen. „Fühlt sich kalt an", sagte er, „und komisch. Ganz schön wulstig überhaupt."

„War ja auch im Kühlschrank, Mensch", erwiderte Oma Pusch. „Aber er hat recht. Das ist kein zierliches Fingerchen. Denkt ihr, dass dieses Prachtstück zu dem üppigen Schädel gehört?"

„Wäre wohl ein Wunder, wenn nicht", antwortete Rita. „Sonst müssten wir davon ausgehen, dass mehrere Leichen in Teilen irgendwo herumliegen. Stell dir mal vor, wie das die Menschen erschrecken könnte, wenn sie hier an der Küste Urlaub machen. Gar nicht auszudenken."

„Sollen sie eben nicht so viel rumbuddeln", sagte Oma Pusch mit einem Augenzwinkern. „Immerhin wissen wir eins, falls Finger und Büste zusammengehören: Es muss sich um eine Frau handeln!"

„Also, wenn ich alles geglaubt hätte", entfuhr es Rita. Sie schlug sich vor den Kopf. „Ich war immer von einem Kerl ausgegangen."

„So kann man sich irren", frohlockte Hinnerk. „Frauen können auch hässlich sein."

„Und männlich", fügte Oma Pusch noch hinzu.

„Puh", sagte Hinnerk, „ich bin schon wieder ganz durch. Das ist aber auch eine Hitze hier drinnen."

Mit süffisantem Schmunzeln sah Oma Pusch ihn an. „Das ist doch genau das Richtige für den guten Bodo Siebenstein und seine Spurensicherungsmeute. Die sollen mal schön schwitzen. Ich habe nämlich langsam die Nase voll davon, dass die hier in meinen Sachen herumwühlen."

„Stimmt", fiel Rita wieder ein, „die waren doch im letzten Jahr erst wegen der vergif…", sie verschluckte den Rest des Satzes lieber.

„Erinnere mich bloß nicht daran", stöhnte Oma Pusch.

„Mich braucht ja wohl niemand mehr, oder?", fragte Hinnerk eher rhetorisch. „Es wär aber schön, wenn ihr mich mit ins Boot nehmt, wenn es was Spektakuläres gibt oder wenn ihr einfach wieder mal meine Hilfe braucht."

„Das ist ja wohl selbstverständlich", sagte Oma Pusch. „Schließlich verdanken wir den Fall doch überhaupt erst dir."

Hinnerk strahlte. „Ja, genau. Dann werde ich jetzt duschen gehen, mir was Manierliches anziehen und nach Lina gucken. Wobei die ganz froh sein wird, ein bisschen Ruhe im Krankenhaus zu haben, schätze ich, bei diese neuen Nachbarn. Stimmt's, Rita?"

„Zum Glück kriege ich davon nicht so viel mit, aber wer direkt daneben wohnt, der kann schon die Krise kriegen. Da gebe ich dir recht", antwortete sie.

Nun war Oma Pusch hellhörig geworden. „Wieso weiß ich davon nichts?"

Rita machte ein betretenes Gesicht. „Du hattest immer so viel zu tun. Wir kamen beim Schmieren kaum zum Quatschen, weil immer wer am Tresen stand. Außerdem stecke ich mir meist was in die Ohren, wenn es zu unerträglich wird."

„Wolltest du deswegen ein Wochenende mit mir verreisen?", erkundigte sich Oma Pusch.

Verschämt nickte Rita. „Wegziehen will man ja nicht. Das ist wie eine Sturmflut oder ein Tsunami. Man kann nur hoffen, dass es vorbeigeht."

„Feriengäste reisen doch immer wieder ab", beruhigte Oma Pusch ihre Freundin. „Da haben wir doch auch schon so manches erlebt."

„Es sind aber Friesen, Ostfriesen sogar, von Thunum oder so und nun unterhalten die das gesamte Süderriff mit ihren vier Rotzlöffeln", schimpfte Rita. „Du weißt, ich habe wirklich nichts gegen Kinder, aber diese haben weder eine gute Kinderstube noch irgendwelches Benehmen. Keine Rücksicht auf ältere Menschen – weder jung noch alt. Beschämend ist das!" Sie hatte sich richtig in Rage geredet.

„Da wird uns schon was einfallen", versprach Oma Pusch.

Es klopfte. Vorsichtig öffnete Hinnerk die Tür. Er wollte sowieso gerade gehen, und mit den Behörden hatte er nichts am Hut. Also schlüpfte er gleich durch den Spalt und winkte nur noch einmal.

Der Finger hatte jetzt Vorrang. Anschließend würde Oma Pusch sich die Sache im Süderriff mal mit eigenen

Augen ansehen. Schließlich hatte sie selbst fünf Kinder und 13 Enkel. Da wusste man Bescheid, wie der Hase lief.

STRANDSUCHER

Zu ihrem Leidwesen mussten die Polizeibeamten Krischan Hansen und Martin Hinrichsen die Arbeiten am Strand überwachen. Schon die Absperrung war ein Fiasko gewesen, weil sie dauernd angesprochen worden waren und doch nichts sagen durften. Auf der Deichkrone standen nun die ganzen Gaffer. Sie glotzten auf die Bagger und Trecker. Dabei ersannen sie die tollsten Geschichten und tratschten sie weiter.

Manche hatten das Glück gehabt, eine Bank ergattern zu können. Andere hatten sich von ihren Campingplätzen Stühle nach oben geholt. Martin dachte bei sich, dass diese Leute einen Sockenschuss haben mussten, denn es passierte rein gar nichts, außer dass schwere Maschinen den Sand umgruben. Ihm war es ein Rätsel, wie man so eine belanglose Tätigkeit stundenlang beobachten konnte. Er selbst fand den ganzen Mist stinklangweilig und darüber hinaus höchst überflüssig, denn wenn man ein bisschen nachdachte, sprach alles dagegen, dass sie hier noch Leichenteile finden würden. Aber er war ja kein Kommissar und hatte nichts zu sagen. Wenn doch der Kopf so auffällig aus dem Sand geguckt und Oma Pusch dieser Finger in ihrem Kühlschrank so ins Auge gestochen hatte, musste man davon ausgehen, dass weitere Leichenteile ebenso sichtbar verborgen lagen. Er musste grinsen. Das hatte er schön gesagt. Es widersprach sich vom Wortlaut her, aber es war wirklich wahr. Jemand versteckte etwas so, damit man es fand, aber nicht so, dass es sofort auffiel. Hinnerk hatte ihm unlängst von dem ekeligen Kunstnagelfinger erzählt. Privat natürlich und außerhalb des Dienstes. Der alte Fischer war da ein bisschen komisch, aber das störte ihn nicht. Im Gegenteil, denn unter der Uniform war Martin Hinrichsen schließlich auch nur ein Mensch.

Oma Pusch hätte ihn und seine Theorie verstanden und ganz bestimmt unterstützt, wenn sie denn etwas von dem Schädel mitbekommen hatte. Wunderbarerweise war sie nirgends zu sehen gewesen. Auch jetzt nicht. Hinrichsen überlegte, ob ihn das stutzig machen sollte. Normalerweise war sie immer mit von der Partie. Das kam ihm komisch vor. Er konnte ja nicht ahnen, wie recht er hatte.

Fokke findet was

In der Rechtsmedizin gingen die umfangreichen Untersuchungen weiter. Enno stützte Fokkes These mittlerweile, dass es sich eher um einen Frauenkopf handelte, auch wenn er beileibe nicht so aussah. Die Augenhöhlen waren beim Skelett rundlicher, das Kinn spitzer.

Nun, die DNA-Untersuchung würde schließlich zutage fördern, mit welchem Geschlecht sie es hier zu tun hatten.

Inzwischen war auch der Finger eingetroffen, der vom Umfang her durchaus zu dem Schädel passen konnte. Aber Enno hatte schon Pferde … und das direkt vor der Apotheke. Er glaubte nichts, wenn es nicht bewiesen war und zwar schwarz auf weiß. Überlegen und fachsimpeln konnte man viel. Doch die Gerätschaften brachten immer Licht ins Dunkel.

Momentan brüteten Enno und Fokke über zwei milchigen Verschattungen im Röntgenbild, die sie sich nicht erklären konnten. Plötzlich hatte der angehende Rechtsmediziner eine Idee.

„Mensch, du, Enno, vielleicht hatte sie Watte oder so viskoelastische Ohrstöpsel drin“, überlegte er. Für ihn war es eindeutig eine Sie. „Die könnten reingerutscht sein.“

Enno schmunzelte. Das gefiel ihm, wie der Jüngere so voll bei der Sache war. „Dann empfehle ich dir, doch einfach mal nachzugucken."

„Hab ich ehrlich gesagt schon", gab Fokke zu, „ich war ja neugierig, aber bis dahin, wo ich mit dem Otoskop hingucken kann, da war nichts. Leider."

„Dann müssen wir halt tiefer eindringen", schlug Enno vor.

„Ja, dazu kommen wir doch gleich. Mir ist noch was aufgefallen. Guck mal, hier ist ein Hautdefekt, so als ob jemand etwas ‚Tapete' herausgeschnitten hätte, also quasi nur die obere Schicht. Das sind doch eindeutig Messerspuren."

„Tatkräftig", wunderte sich nun auch Enno. „War vielleicht ein zu eindeutiges Erkennungsmerkmal. Eine große Warze, ein Muttermal, eine Narbe oder ein Tattoo, anhand derer die Person zweifelsfrei sofort zu identifizieren gewesen wäre. Ich könnte mir vorstellen, dass das nicht unbedingt im Sinne des Mörders war. Der will doch sicher Zeit gewinnen."

„Ich will jetzt noch mal mit einer Sonde oder einem scharfen Löffel in den Ohren nachschauen. Vielleicht werde ich doch noch fündig, ohne den ganzen Kopf aufzusägen", hoffte Fokke. „Wobei das auch ganz interessant wäre."

Dazu schwieg Enno lieber. Etwas weniger Sägen und Sauerei kam ihm sehr entgegen.

„Probier mal, mein Junge. Wenn man geschickt ist, kann man mit dem richtigen Besteck weit kommen."

Und Fokke prokelte, zuerst mit der Sonde. „Ich glaube, es tut sich was", freute er sich. Dann nahm er den Löffel und förderte ein weißes Etwas zutage, das nicht mehr ganz sauber war.

„Was zur Hölle ist das?", fragte Enno und starrte auf das Ding.

„Waschen wir es doch ab", schlug Fokke vor, „dann wissen wir mehr."

Ein paar Sekunden später und etwas Blut und Ohrenschmalz weniger lag sie vor ihnen. Beide Ärzte standen ratlos vor dieser Entdeckung.

„Wenn ich es nicht für äußerst unwahrscheinlich halten würde, müsste ich sagen, das wäre von der Form her eine Bohne", kam es perplex von Enno.

„Sehe ich auch so", stimmte Fokke zu. „Wir schneiden sie gleich mal auf. Warte. Puh, die ist hart wie Kruppstahl, aber, ja, innen mehlig, ich kann die Haut abziehen. Moment, ich rieche noch daran. In der Tat eine weiße Bohne."

Enno prustete. „So was hatte ich auch noch nicht. Da kannste alt werden wie ein Gaul, und trotzdem erlebst du immer noch was Neues. Mir kam da gerade eine ganz fiese Idee, aber die behalte ich lieber für mich."

„Wenn du schon davon anfängst, will ich es jetzt auch wissen", beschwerte sich Fokke.

„Sag aber bloß niemandem was", bat Enno. „Ich dachte gerade an einen Eintopf wegen des Gemüses und weil man das doch mit Schweinsköpfen, also, du weißt schon."

„Das musst du nicht weiter ausführen", sagte Fokke, der wirklich hart gesotten war, aber die Vorstellung nicht weiter vertiefen wollte.

„Bohnen. Was soll uns das sagen?", überlegte Enno. „Es muss doch einen Grund haben, warum jemand so etwas macht."

„Wer weiß, was wir noch in der Nase entdecken", überlegte Fokke, „oder im Mund."

„Auf dem Röntgenbild war aber nichts weiter zu vermuten, oder?", erkundigte sich Enno und ließ sich das Bild herüberreichen.

„Nee, da ist weiter nix zu sehen", erklärte Fokke. „Ich werde also auf die Suche gehen."

„Fein", sagte Enno. Er hatte so einen Schmacht auf ein Rollmopsbrötchen. Außerdem vermisste er seine Lotti. Sie hätte bestimmt eine Idee. Er überlegte, ob er sich mal verpieseln konnte. Der Junge würde den Rest schon allein erledigen.

Chaos im Süderriff

Damit sich niemand Sorgen machte, hängte Oma Pusch ein Schild an ihre Kiosktür. Innen war nun die Spurensicherung beschäftigt, und die würde sicherlich kaum auf Klopfen oder Rufen von außen reagieren.

Bin kurz bei Rita stand auf dem Zettel, den sie mit Reißzwecken ins Holz drückte. Fünf Rollmopsbrötchen hatte sie beim Schmieren noch gerettet. Zwei gab sie Hinnerk, der sich auf den Weg ins Krankenhaus zu Lina machte, die anderen drei waren für Rita und sie selbst vorgesehen, aber ehrlich gesagt hatte sie überhaupt keinen Hunger bei dieser schrecklichen Hitze. Na ja, vielleicht kam der später noch.

Schon beim Einbiegen ins Süderriff wurde Oma Pusch fast umgefahren. So ein schnöseliger Pöks hatte es zu eilig und schnitt die Kurve wie ein Henker. So gerade eben hatte es unsere Lotti noch geschafft, zur Seite zu springen und dem Knallkopf hinterherzuschimpfen. Doch den juckte das überhaupt nicht. Rita meinte sogar ein Lachen gehört zu haben, verriet es ihrer Freundin aber nicht.

„Gehört der auch zu dieser Familie?“, erkundigte sich Oma Pusch.

„Keine Ahnung", gab Rita zu, „mit Helm sehen die doch alle gleich aus. Findest du nicht?"

„Wahrscheinlich kann man sie besser an ihren Fahrrad- und Helmfarben auseinanderhalten", erwiderte Oma Pusch schimpfend. „Um ein Haar hätte ich in der Hecke gelegen."

„Ist ja nix passiert", versuchte Rita sie zu beruhigen. „Es sind doch Kinder."

„Schon, aber haben die Narrenfreiheit?", erkundigte sich Oma Pusch, doch Rita zuckte nur mit den Achseln. „Können wir das ganze Geschehen denn von deinem Grundstück aus beobachten?"

„Komm mit", sagte Rita, „ich hab ja nach hinten raus Glück. Da ist halbwegs Ruhe. Wir müssen uns mit zwei Stühlen in den Vorgarten setzen, dann kriegst du das volle Programm ab." Sie sah auf die Uhr. „Fängt meist kurz nach eins an, genau in der Mittagszeit. Wenn du die Gartenstühle eben hierher trägst, hole ich uns zum Brötchen ein alkoholfreies und ganz kaltes Bier. Einverstanden?"

Es gab weitaus Schlimmeres, als sich vor Ritas Haustür im Schatten zu positionieren, fand Oma Pusch. So langsam kehrte beim Gedanken an das kühle Helle auch ihr Appetit zurück. Sie sah auf die Uhr. Kurz vor eins. Das passte ja wie die Faust aufs Auge.

„Du wirst sehen, gleich kommt das Walross von Mutter mit ihrem Wagen viel zu schnell durch die Straße geschossen. Wir haben hier Tempo 30 und die hat drei Kinder, aber rate mal, wer am schnellsten fährt?", fragte Rita. „Der Mann ist übrigens ein dünner Hering.“ Sie lachte. „Sieht komisch aus, wenn die zusammenstehen.“

Aber Rita hatte sich geirrt. Mutter Walross schien wohl anderweitig beschäftigt zu sein, denn es fuhr ein Golf mit mäßiger Geschwindigkeit durch das Süderriff, aus dessen Fenstern unbändiger Musiklärm drang. Irgendwas mit Bummta, bummta, überlegte Oma Pusch. Text unwichtig, Melodie auch, aber dafür so laut, dass es einem die Fußnägel hochbog, wenn man nicht aufpasste.

„Das war der Hering“, zischte Rita ihr zu, obwohl der bestimmt nichts mitbekommen hätte, auch wenn er jetzt schräg gegenüber parkte. Schämenshalber nickte sie ihm zu.

Aus seinem aufgetunten und mit Ornamenten beklebten Fahrzeug stiegen drei Jungs, die alle, bis auf das Alter, vollkommen gleich aussahen.

„Das gibt's doch nicht“, wunderte sich Oma Pusch. „Sind das verschieden große Drillinge?“

„Weil die alle dasselbe dämliche Gesicht haben?“, hakte Rita nach.

Oma Pusch nickte.

„Wahrscheinlich ist Blödheit ein dominanter Erbgang. Sie kommen nach dem Walross. Der Hering konnte sich genetisch nicht durchsetzen“, erklärte Rita. „Ob das besser gewesen wäre, ist trotzdem fraglich. Wenigstens sieht der im Gesicht halbwegs manierlich aus, was man von ihr nicht behaupten kann, wenn er auch mit wasserfester Kriegsbemalung rumläuft." Rita lachte.

Oma Pusch stutzte erst und begriff dann. „Ist der tätowiert?"

„Aber so was von. Da wirst du ganz blind vom Hingucken. Beide Arme und der Oberkörper sind plakatiert. Von weiter drunten weiß ich nichts." Sie kicherte schamhaft. „Will ich auch nicht."

Oma Pusch lehnte sich amüsiert in ihrem Gartenstuhl zurück. Nach diesem äußerst aufregenden Vormittag war es schön, einfach nur so dazusitzen und in die Gegend zu stieren. Auch das Rollmopsbrötchen schmeckte jetzt zum Bier. Es war fast wie im Kino, denn es dauerte gar nicht lange, da begann das unglaubliche Spektakel.

„Siehst du", freute sich Rita, „wenn sie erst abgefüttert worden sind, geht's los. Ich hab dir das Opernglas mitgebracht. Zwischen den Büschen kannst du gut durchschauen."

Was Oma Pusch zuerst auffiel, war das Schreien. Ja, die Kinder spielten nicht, sie schrien sich zu. Die ganze Kommunikation schien nur über Lautstärke zu funktionieren. Sie blökten, wenn sie das Klettergerüst hoch- und runterstiegen, polterten mit ihren Beinen auf der Edelstahlrutschfläche, sodass sich Rita die Ohren zuhalten musste.

„Was für ein fieses Geräusch", jammerte sie. „Also, wenn ich das ständig als Nachbar hören müsste, würde ich verrückt werden."

Aber es kam noch schlimmer: Der Pool wurde freigegeben, und schnurstracks fanden sich neben den nicht gleichaltrigen Drillingen weitere Kinder ein, die ebenfalls mit Gekreische ins Wasser sprangen.

„Du, die sitzen da auf ihrer Terrasse wie auf dem Präsentierteller", wunderte sich Oma Pusch, die durch das Opernglas schaute. „Der Hering scheint Besuch zu haben oder ist das doch das Walross?"

Rita hatte wie immer Probleme, durch die Gläser zu schauen, erkannte aber, wen sie da vor sich hatte.

„Nee, das ist die Mutter vom Walross, der Pottwal. Die ist noch fetter, unglaublich, dass sie noch gehen kann."

„Wahrscheinlich die Hormone", sagte Oma Pusch sarkastisch. „Damit reden sich doch viele Dicke raus, die nicht zugeben wollen, dass sie einfach gerne fressen. Ein bisschen was auf den Rippen ist ja ganz schön, das hab ich auch, aber wenn es solche Formen annimmt, ist es vor allem ungesund."

„Da drüben scheint überhaupt wenig gesund zu sein. Auch im Kopf nicht", schimpfte Rita jetzt. „Stell dir nur mal vor, da war der Pottwal mit seinem kleinen Kläffer zu Besuch. Den wirst du bestimmt auch gleich noch hören. So ein lüttes, weißes Schoßhündchen, das wohl wenig Auslauf braucht. Na ja, auf jeden Fall haben sie den neulich bei 30 Grad im Garten allein gelassen, bestimmt zwei Stunden lang ohne Wasser. Die Nachbarn haben dem armen Geschöpf dann eine Schüssel über den Zaun auf die Wiese gestellt."

„Pfui, das ist Tierquälerei", musste Oma Pusch beipflichten.

„Er störte wohl, während das Walross und der Pottwal shoppen waren", vermutete Rita. „Aber weißt du, im Grunde werden die armen Kinder genauso vernachlässigt. Es ist zwar alles da: Pool, Trampolin, Klettergerüst, aber die Alte beschäftigt sich nicht mit ihnen. Sie werden einfach laufen gelassen, damit sie in aller Seelenruhe auf ihrem Smartphone herumtippen kann. Schon die Kleinen fahren alleine ohne Aufsicht mit dem Rad im Süderriff herum. Wenn da ein Autofahrer nicht aufpasst, kommt es zur Katastrophe. Die können sich doch noch gar nicht sicher im Verkehr bewegen."

„Na, die hat ja die Ruhe weg. Wie heißt sie eigentlich?", erkundigte sich Oma Pusch. „Kennt man sie oder ihre Familie in der Gegend hier?"

„Nee, die sind aus dem Osten zugezogen. Wenn du die Olle nach den Kindern brüllen hörst, dann nur auf Sächsisch, genau so wie Ronny. Du müsstest das also verstehen. Nur der Hering spricht Hochdeutsch wie wir. Er kommt wohl aus Thunum oder so", erklärte Rita. „Lass mich kurz überlegen, wie die heißen. Ich fand Walross und Hering einfach passend."

Oma Pusch schmunzelte. Wahrscheinlich hatte Rita recht, obwohl der Vergleich nicht vorteilhaft für die armen Tiere war.

„Sie heißen Odelmann", fiel der Freundin plötzlich ein, „und das Walross wurde direkt nach der Marmelade von Aldi benannt: Tamara! Die Ossis haben ja immer außergewöhnliche und ausländische Namen für ihre Kinder ausgesucht, weil sie da doch nie hinkamen. Du weißt schon, René, Mike, Chantalle und so weiter. Leider sprechen sie auch das in ihrem Dialekt aus", wusste Rita. „Den Hering rufen sie Bendix."

Oma Pusch musste nah an ihre Freundin heranrutschen, sonst konnte sie nichts verstehen. Es war zu laut, fast wie im Freibad.

„Odelmann ist auch nicht gerade ein schöner Name. Seine Vorfahren waren wohl Bauern, die besonders viel Mist auf die Felder ausgebracht haben", überlegte Oma Pusch.

„Na, das passt aber immerhin zum Landstrich", sagte Rita. „Peinlich ist hingegen, dass die Jungs so schrecklich heißen. Kevin zum Beispiel, denn das sprechen sie mit G, also Gävinn oder Marcel, was sich wie Morsell anhört und Pepe. Sie rufen ihn Bäbä."

Oma Pusch verdrehte nur die Augen, denn beinahe augenblicklich rief der Pottwal wie durch ein Megafon: „Morsell, gommst du bidde soford hierher!"

„Weißt du jetzt, was ich meine?", fragte Rita. „Sie steht ihrer Tochter in nichts nach. Die direkten Nachbarn sitzen im Sommer schon nicht mehr draußen."

Dröhnendes Gejohle hallte zwischen den Häusern wider, dann brüllte einer fiese Schimpfworte, worauf ein anderer aus Leibeskräften heulte.

„Komisch, dass es bei mir mit fünf Kindern ruhiger war", stellte Oma Pusch verärgert fest, „aber das bedingt auch, dass man sich mit seinen Nachkommen beschäftigt. Es gibt nämlich auch ruhige Methoden wie zum Beispiel Puzzeln, Lesen, Vorlesen oder Malen, zumindest während der Ruhezeiten."

Rita lachte sie aus. „Früher vielleicht, aber heutzutage hat der recht, der am lautesten blökt und der, der die besten Ellenbogen hat. Bücher und Stifte interessieren keine Sau mehr. Von denen hat jeder schon ein Smartphone, auf dem er auch ordentlich Musik hören kann, und wenn du mal abends hier sitzt, siehst du, dass die Lütten einen größeren Flachbildschirm in ihrem Kinderzimmer hängen haben, als wir jemals besitzen werden. Ist doch einfach: Blagen davorsetzen und gut ist! Die neueste Variante ist übrigens, die Kinder einfach auf Fahrrädern oder Rollern oder Skateboards in die Gegend zu schicken, damit sie woanders Lärm machen und die zu Hause Ruhe haben. Tja, und das kann schon mal bis zehn Uhr abends gehen. Wenn du dann selbst auf deiner Terrasse einen schönen Feierabend genießen willst, hast du eben Pech gehabt."

Man hörte einen kleinen Hund bellen. Oma Pusch wartete mit ihrer Antwort, aber als der nicht aufhörte, entschied sie sich, lauter zu sprechen.

„Und der Hering macht das alles mit?", erkundigte sie sich.

„Was soll er denn tun? Er selbst ist meist auf Montage. Darum hat er auch kaum Einfluss auf das Geschehen. Die Oma ist oft da und gegen seine eigene Frau kann er sowieso nichts ausrichten. Die brüllt ihn sonst in Grund und Boden. Und alleine gegen das Weiber-

Doppelpack hat der Hering keine Chance. Ich weiß aber ehrlich gesagt auch nicht, ob ihn selbst was stört. Vielleicht findet er das alles auch gut so. Das kann man nur vom Beobachten nicht herausfinden. Da bräuchte man schon Insiderwissen."

Oma Pusch äugte wieder durch das Opernglas, denn dort auf dem Grundstück der Odelmanns schien etwas vorzugehen. Die kleine Fußhupe hörte nicht auf zu bellen, der Hering lief aufgeregt herum, sogar der Pottwal telefonierte und gestikulierte wie wild.

„Irgendwas stimmt da nicht", merkte Oma Pusch an und übergab Rita das Opernglas. Dann lehnte sie sich zurück und wollte gerade für einen Moment die Augen schließen, als sie sah, dass auf dem Süderriff ein älterer Herr mit halblangem, weißem Haar entlanggeschlendert kam. Sofort nahm sie eine vorteilhafte Sitzposition ein.

Hoher Besuch

„Guten Tag, die Damen", drang Ennos sonore Stimme durch die allgemeine Lautstärke. „Was ist hier denn los?"

„Der Krach ist normal", sagte Rita und seufzte dabei leise.

„Die Aufregung nebenan aber wohl nicht", ergänzte Oma Pusch und wurde ein bisschen rot.

„Warte, Enno, ich hole dir auch einen Stuhl", schlug Rita vor. „Hast du ein bisschen Zeit?"

„Einen Moment vielleicht, und den nehme ich mir eigentlich auch nur, denn eigentlich bin ich gerade mitten in einer Obduktion", erwähnte er geheimnisvoll.

„Was du nicht sagst", antwortete Oma Pusch scheinheilig.

„Ich weiß, dass du das weißt. Glaub aber ja nicht, dass ich hier was ausplaudere", erwiderte er.

„Nie im Leben", beruhigte Oma Pusch ihn. „Wir wollen dich auch überhaupt nicht ausfragen. Möchtest du ein Rollmopsbrötchen? Wir haben noch eins übrig."

Die Sonne wäre für Enno jetzt aufgegangen, wenn sie nicht schon so erbarmungslos geschienen hätte. Darauf hatte er so gehofft, aber nicht im Mindesten damit gerechnet, dass sie hier bei Rita eins in petto hatte.

„Sehr gerne", sagte er, „und ein Bier nehme ich ebenfalls."

„Warte, ich hole es eben aus der Küche", versprach Rita.

„Denkst du, der Finger gehört zu der Büste?", flüsterte Oma Pusch in Ennos Ohr.

„Wär zumindest komisch, wenn nicht", gab Enno zu, ohne zu sehr ins Detail zu gehen.

„Du kannst mir aber doch wenigstens sagen, ob der kahle Schädel zu einer Frau gehört", bat sie.

„Wissen wir noch nicht wirklich", erklärte Enno wahrheitsgemäß, „aber eher ja."

„Ich würde meinen Allerwertesten drauf verwetten, dass der Finger zu der Büste gehört", fuhr Oma Pusch fort. „Aber wo sind nur die anderen Teile? Ist am Strand was gefunden worden?"

Enno zuckte mit den Schultern.

„Komm sag schon! Weißt du was, oder nicht?", bohrte sie nach.

„Nein, aber wenn's was gegeben hätte, wüsste ich es vermutlich schon und würde hier nicht so seelenruhig rumsitzen, Lotti. Mann, was ist denn das hier für ein Lärm?"

„Achte nicht drauf", schlug Oma Pusch vor, „das sind Menschen ohne Manieren. Rücksicht geht denen völlig ab. Sie denken wahrscheinlich, dass sie allein auf diesem Planeten sind."

„Und wieso sitzt ihr dann hier und nicht hinten im Garten, wo es ruhiger ist?"

„Rein zu Demonstrationszwecken“, berichtete Oma Pusch. „Rita hatte mir davon erzählt, und ich wollte es live erleben, weil ich nicht glauben konnte, dass es so krass ist.“

„Dann bist du jetzt wohl eines Besseren belehrt worden, oder? Die Lautstärke ist wirklich kaum auszuhalten“, seufzte Enno. „Und das, obwohl ich bestimmt schon schlechter höre als früher.“

Oma Pusch nickte. „Weißt du, der Krach ist das Eine, aber was ich noch viel schlimmer finde, ist der Umstand, dass die so unmenschliche Laute von sich geben.“

„Wie meinst du das, Lotti?“

„Sie stoßen urwaldähnliche Töne aus wie bei den Brüllaffen. Hast du die mal gehört? Alle paar Sekunden denkst du, jetzt ist eins von den Blagen lebensgefährlich verletzt und willst hinrennen, um zu helfen, aber die fahren lediglich mit dem Rad in einer Horde und grölen auf ihre eigene Art. Erschwerend kommt hinzu, dass ich gesehen habe, dass denen auch die Verkehrsregeln vollkommen egal sind. Man muss also damit rechnen, dass irgendwann einer unter dem Auto landet.“

„Tja, aber sagen denn die Eltern nichts dazu?“, wunderte sich Enno.

„Nö“, erwiderte Rita, die gerade mit Bier und Brötchen zurückkam. „Die sind doch froh, wenn sie weg sind. Allerdings scheint da drüben tatsächlich was vorzugehen. Ich bin nämlich schnell ins Obergeschoss geflitzt und habe nachgesehen. Darum hat es auch ein bisschen gedauert, bis ich wieder hier war.“

„Ich höre auch gar nichts mehr“, merkte Enno an.

„Kein Wunder“, kam es von Rita, „mit einem Mal sind die Odelmanns nämlich in ihrem Haus verschwunden, und dann passiert immer dasselbe. Die anderen Kinder verziehen sich sonst wohin. So, als ob der Magnet dieser Familie plötzlich an Kraft verloren hätte. Ihr könnt euch jetzt also beruhigt zurücklehnen. Was Neues aus deiner Kellergruft, Enno? Gibt's da was?“

„Nix, was ihr nicht auch schon wisst“, vermutete der Rechtsmediziner. „Ich habe euch übrigens am Strand vermisst.“

Oma Pusch, die gerade einen Schluck Bier im Mund hatte, prustete. Dabei verschluckte sie sich. Das wiederum kam Enno sehr gelegen. Vielleicht würde sogar Mund-zu-Mund-Beatmung notwendig werden, hoffte er, aber sie erholte sich allzu rasch nach ein paar Schlägen auf den Rücken. Die Reaktion jedoch machte ihn misstrauisch.

„Sagt nicht, ihr wart doch da“, bohrte er nach.

„Ih wo, wo denkst du hin“, flötete Rita.

„Also ja“, stellte Enno fest. „Ich hab euch aber nicht gesehen. Seid ihr jetzt mit einer Drohne unterwegs? Nein, die hätten wir sicher gehört“, beantwortete er seine Frage selbst.

Weiter hinten im Süderriff war plötzlich Betrieb. Mehrere Wagen hielten. Beinahe gleichzeitig klingelte es in Ennos Hose. Doch es war nicht wie vermutet sein Hospitant Fokke, sondern der gute Oberkommissar Eike Hintermoser.

„Enno, wo bist du?“, fragte er ein wenig atemlos.

„Ich mache einen Moment Mittagspause bei Rita“, gab Enno Auskunft. „Warum?“

„Die wohnt doch im Süderriff!“, stellte er fest.

„Ja, und? Das weiß hier jeder“, sagte Enno Esen verdutzt.

„Schon, aber es ist gerade praktisch“, erklärte Eike, „komm doch mal auf den Weg am Sieltief.“

„Wenn es dazu keinen guten Grund gibt, mache ich dich einen Kopf kürzer“, drohte Enno. Er wäre lieber bei den beiden Damen sitzen geblieben.

„Die Kinder haben hier was gefunden. Das solltest du dir ansehen“, lockte Eike. Er wusste, wie neugierig der Doktor war. „Aber falls meine Tante Lotti auch bei Rita ist, dann mach den beiden gleich klar, dass ich sie hier am Sieltief nicht mal aus der Entfernung sehen will.“

„Das wird schwer“, wusste Enno und stand auf, denn die Blicke der Frauen sprachen Bände. „Ich nehme mal an, du willst mir vorher nichts sagen?“

„Exakt“, kam es von Eike durch den Hörer, „du findest uns schon.“ Dann legte er auf.

„Ich muss los“, seufzte Enno. „Ihr könnt euch ja denken, dass die wahrscheinlich weitere Stücke gefunden haben, aber tut mir einen Gefallen und lasst euch nicht blicken. Einverstanden?“

„Nur unter der Bedingung, dass du uns einweihst“, forderte Oma Pusch.

„Aber nur, soweit es mir möglich ist“, antwortete Enno, „und wenn du mir mal was Leckeres kochst.“

Rita verdrehte die Augen. Er konnte es einfach nicht lassen. Und dass er ihr beim Gehen auch noch anzüglich zuzwinkerte, war einfach eine Spur zu viel.

„Der alte Bock will dich flachlegen“, sagte sie zu ihrer Freundin Lotti.

„Was du nicht sagst“, antwortete die süffisant, „aber vorher werden wir noch massiv in die Ermittlungen mit eingreifen.“

„Das können wir nicht“, wandte Rita ein, „du hast doch hoch und heilig versprochen, dich nicht dort blicken zu lassen.“

Oma Pusch grinste frech. „Na, das mache ich ja auch nicht. Niemand wird mich erkennen. Hast du noch das bunte Ding von Fasching?“

„Meinst du das Hippie-Walla-Walla-Flatterkleid?“, fragte Rita.

„Genau das und bitte noch ein Kopftuch dazu“, bat Oma Pusch. „Ach, am besten auch eine überdimensionale Sonnenbrille.“

„Und was ist mit mir?“, fragte Rita mit zickigem Unterton.

„Du bist doch unser allerbester Spion“, versuchte Oma Pusch die Situation zu retten. „Schleich dich bei den direkten Nachbarn ein, horch sie in deren Garten aus und beobachte dabei das Geschehen bei den Odelmanns.“

„Aber wir wissen doch noch überhaupt nicht, ob das irgendwas mit unserem aktuellen Fall zu tun hat“, meuterte Rita.

„Wenn nicht mit diesem, dann vielleicht mit einem anderen", gab Oma Pusch zu bedenken. „Allerdings würde ich einen Besen fressen, wenn das eine nichts mit dem anderen zu tun hat."

Hippie-Yeah

Sie sah zum Piepen aus, unsere Oma Pusch, in diesem weiten, bunten Kleid aus ultradünnem Stoff und als sie noch das Kopftuch und die Sonnenbrille dazu trug, hätte sie nicht mal mehr ihre eigene Mutter erkannt. Die Verwandlung war perfekt. Sogar Rita musste kichern.

„Bitte erzähl mir hinterher alles haarklein", bat sie. „Ich schlage vor, wir treffen uns dann wieder hier im Garten."

„Einverstanden", sagte Oma Pusch und ging in Richtung Neuharlinger Sieltief.

Rita machte sich auf zu den Mortensens. Ein mittelaltes Ehepaar, kurz vor der Rente. Die Kinder waren längst aus dem Haus. Es gab sogar schon ein Enkelchen, das gelegentlich vorbeikam. Neben den Hankens waren sie am meisten von den neuen Nachbarn betroffen. Beide arbeiteten viel und waren vor 15 Jahren in diese ruhige Gegend gezogen, um unter anderem gemütliche Feierabende zu genießen. Aber seit dem Einzug der Odelmanns war das nicht mehr möglich, zumindest nicht in der warmen Jahreszeit.

Die Hankens hatte es noch schlimmer getroffen. Sie wohnten auf der anderen Seite des Doppelhauses und teilten es quasi mit den Odelmanns. Schlimmer konnte es einen kaum erwischen, fand Rita, die früher gerne mal beim Vorbeigehen mit Klaas oder Insa gesprochen hatte. Aber mittlerweile sah man die beiden überhaupt nicht mehr. Sie wagten sich nur noch an Vormittagen auf ihre Terrasse, solange die lärmende Brut noch schlief. Sie tauchten meist erst gegen zehn Uhr auf. Dadurch, dass Klaas im „Landhotel Bauernstuben" kellnerte und Insa im Schichtdienst als Krankenschwester tätig war, hatten sie sich wenigstens diesen Freiraum bewahrt. Aus ihrer Not machten sie das Beste und genossen die frühen Morgenstunden, denn Gespräche mit den Odelmanns hatten nichts gebracht.

Mit einer Tasse bewaffnet klingelte Rita nun also bei den Mortensens auf der anderen Seite, denn bei den Hankens war niemand zu Hause. Es dauerte nicht lange, bis Nina öffnete und in das unglückliche Gesicht ihrer Nachbarin starrte.

„Huch, mein Gott, was ist mit dir denn los?", fragte Nina besorgt.

„Ach, ich wollte nachher backen. Kannst du mir eine Tasse Mehl leihen?", fragte Rita und hielt ihr den Porzellanbecher hin. „Sonst muss ich gleich extra nur deswegen noch mal los zu Edeka Scheidemann, und ich hab es doch am Knie." Sie zeigte auf die rechte Seite.

„Nun komm man erst mal rein", schlug Nina vor. „Knut ist zur Arbeit. Willst du ein kühles Wasser? Du bist ja ganz rot im Gesicht."

Rita glühte tatsächlich, und das kam nicht nur von der Hitze, sondern vor allem, weil sie wegen ihrer Finte ein schlechtes Gewissen hatte, aber irgendwie musste sie ja in Ninas Garten gelangen.

„Mir ist ganz schwindelig“, antwortete sie und schmunzelte insgeheim über die Doppelbedeutung. „Wenn du einen Schluck für mich hättest, wäre das ganz lieb.“

„Ich hole dir was. Lass uns nach draußen in den Schatten gehen“, schlug Nina vor. „Momentan ist nebenan Ruhe. Sie scheinen reingegangen zu sein. Erstaunlich, aber herrlich. Keine Ahnung, was da los ist.“

Rita folgte ihr in den Garten und setzte sich.

„Bin gleich wieder da. Diese Hitze macht einen aber auch fertig.“

Nachdem Nina verschwunden war, sah sich Rita um. Wahnsinn! In dem Garten drüben sah es so aus, als ob eine Bombe eingeschlagen hätte. Spielzeuge, Fahrräder, Sandsachen lagen überall herum. Am Zaun stand ein hohes Kletterspielgerüst mit zwei Schaukeln. Es war beinahe identisch mit dem, das wenige Meter weiter auf dem Spielplatz installiert worden war. Mitten auf dem Rasen befand sich ein riesiger Pool, daneben ein Trampolin mit Netz. Rita staunte. Was die alles hatten. In ihrer Kindheit war das ganz anders gewesen. Der heimische Garten war zum Anbauen von Gemüse da gewesen. Höchstens am Sonntag hatte man einmal auf der Wiese gesessen, denn eine Terrasse gab es seinerzeit überhaupt nicht. Eine Bank vor dem Haus war für die Entspannung am Feierabend vorgesehen. Mehr Müßiggang hatten sich die Menschen nicht zugestanden. Es gab immer etwas zu tun. Das war noch heute so, fand Rita. Wenn sie gespielt hatten, dann mit Murmeln, Karten oder dem Gummitwist. Manchmal waren sie auf dem Gulli gehüpft oder bei Himmel und Hölle in den Hinkelkästchen. Machte man so etwas heutzutage überhaupt nicht mehr? Es hatte doch Spaß gemacht. Konnte sich der Geschmack von Kindern so ändern? Sie erinnerte sich auch noch an „Wer hat Angst vorm schwarzen Mann?" oder ans Versteckspielen. Was ging den Lütten heute alles ab?

„So, hier kommt ein großes Glas kühles Wasser", riss Nina sie aus ihren Gedanken.

Rita nahm einen Schluck und atmete tief aus. „Da geht es mir doch gleich viel besser." Und um gleich zum Thema zu kommen, sprach sie weiter. „Was ist denn da los bei den Odelmanns? Irgendwie war da noch mehr Unruhe als sonst, hatte ich von Ferne den Eindruck, aber ich kann mich natürlich irren."

„Doch, doch, das stimmt schon", bestätigte Nina. „Erst saß der Große von den Jungs vor der Haustür, dann kam die dicke Oma und schließlich der Ehemann nach Hause. Ich hatte den Eindruck, sie guckten in jeden Winkel. Vielleicht war der olle Kläffer verschwunden, den die Alte immer mitbringt. Wer weiß, bei denen ist alles möglich."

„Du scheinst ja auch nicht gut auf die zu sprechen zu sein", bedauerte Rita.

Nina lehnte sich vor und sah Rita in die Augen. „Weißt du, ich habe wirklich nichts gegen Kinder, aber diese Menschen hier sind nicht normal. Das Niveau ist ein ganz niedriges. Was glaubst du wohl, warum die Hankens nicht mehr draußen auf der eigenen Terrasse sitzen, wenn die Odelmanns auf ihrer sind?"

„Es wird ihnen halt zu laut sein", vermutete Rita.

„Das ist es nicht", klärte Nina sie auf, „jedenfalls nicht nur. Sie können die primitiven Gespräche und das Gelächter von Tamara nicht ertragen. Die hat wohl bei der Verteilung der Gehirnzellen nicht unbedingt HIER geschrien. Niedriger IQ, schlechtes soziales Milieu. Das merkst du eben auch am Nachwuchs. Dafür hat sie eine umso größere Klappe und schreit hier die Gegend zusammen. Den Klaas hat sie mal auf der Straße angebrüllt. Frag nicht nach Sonnenschein, aber der ist ja zum Glück ultra gelassen. Es perlte einfach an ihm ab."

„Worum ging's denn da?", fragte Rita neugierig.

„Die kleineren Kinder, sorry, ich kann mir die komischen Namen nicht merken, hatten sich an unserem Zaun beim Fahrradfahren festgehalten. Klaas musste die Latten schon mehrfach neu befestigen. Das hatte er eigentlich dem Ältesten nur sagen wollen, aber dann kam die Olle angerauscht wie der Blitz und hat ihn zur Schnecke machen wollen. Sie hat ihm überhaupt nicht zugehört."

„Das ist eine Unverschämtheit sondergleichen", schimpfte Nina weiter, „aber es passt ins Bild. Neulich blies sie mit dem Laubsauger alles aus ihren Beeten direkt auf unseren Weg. Stell dir das mal vor! Da bin ich raus und habe sie darum gebeten, den Dreck auch wieder einzufegen. Du glaubst gar nicht, wie frech die mir kam.“

Genau in diesem Moment ging der Tumult drüben wieder los. Der weiße Fiffi kläffte aus Leibeskräften, drei Jungs zeterten und heulten, während Oma und Vater auf der Terrasse rauchten und dabei wild gestikulierten.

„Was hast du mit ihr gemacht?“, schrie der Pottwal den Hering auf einmal an und donnerte ihm eine. Aufgrund seiner schmalen Statur strauchelte er zunächst, konnte sich dann aber am Gartenstuhl festhalten.

„Bist du bescheuert?“, blökte er zurück. „Was kann ich denn dafür, dass die abhaut?“

Der Rest des Gespräches erfolgte leider leiser und ging daher im allgemeinen Krach unter.

Nina grinste bis über beide Wangen. „Das Walross scheint abgehauen zu sein. Na, ich werd’s nicht vermissen.“

Es hatte sich schon rumgesprochen, wie die Familienmitglieder heimlich benannt worden waren.

„Vielleicht hat sie ja einen Neuen und trennt sich vom Hering. Dann stünden die Chancen gut, dass sie wegzieht. Gibt es eigentlich auch Spitznamen für die Kinder?“, erkundigte sich Rita.

„Den Großen nennen wir nur den Bückling. Ein fieser Kerl. Verschlagen ist der, und neulich hat er seinen Freund ans Messer geliefert. Die Lütten heißen bei uns die Stichlinge. Aber da die so gleich aussehen und sich auch in der Höhe kaum unterscheiden, reicht für beide derselbe Name. Ach, wär das schön, wenn die weg wären“, seufzte Nina. „Man könnte abends wieder in Ruhe draußen sitzen.“

Mit einem Mal kam der Hering zum Zaun. Nur widerwillig stand Nina auf und ging hin.

„Haben Sie vielleicht meine Frau gesehen?“, erkundigte er sich. „Wir können sie nirgends erreichen.“

„Wie lange ist sie denn schon weg?“, hakte Nina eher aus Neugier denn aus Mitgefühl nach.

„Seit gestern Abend“, berichtete er. „Da wollte sie sich mit einer Freundin treffen und dort übernachten. Mädelsabend, Sie wissen schon, so mit Saufen und Fernsehen und Chips essen. Anschließend sollte es zum Wellnesswochenende nach Schillig gehen. Und jetzt können wir sie nirgends erreichen. Weder bei der Freundin noch sonst wo.“

„Oh, das tut mir leid“, heuchelte Nina, „wenn ich was höre oder sehe, melde ich mich natürlich sofort bei Ihnen.“

„Wirklich? Das wäre sehr freundlich von Ihnen“, bedankte sich Bendix Odelmann. Man konnte nicht einschätzen, ob er selbst wirklich traurig war.

Inkognito am Sieltief

Es war verwunderlich, wie die alte Marga immer an Ort und Stelle sein konnte, wo man sie nun wirklich nicht vermutete. Als Oma Pusch in ihrem Hippie-Outfit unweit der Ermittler am Sieltief eintraf, sonnte sich dort schon die Hochbetagte auf dem Sitz ihres Rollators. Marga erkannte Oma Pusch natürlich auch nicht. Sie war wirklich gut verkleidet. Wie viel die Alte noch sah, wusste man zudem nicht. Es sei denn, es ging um den Teufel. Den entdeckte sie überall. Trotzdem konnte man sich manchmal wundern, was sie doch noch so alles mitbekam.

„Huch, was ist denn hier los?", fragte Oma Pusch affektiert.

Zur allgemeinen Verständigung wird der folgende Dialog in Hochdeutsch wiedergegeben:

Marga flüsterte. „Stell dir mal vor, min Deern, da hat jemand dem Teufel einen Köder ausgelegt!" Sie bekreuzigte sich.

„Wie meinen Sie das denn?", erkundigte sich Oma Pusch.

„Na ja, nu, da hängt 'ne ganze Reuse mit Schwabbel im Sieltief", erklärte sie wispernd, „Menschenschwabbel! Wen will man damit wohl sonst fangen?"

Oma Pusch überlegte kurz, was sie damit wohl meinen könnte und hakte nach.

„Was soll ich mir darunter vorstellen?“, hakte sie nach. „Unter Schwabbel kann ich mir garantiert nichts vorstellen.“ Dabei äugte sie durch ihre Sonnenbrille in Richtung der Ermittler. Es sah so aus, als ob sie einen Schweinebauch aus dem Wasser hieven würden.

Marga schmunzelte und piekste mit ihrem spitzen Zeigefinger genau in Oma Puschs Bauch. „Das da ist Schwabbel oder willst du behaupten, dass bei dir noch alles straff ist?“ Sie fixierte Lotti mit einem bohrenden Blick. „Ich kenne dich doch. Bist du nicht die Lütte von den Esens? Warum hast du so schräge Klamotten an? Gibt’s heutzutage wieder Hippies?“

„Psst“, zischte Oma Pusch, „wie hast du mich erkannt, Marga?“

„Ach, weißt du, Kind, wenn die Augen und Ohren nachlassen, entwickeln sich andere Sinne. Außerdem vergesse ich niemanden. Dich erkenne ich schon an deinen Bewegungen und wie du den Kopf beim Sprechen hältst.“ Sie kicherte. „Wir Alten sind manchmal gar nicht so blöd, oder? Aber keine Sorge, ich verpetze dich nicht. Im Gegenteil. Wir können gemeinsame Sache machen. Ich will auch wissen, was hier los ist. Leider bin ich nicht mehr so mobil, aber du schon. Wir können uns gut ergänzen.“

Oma Pusch hatte keine Wahl. Sie konnte die Seniorin nicht im Stich lassen. Das war Ehrensache. Schon oft hatte sie ihnen bewusst oder unbewusst bei den Ermittlungen geholfen, denn die Teufel, die sie sah, waren meist ganz reell, auch wenn sie das anders verstand. Dunkle Mächte waren das allemal, die dahintersteckten.

„So, was meintest du denn nun mit deinem Schwabbel?", wollte Oma Pusch wissen. „Für mich sah es so aus, als ob sie da eine Schweinehälfte aus dem Wasser fischen wollten."

„Kein Schwein", sagte Marga und schüttelte den Kopf. „Das habe ich sofort gesehen, als ich noch näher dran war. Sie nehmen mich ja zum Glück nicht ernst, und ich kann ein bisschen langsam tun, dann kriege ich mehr mit. Außerdem hat es eindeutig nach Mensch gerochen. Ich wüsste auch nicht, seit wann Schweine solche Bauchnabel mit Knopf haben."

Jetzt wurde Oma Pusch hellhörig. „Ach ja, das ist natürlich etwas anderes. Da wirst du recht haben. Puh, was für eine krasse Geschichte."

Marga nickte. „Und weil da nun weder ein Kopf dran war noch eine Brust, keine Beine oder Arme, habe ich es einfach Schwabbel genannt. Man kann nämlich überhaupt keine Form erkennen."

„Aber anhand des Piercings könnte man auf eine Frau tippen", vermutete Oma Pusch, „wenn es das ist, was du mit Knopf meinst."

„Keine Ahnung, wie sich das nennt, was die jungen Dinger heutzutage nicht mehr in den Ohren tragen, sondern überall woanders. Und ich möchte nicht wissen, wo sonst noch. Das muss doch stören und pieken."

„Frag mich was Leichteres", erwiderte Oma Pusch. „Mir käm das auch nirgendwo in die Haut. Der eine oder andere findet es aber wohl erotisch."

Marga tickte sich mit dem Finger an die Stirn. „Ick will di was mit die Erotik. Die sollen mal lieber ein ordentliches Euter in die Hand nehmen und melken. Da wissen sie, was sie tun. Am besten den ganzen Stall voller Kühe, dann vergehen denen die Flausen schon von ganz allein."

Das ließ Oma Pusch unkommentiert. Sie versuchte, in der Deckung von Marga durch das Opernglas zu schauen, um ihrem Schwager, dem Rechtsmediziner, auf die Finger zu gucken.

„Mit wem unterhält sich Marga da?", fragte Enno in die Runde, während er den Bauch ohne Kopf und Extremitäten untersuchte. „Ich wusste gar nicht, dass heutzutage noch welche so rumlaufen."

„Sieht ein bisschen hippiemäßig aus", fand Oberkommissar Niklas Müller, der seit Kurzem das Team in Esens verstärkte und ein Freund von Eike Hintermoser war.

„Touristen halt", seufzte Enno. „Da hat Marga wenigstens mal jemanden, der ihr zuhört."

„Was hast du denn da nun in der Reuse?", erkundigte sich Eike.

„Nun ja, das ist ein etwas unappetitliches Stückchen Mensch, quasi aus der Mitte geschnitten. Und da es so herumwabert, sieht man nur schwer, wo der Bauch anfängt oder aufhört. Lediglich Vorder- und Rückseite kann man unterscheiden, wenn hinten die Poritze ist. Über alles andere breitet das Deckmäntelchen der Fettschürze sein Schweigen. In diesem Fall eine barmherzige Tat, wie ich finde. Natürlich musste ich in meiner Aufgabe als Rechtsmediziner druntergucken. Darum kann ich euch sagen, der Bauch ist weiblich. Ihr werdet es anhand des Piercings schon vermutet haben, und ich würd 'nen Besen fressen, wenn die Teile nicht alle zusammengehören."

„So langsam puzzeln wir die Dame zusammen", sagte Eike.

„Aber was für ein Aufwand", stöhnte Bodo Siebenstein. „Mir hätte die Spurensicherung an einem Fundort gereicht. Jetzt haben wir schon drei und wer weiß, was sonst noch auf uns zukommt."

Enno grinste ihn an. „Ts, Ts, ts, dass die Mörder aber auch keine Rücksicht auf uns nehmen können. Ich für meinen Teil bin hier fertig. Nils, Rico, kommt ihr mal bitte?"

Die Bestatter, die demütig am Rand gewartet hatten, kamen rasch mit ihrem Sack näher.

„Ich möchte, dass ihr dieses Körperteil möglichst wenig bewegt und es genau so lasst, wie es jetzt ist: mit dem Po nach unten", bat Enno.

„Wird gemacht, Chef", versprach Nils.

Rico war heute nicht so gut drauf. Die Perle, mit der er abends ausgehen wollte, hatte abgesagt. Jemand musste ihr gesteckt haben, womit er seine Brötchen verdiente. Es war zum Mäusemelken. Manchmal dachte er wirklich darüber nach umzuschulen, aber es war bei Bestattern wie bei Prostituierten. Auch wenn man die Vergangenheit hinter sich gelassen hatte, blieb etwas vom Duft gestriger Handlungen haften. Daher dachte er, dass es auch egal war. Mussten sie eben doch wieder in andere Orte fahren, um Bienen aufzureißen, wobei er auf Nils wahrscheinlich nicht mehr als Begleiter zählen konnte. Der schien tatsächlich eine hartgesottene Braut gefunden zu haben. Und Rico glaubte kaum, dass die ihn mit seinem besten Freund auf Jück gehen lassen würde. Er selbst war wieder der Dumme.

„Packst du bitte mal mit an", riss ihn Nils aus seinen Gedanken. „Dieser Bauch ist so schwer wie ein ganzer Kerl", stöhnte er.

„Bestimmt ordentlich was angefuttert, was, Doktorchen?", vermutete Rico etwas despektierlich.

Enno seufzte und nickte. „Es kommt meist vom Essen oder sollte ich Fressen sagen? Damit ist nicht mal nur die unverhältnismäßige Menge gemeint, sondern auch das, WAS diese Menschen zu sich nehmen, die über so eine Leibesfülle verfügen. Du siehst es, wenn du mal im Supermarkt an der Kasse hinter dem einen oder dem anderen stehst. Manchmal sind ganze Familien fehlernährt und sogar die Kinder schon sehr dick. Dazu kommt dann noch zu wenig Bewegung, und zack, ist der Teufelskreis perfekt. Sie haben keinen Antrieb und hocken lieber rum. Am besten noch vor dem Fernseher oder dem Computer. Tja, und da beißt sich die Katze in den Schwanz, denn dabei schmecken Chips oder Schokolade besonders gut. Aus medizinischer Sicht ein Supergau für den Körper."

Ja", stimmte Niklas zu, „und inzwischen schon weit verbreitet. Du brauchst nur über den großen Teich zu gucken. Da sind sie in dieser Hinsicht schon weiter als wir. Eine ganze Nation verfettet. Von rühmlichen Ausnahmen einmal abgesehen."

„Ich mag es ja auch nicht zu dürr", gab Enno zu, „aber eine Form muss es schon noch haben. Ihr könnt euch gar nicht vorstellen, was ich alles in meinem Leben gesehen habe. Beruflich, meine ich. Wenn es nicht unhöflich wäre, würde man mit offenem Mund stehen bleiben und staunen. Die Schwerkraft ist nicht gerade der Freund dicker Menschen, vor allem, wenn sie älter werden. Ich hatte mal eine, da waren die Hautlappen so üppig, dass sich darunter …"

„Es reicht, Enno", sagte Eike mit Nachdruck.

„Warte, ich habe das nur erwähnt, weil es bei unserer Toten ebenso ist", erklärte der Rechtsmediziner. „Sie hat Pilzinfektionen dort, wo sie und wo wahrscheinlich auch keine Luft hinkam."

„Danke, Enno, für die ausführliche Schilderung", schimpfte Eike.

„Ausführlich kann ich auch", konterte er. „Ich habe die Problematik doch extra nur kurz angerissen."

„Fürs Kopfkino hat's gereicht", erwiderte Eike.

„So einen Bauch hat noch nicht mal meine Nadine", gab Niklas zu bedenken. Seine Frau war mit Zwillingen schwanger und der Geburtstermin war nicht mehr allzu lange hin.

Enno lachte. „Na, das ist aber wirklich eine ganz andere Art von Bauch, ein entzückender sozusagen und temporär überdies. Da möchte man doch überhaupt nicht im Geringsten an einen Vergleich denken. So, liebe Leute, dann will ich mit meinem Fang mal wieder nach Esens in die Rechtsmedizin. Vielleicht gibt es da auch schon Neuigkeiten von den anderen Körperteilen."

„Und wie macht sich dieser Fokke so?", erkundigte sich Bodo, während er im Gras scharrte.

„Och, ich bin sehr zufrieden mit dem Jungen. Mal sehen, ob das so bleibt", antwortete Enno. „Aber guckt mal, diese bunte Kuh da hinten an. Die ist immer noch mit Marga am Quasseln. Das kommt mir merkwürdig vor. Ich sprech sie mal an."

Doch das war natürlich überhaupt nicht in Oma Puschs Sinn. Sie war sich sicher, dass er sie erkennen würde, wenn er nur nahe genug herankam. Darum musste sie flüchten. Marga wusste gar nicht, wie ihr geschah, als Lotti Esen den Rollator packte, auf dem sie saß und mit ihr in Richtung Süderriff sprintete, aber es war auf jeden Fall eine Gaudi und viel besser, als in irgendeinem Altenheim zu hocken.

Wieder im Institut

Fokke hatte mittlerweile herausgefunden, dass die Büste und der Finger zusammengehörten. Wen wunderte das? Damit hatte jeder gerechnet, der davon wusste. Aber die Frage, die sich allen stellte, war, wieso der Finger in Oma Puschs Kühlschrank gefunden worden war und wer ihn da zu welchem Zweck reingelegt hatte.

„Na, Chef, das war aber ein langes Päuschen", begrüßte Fokke ihn, als Enno zur Tür hereinkam.

„Schön wär's", seufzte der Angesprochene, „aber ich muss dich enttäuschen. Du kriegst gleich Besuch."

„Meinst du die Herren Bestatter?", hakte Fokke nach.

Enno nickte.

„Die haben mir den Bauch schon ins Kühlfach gelegt", erklärte der Jüngere. „Sie waren etwas in Eile, schien mir, obwohl es doch in deren und unserem Beruf niemals um Sekunden oder Minuten geht. Von den Nörgeleien der Ermittler einmal abgesehen." Er lachte. „Im Tod scheint die Endlichkeit der Zeit aufgehoben."

„Wie man's nimmt", erwiderte Enno, der spontan an die Verwesung denken musste, die man zwar durch Kühlung aufhalten, aber eben nicht vermeiden konnte. „Ich war wie gesagt schon wieder damit beschäftigt, einen Rumpf aus einer Reuse zu begutachten."

„Den nehmen wir uns gleich vor. Ich will dir nur berichten, was ich noch herausgefunden habe." Fokke machte ein wichtiges Gesicht. „Du erinnerst dich doch an die Stelle, wo ein Stück Haut fehlte. Da an der Schulter."

„Ja, es war dir gleich merkwürdig vorgekommen", fiel Enno wieder ein. „Und, was hat es jetzt nun damit auf sich?"

„Jemand hat es entfernt, weil sich darauf tatsächlich ein Tattoo befand", sagte Fokke stolz. „Er hat allerdings nicht damit gerechnet, dass man Farbreste auch in den unteren Hautschichten feststellen kann. Leider kann man nicht herausfinden, was für ein Bild sich dort befunden hat. Ich könnte nur was zu einem Teil der verwendeten Farben sagen, beziehungsweise deren chemische Verbindungen benennen."

„Super", sagte Enno. „Das kann uns bestimmt noch nützen, wenn es uns auch im Moment nicht weiterbringt."

„Dann der Kunstnagel", fuhr Fokke fort. „Ich hatte ja gehofft, dass er in einem Studio angefertigt worden ist, aber es handelt sich nur um ein billiges, aufgeklebtes Ding aus dem Drogeriemarkt. Du kannst den Zehnerpack auch im Internet bestellen."

„Das ist dann ja wohl eine Sackgasse", vermutete Enno, „aber du kannst dich weiter austoben. Ich habe am Fundort gesehen, dass die Dame auch ein Bauchnabelpiercing trug. Warum man es nicht entfernt hat, wundert mich. Das könnte doch auch jemand wiedererkennen."

„Schauen wir's uns doch mal an", schlug Fokke vor und war schneller am Kühlfach als Enno Einwände vorbringen konnte.

Es sah aus, als transportiere er Wackelpudding unter einem grünen Tuch, fand Enno, der die Sache vom Sektionstisch aus verfolgte. Er hatte sich noch nicht einmal umgezogen.

„Warte kurz, Fokke, ich will mal eben wenigstens den Kittel überstreifen", bat Enno. „Wir heben ihn dann gemeinsam auf den Tisch."

„Wieso ihn?", fragte Fokke. „Ich dachte sie."

„Den Bauch meinte ich", erklärte Enno und packte mit an. Es war gar nicht so einfach. Auch obwohl dies nur ein Teil des Körpers war, kam er den beiden wahnsinnig schwer vor.

„Boah, die Frau muss doch mindestens 140/150 Kilo gewogen haben", vermutete Fokke. „Können wir den Bauch wiegen? Vielleicht lässt sich dann das Gesamtgewicht leichter schätzen."

„Ich weiß nicht, was du damit erreichen willst", überlegte Enno. „Bei dem Umfang kommt es doch wohl kaum auf ein paar Kilo hin oder her an."

Vorsichtig hob er das Tuch an. Die Körperregion war auch hier nicht schöner als am Sieltief. Das Piercing konnte man überhaupt nicht erkennen. Um dort heranzukommen, musste Enno etliche massive Speckfalten umlegen.

„Na, siehste, da haben wir es ja", freute sich Fokke und entfernte es aus der Haut.

„Sieht auch nicht gerade wie edler Schmuck aus“, sagte Enno. „Eher wie ein metallgefasster, billiger Modeklunker.“

„Vielleicht hat sie weiter unten auch noch Piercings“, überlegte Fokke und handelte sich einen strengen Blick ein.

„Du kannst gerne noch mal gründlich nachsehen“, schlug Enno vor, „aber ich bin mir sicher, so tief innen sitzen sie nicht, und falls doch, würde man sie Spirale nennen.“ Er grinste.

Fokke ignorierte die Frotzelei. „Auf jeden Fall war die Stelle entzündet, wo das Metall die Haut durchbohrt hat. Ich schätze mal, die ständige Bewegung von Haut und Fett sowie das Schwitzen haben die Reaktion verursacht.“

„Oder eine Unverträglichkeit“, fügte Enno noch hinzu. „Ich frage mich nur, warum zwar das Tattoo, aber nicht der Schmuck entfernt worden ist. Das macht für mich wenig Sinn.“

„Vielleicht wusste der Mörder nicht, dass am Bauchnabel etwas ist. Die Schulter fiel möglicherweise eher ins Auge“, überlegte Fokke.

„Hmm, das könnte dafür sprechen, dass der Täter nicht unbedingt der Ehemann ist, denn der wüsste wohl, wo seine Frau bemalt oder durchstochen ist“, sagte Enno.

„Könnte auch ein Trick sein“, wandte Fokke ein, „um uns in die Irre zu führen, wenn der Stecker Massenware ist!“

Enno schien zu träumen. „Ich habe so eine Verzierung auch schon mal bei jungen, schlanken Damen gesehen. Mit einem Brilli im Nabel kann das richtig schick und erotisch sein. Aber ich weiß nicht, wofür man so was braucht, wenn die Fettschürze eh drüberhängt."

„Stimmt, und das nicht nur im Stehen", pflichtete Fokke ihm bei. „Ich bin mir sicher, nicht mal die Betreffende selbst konnte das Piercing ohne die Hilfe ihrer Hände sehen."

„Gut", sagte Enno, „aber das hilft uns jetzt hier nicht weiter. Finde bitte heraus, ob der Bauch zu unserer Büste passt."

„Wir könnten doch versuchen, sie zusammenzusetzen", schlug Fokke vor. „Anhand der Schnittkanten hätte man die Möglichkeit, schon vor der DNA-Analyse etwas zu erkennen."

„Wunderbar, junger Mann", lobte Enno. „Die Idee hätte von mir sein können."

Fokke strahlte und Enno verschwieg ihm, dass er genau das vorgeschlagen hätte, wenn es nicht von seinem Hospitanten gekommen wäre.

Im Vorgarten

Rita, die längst wieder in ihrem Garten saß, staunte nicht schlecht, als plötzlich eine bunt-flatternde Fuhre angerauscht kam, die sich als Kombination aus Marga, ihrem Rollator und Oma Pusch entpuppte. Die Alte juchzte dabei und freute sich, als sie durchs Tor geschoben wurde.

„Ach, da ist ja auch die kleine Rita", sagte sie. „Wohnst du jetzt hier?"

In Margas Erinnerung waren die Frauen so wie damals geblieben: Kleine Mädchen mit Zöpfen. Die Zeit war einfach stehen geblieben.

„Stell dir vor", keuchte Oma Pusch, „ich vermute, sie haben den Bauch unserer Büste aus dem Sieltief gezogen."

„Schwabbelfleisch mit Knopf", korrigierte Marga.

Rita verstand nur Bahnhof.

„Sie meint ein Bauchnabelpiercing", erklärte Oma Pusch.

„Ach so", erwiderte Rita und schmunzelte. „Da fehlen aber trotzdem noch einige Teile, selbst wenn wir davon ausgehen, dass es sich nur um eine Person handelt. Da hätte ich übrigens auch schon einen Verdacht, wer das sein könnte."

„Was?", entfuhr es Oma Pusch. Sie machte große Augen.

„Ja, unsere dicke Nachbarin wird vermisst", berichtete Rita. „Du weißt schon, diese dreiste Kuh, die kein Benehmen und ihre Blagen nicht im Griff hat."

„Na, das ist ja mal eine interessante Neuigkeit", freute sich Oma Pusch. „War da deshalb so eine Unruhe im Garten?"

„Gewusel und Geschrei ist da doch immer. Wie will man wissen, was dafür im Einzelnen die Ursache ist?", wandte Rita ein.

„Der Teufel", wusste Marga. „Der Teufel ist immer die Ursache von allem. Also seid auf der Hut. Er fährt in so manchen Menschen, manchmal auch schon in Kinder. Passt also schön auf euch auf, ihr kleinen Deerns."

Und sie hatte es gerade ausgesprochen, da kam ein sehr dünner Mann mit auffälliger Körperbemalung zum Zaun gelaufen. Marga bekreuzigte sich. Man konnte ja nie wissen. Er war ganz außer Atem.

„Haben Sie zufällig meine Frau gesehen?", fragte er in die Runde.

„Wie sieht sie denn aus?", wollte Oma Pusch wissen, bevor Rita antworten konnte. Es interessierte sie, wie er seine Frau beschrieb.

„Hmm, sie ist etwa so groß." Bendix Odelmann zeigte mit der Hand bis zum Kinn. „Blond, halblange Haare, blaue Augen."

„In die, die wie Engel aussehen, fährt er am liebsten", gab Marga ihren Senf dazu.

„Wie? Was? Wovon spricht sie?“, fragte der dürre Hering verdattert.

„Von nichts“, antwortete Oma Pusch und winkte ab.

Marga wackelte nur mit dem Kopf.

„Wie alt? Was für eine Statur?“, bohrte die listige Kioskinhaberin weiter.

„Na ja, so wie ich“, erklärte Bendix. „Wir sind ein Jahrgang. Mitte 30 halt. Von der Figur her würde ich sagen, sie ist vollschlank.“

Rita, die gerade einen Schluck Wasser getrunken hatte, spuckte diesen in einer Fontäne auf die Wiese.

„Ein paar kleine Pölsterchen hat sie vielleicht“, fügte er irritiert hinzu.

Marga runzelte die Stirn. „Sprichst du von deiner Alten? Die mit den drei ungezogenen Rotznasen? Mann, musst du verknallt sein, dass du nicht siehst, dass sie eine fette Kuh ist. Und der Große sieht bald genauso aus.“

„Nimm's ihr nicht übel“, bat Oma Pusch. „Sie redet halt, wie ihr der Schnabel gewachsen ist.“

„Ja, ja, ich weiß, dass sie plemplem ist“, sagte Bendix. „Also, habt ihr Tamara nun gesehen? Wartet, ich habe hier sogar ein Foto.“ Er kramte sein Smartphone hervor und hielt es den Frauen hin.

Alle drei schüttelten den Kopf.

„Sie wollte eigentlich mit einer Freundin weg, aber da ist sie nicht angekommen, habe ich eben erfahren. Keine Ahnung, was da passiert sein könnte“, erklärte er.

„Vielleicht hat sie einen Lover", überlegte Oma Pusch laut. „Soll vorkommen". Aber sie glaubte selbst nicht daran.

„Nie im Leben macht meine Tamara so was. Sie liebt ihre Familie über alles", regte er sich auf.

„Das glaube ich dir aufs Wort", erwiderte Oma Pusch. „Sogar so sehr, dass ihr alles andere egal ist."

Er konnte ihrem spitzen Wortwitz nicht folgen und verstand den Sarkasmus nicht.

„Natürlich", pflichtete er ihr bei. „So muss es schließlich auch sein. Na, ich will dann mal weiter fragen gehen. Sie kann sich doch nicht in Luft aufgelöst haben."

Marga kicherte. „Das wär jedenfalls ziemlich dicke Luft."

Der dürre Hering wurde rot, entschied sich dann aber mit einem „Tschüss" abzudampfen.

„Ich weiß nicht", grübelte Rita, „die Büste sah nun echt nicht aus wie die Frau auf dem Foto."

„Wenn der Teufel erst in einem steckt, dann verändert sich der Mensch, Kindchen", gab Marga zu bedenken.

„So einen Zufall kann es gar nicht geben", antwortete Oma Pusch. „Eine richtig dicke Leiche hat man nicht alle Tage. Vor allem keine, die wohl eines unnatürlichen Todes gestorben ist. Das denke ich zumindest, weil man sie in ihre Einzelteile zerlegt hat. Bei Unfall oder natürlichem Tod hätte man einfach den Bestatter gerufen und sich nicht solche Mühe gemacht."

„Da ist was Wahres dran", seufzte Rita.

„Wie leichtgläubig ihr seid", wunderte sich Marga.

„Was meinst du damit?", hakte Oma Pusch nach.

„Ist doch klar, dass er's war. Wer sonst?"

Woher sie diese Weisheit hatte, wussten die Freundinnen nicht, aber sie blinzelten sich zu. Jetzt war definitiv der Moment gekommen, an dem Marga von ihrer Tochter abgeholt werden sollte.

Bauchfleisch

Fokke freute sich, als er endlich den versprochenen Bauch untersuchen konnte. Ihn interessierte natürlich nur das, was sich unter diversen Fettschichten befand, nämlich das Innere des Körpers. Es juckte ihn, herauszufinden, warum dieser seinen Geist aufgegeben hatte, im wahrsten Sinne des Wortes.

Da beides zugleich auf einen Tisch passte, hatten sich Enno und Fokke aufgeteilt. Einer forschte unten am Rumpf, der andere oben an der Büste. Der ältere Rechtsmediziner wollte nun doch noch das Innere des Schädels untersuchen. Erstens, weil er wissen wollte, ob nicht vielleicht auch ein Defekt im Gehirn ursächlich für das Ableben gewesen war und, weil er sich zweitens das mit dem trockenen Gemüse nicht erklären konnte. Eventuell sollte es auf etwas hinweisen, aber er hatte keine Ahnung auf was. Während sich also Fokke mit dem Skalpell in die Tiefe grub, setzte er die Knochensäge an. Das war kein schönes Geräusch für Normalsterbliche. Aber wenn man des Öfteren damit umging, war es so, als ob man einen Baum mit einer Kettensäge bearbeitete. Man musste versuchen, die Dinge möglichst sachlich zu sehen, ohne die Würde des Menschen dabei aus den Augen zu verlieren. Es war beiden Rechtsmedizinern von vornherein klar, dass man ganz eindeutig sehen würde, dass diese Frau – sie wussten mittlerweile definitiv, dass sie es mit einer weiblichen Leiche zu tun hatten – ihrem Körper mit ihrer zu üppigen Lebensweise geschadet hatte. Besonders für Fokke würde es interessant sein, die Auswirkungen von fettem, süßem und vor allen Dingen kohlenhydratreichem Essen in den Adern, der Leber und anderswo hautnah zu sehen.

Vorsichtig hob Enno die Schädelplatte ab und sah relativ schnell, was der fülligen Dame passiert war. Inwieweit das zu einer Mordtheorie passen könnte, darüber wollte er jetzt nicht nachdenken. Aus Anschauungsgründen sagte er nichts, sondern deckte ein Tuch über ihren Kopf. Fokke sollte selbst nachschauen und seine Schlüsse ziehen. Doch auch der junge, angehende Rechtsmediziner hatte etwas Interessantes herausgefunden, das seiner Meinung nach nur bedingt etwas mit der Adipositas zu tun hatte. Er führte es eher auf den Umstand zurück, dass die Masse des Körpers ihm selbst nicht gewachsen gewesen war oder einfacher ausgedrückt: Die Frau war geplatzt, zumindest partiell. Ihr Darm hatte einen massiven Längsriss, der wahrscheinlich selbst bei Einlieferung in ein Krankenhaus nicht aufgefallen wäre. Fokke führte ihn auf einen Sturz zurück. Die Wucht von Haut und Fett war auf das sensible, längliche Organ geprallt, das sich wie der Schlauch eines Fahrradreifens unter zu großem Druck verhalten hatte. Durch die Perforation war der Inhalt ausgetreten, mitsamt seinen Bakterien. Unentdeckt hätte er zu einer

Sepsis geführt, und wahrscheinlich wäre die Vergiftung erst aufgefallen, wenn es ohnehin keine Rettung mehr gegeben hätte. Auch die Milz war gerissen, was zu einer starken inneren Blutung geführt hatte. Unbehandelt wäre auch allein aus diesem Grund schon damit zu rechnen gewesen, dass sie es nicht überlebt. Aber interessanterweise hatte die Blutung irgendwann aufgehört. Das konnte er sich nur durch ihren Tod erklären, der dann allerdings eine andere Ursache gehabt haben musste. Unwillkürlich musste er an einen Hai denken, der auch nur im Wasser leben konnte. Wenn man ihn an Land brachte, erdrückte ihn sein eigenes Gewicht. Womöglich hätte die Unbekannte in einem Raum ohne Schwerkraft auch überlebt. Es konnte nicht anders sein. Entweder musste es einen Aufprall oder Unfall gegeben haben, doch dagegen sprach, dass sie kaum Hämatome an den Hautbereichen aufwies, die sie bisher zu Gesicht bekommen hatten. Obwohl, falls sie gefallen war und sich die Wucht auf einen Großteil des Körpers verteilt hatte, würde man von außen nicht viel sehen, aber im Inneren konnten andere Kräfte entfesselt worden sein.

Enno saß längst wieder an seinem Schreibtisch und machte sich Notizen.

„Na, min Jung, haste was rausgefunden, was uns die Todesursache verrät?", fragte er.

Fokke schüttelte den Kopf. „Ich weiß nur zwei Möglichkeiten, wie sie auch sonst gestorben wäre, ist sie aber zu dem Zeitpunkt nicht."

„Ah, interessant, das zeigst du mir gleich, ja? Aber falls du vorher wissen willst, was ihr den Garaus gemacht hat, guckst du einfach mal unter ihre Schädeldecke. Vielleicht passt es ja zu deinen Befunden“, hoffte Enno.

Fokke ging zur oberen Seite des Tisches und deckte das Tuch ab. Dadurch konnte er direkt auf das Gehirn sehen. Die Diagnose sprang ihm so eindeutig entgegen, dass es keinen Zweifel gab. Ganze Bereiche waren eingeblutet.

„Oha“, seufzte Fokke, „für Mord spricht das aber nicht unbedingt. Was für ein kolossales Aneurysma, das da geplatzt ist.“

„Stimmt“, gab Enno zu, „selbst mit Einwirkung einer anderen Person wäre es wahrscheinlich nur Totschlag oder Körperverletzung mit Todesfolge. Ganz genau kenne ich mich da nicht aus. Wir wissen auch nicht, weswegen es zu der Ruptur gekommen ist. Möglicherweise ganz ohne Grund von außen. Bluthochdruck beispielsweise.“

„Warum hat man sie aber dann zerteilt und auf so abenteuerliche Weise abgelegt?“, wunderte sich Fokke.

Enno stand von seinem Schreibtisch auf und sah seinen Kollegen nachdenklich an.

„Ja, mein Lieber, du hast es erfasst! Genau das ist hier die Frage“, sagte er.

Wo ist der Rest?

Nachdem die Oberkommissare Hintermoser und Müller den Strand ganz vergebens hatten umgraben lassen, stand es mit ihrer Laune nicht gerade zum Besten. Aber dass sie dann auch noch der Bergung eines weiteren Körperteils am Sieltief beiwohnen mussten, brachte sie endgültig zum Sinken wie die Sonne beim Untergang über dem Meer, denn sie konnten davon ausgehen, dass dies nicht der letzte Fundort sein würde. Schließlich fehlten noch Arme und Hände, bis auf den einen Finger, ach ja, und die Beine waren ebenfalls nirgendwo aufgetaucht. Was für ein Aufwand! Jedes Mal absperren und Spuren sichern, immer wieder die Bestatter rufen und Enno aufscheuchen. In diesem Moment war ihnen ein Mörder lieber, der seine Leiche als Ganzes in einem Stück irgendwo ablegte und am besten auch gleich da, wo er sie umgebracht hatte. Das war für sie am einfachsten. Es machte weniger Arbeit und war darüber hinaus billiger für den Steuerzahler. Aber nun ja, Verbrecher taten einem selten einen Gefallen. An ihre Mitmenschen dachten sie wohl auch nicht. Mittlerweile hatten die Kommissare den Strand wieder freigegeben.

Eike fühlte sich in den Stunden des großen Durcheinanders auch noch aufgrund einer weiteren Tatsache zunehmend unwohl. Er hatte seine Tante nirgendwo gesehen. Sie war weder am Strand noch am Sieltief aufgetaucht. Ein Phänomen, das so vollkommen unwahrscheinlich war wie die Gespenster, die Marga immer sah. Das machte ihn höchst misstrauisch. Darum beschloss er, bei seiner Tante Lotti vorbeizugehen, traf sie aber weder im Kiosk noch bei sich zu Hause an. Unten vor der alten Hafenkneipe, dem „Dattein", wählt er ihre Nummer auf dem Smartphone.

„Ach, Eike, das ist aber schön, dass du mich anrufst", freute sich Oma Pusch.

„Wo bist du denn?", fragte er. „Dir ist doch nichts passiert?"

„I wo, wie kommst du denn darauf?", erkundigte sie sich und kicherte innerlich. Er hatte doch tatsächlich nichts von ihrer Anwesenheit mitgekriegt. Ein Wunder! Sie konnte also so tun, als ob sie von gar nichts wusste.

„Na ja, ich wundere mich", gab er zu. „Hier gibt es interessante Dinge für dich zu sehen, und du bist nicht dabei. Hast du etwa noch nichts von unserem aktuellen Fall gehört? Du bist doch sonst die Erste bei allen Neuigkeiten. Und der Kiosk ist auch zu. Was ist denn da los?"

Oma Pusch säuselte gerührt in ihr Smartphone. „Eike, wie lieb von dir, dass du dir solche Sorgen machst. Ich brauchte in der Tat mal eine Auszeit, weißt du. Diese ganze Flut von Touristen strengt mich doch mehr an als früher. In diesem Jahr ist es besonders heftig. Am Morgen haben wir so viele Brötchen geschmiert, dass mir der Rücken wehtat.“ Sie zwinkerte ihrer Freundin zu. „Darum haben Rita und ich beschlossen, es uns in ihrem Garten gemütlich zu machen. Willst du auch kommen? Du musst doch einen anstrengenden Tag hinter dir haben.“

„Hallo? Ich bin noch im Dienst!“, sagte Eike. „Außerdem ist Niklas bei mir.“

„Das ist doch nun wirklich kein Problem“, antwortete Oma Pusch. „Bring den Jungen doch einfach mit. Wenn ich dich richtig verstehe, willst du mir von deinem aktuellen Fall erzählen.“

„Was?“, wehrte Eike ab. „Nie im Leben! Damit du uns wieder dazwischenfunkst? Ehrlich gesagt hab ich mich nur gewundert, warum du das nicht schon längst getan hast. Und nur darum bin ich stutzig geworden.“

„Also hast du dich nur nach meinem Befinden erkundigt, weil ich dir nicht auf den Nerv gegangen bin“, meckerte Oma Pusch. „Das hätte mir ja sofort klar sein müssen.“

Eike räusperte sich. „So kannst du das auch nicht sagen.“

„Doch, genau so!“, beharrte sie.

„Okay, ein bisschen“, gab er zu, „aber im Laufe des Tages habe ich mir wirklich Sorgen gemacht. Echt! Das kannst du mir glauben.“

„Na, dann nehm ich das mal so hin“, sagte Oma Pusch versöhnlich. „Aber so einen kleinen Brocken kannst du mir doch an Information hinwerfen, mein lieber Junge.“

Eike musste laut lachen. „Du gibst ja wirklich alles, Tantchen. Hat Enno dir denn noch nichts erzählt?"

„Ein paar Andeutungen hat er gemacht, mehr nicht", berichtete Oma Pusch, die wenigstens nicht lügen wollte. „Als ich ihn weiter ausfragen wollte, musste er schon wieder los. Zum Sieltief, glaube ich, ganz um die Ecke."

„Und da bist du nicht hinterher?", staunte Eike. „Dir musste doch klar sein, dass wir ihn nur rufen würden, wenn er was zu untersuchen hatte."

„Nein, bin ich nicht. Versprochen ist versprochen. Enno wollte das nicht", erklärte Oma Pusch.

„Ah ja, verstehe", sagte Eike und verstand überhaupt gar nichts. Seinem Kollegen Niklas warf er einen bedeutungsschwangeren Blick zu. „Gut, dann will ich mal wieder", seufzte er in die Muschel und legte auf.

„Du traust ihr nicht?", erkundigte sich Niklas.

„Nie im Leben, aber ich mag sie trotzdem. Sie ist halt, wie sie ist. Und glaube mir, da ist was oberfaul."

„Wir werden sehen", antwortete Niklas, „ganz bestimmt."

Wie recht er behalten sollte.

Abend(b)rot

Der Tag neigte sich dem Ende. Ihm selbst war er zu turbulent gewesen, fand Enno. Er hatte es mittlerweile gerne, wenn es etwas gemächlicher zuging. Das hätte er sich nicht nur im Beruf, sondern auch für sein Privatleben gewünscht, aber „seine“ Lotti war glatt wie ein Aal. Immer, wenn er dachte, dass er sie nun endgültig an der Angel hatte, entschlüpfte sie ihm wieder. Dabei hatten sie bisher schon so manche Nacht miteinander verbracht – ganz züchtig und keusch in Feinripp und so, aber immerhin in inniger Umarmung, wenn sie denn erst geschlafen hatte und nichts mehr mitbekam.

Gerne hätte er heute Nachmittag noch mehr Zeit mit ihr in Ritas Garten verbracht. Am liebsten natürlich ohne Rita, aber ruckzuck war er wieder zu diesem unappetitlichen Bauch abgerufen worden. Gut, dass er da schon sein Rollmopsbrötchen intus gehabt hatte. Auf leeren Magen wäre es eine Herausforderung gewesen.

Plötzlich fiel ihm ein, dass er ja seitdem noch nichts wieder gegessen hatte. Außerdem vermisste er die Gesellschaft dieser streitbaren Dame, gegenüber der er auch noch ein Versprechen zu erfüllen hatte. Schließlich war sie ihm wie abgemacht nicht zum Sieltief gefolgt. Da war es doch eine gute Idee, sie mal wieder zum Essen ins „Landhotel Bauernstuben" einzuladen. Er schlug sozusagen mehrere Fliegen mit einer Klappe und klopfte sich im Geiste auf die Schulter.

Fokke, der Überflieger, war schon nach Hause gegangen. Der Junge hatte wirklich was drauf, freute sich Enno. Eine Flachpfeife hätte er in seinen Räumen auch nicht ertragen können. Und so langsam musste er doch auch mal einen Blick in Richtung Zukunft werfen und an einen potenziellen Nachfolger denken. Rein theoretisch erst mal, er wollte natürlich nichts überstürzen. Momentan war er noch fit, aber es war immer gut, ein Eisen im Feuer zu haben.

Gemächlich lehnte er sich zurück und wählte die Nummer seiner Angebeteten. Die war inzwischen nach Hause geschlendert. Es war immer noch heiß draußen. Das Thermometer zeigte 29 Grad.

„Enno", sagte sie freudig erstaunt in die Muschel, „ich hätte nicht gedacht, dass du dein Versprechen heute noch einlösen willst. Das finde ich aber toll von dir."

„Ja? Gut, dann hole ich dich gleich vorne am Schöpfwerk ab. Ich lade dich in die Bauernstuben ein. Einverstanden?"

Oma Pusch fühlte sich ein bisschen überrumpelt. Eigentlich hatte sie es sich jetzt zu Hause gemütlich machen wollen. Andererseits war ein leckeres Stück Fisch bei Anita absolut nicht zu verachten.

„Na gut, ich komme zur Straße", stimmte sie zu, „aber ich hoffe für dich, dass du echt was zu erzählen hast."

„Keine Bange, Lotti, du wirst schon auf deine Kosten kommen, in jeder Hinsicht."

Wenig später saßen die beiden Senioren zusammen mit einem Berg frischer Schollen am Tisch. Butterkartoffeln und Salat rundeten die Sache ab. Entgegen Oma Puschs Hoffnung lehnte es Enno ab, bereits beim Essen über seine medizinischen Erkenntnisse zu sprechen. Sie musste sich also gedulden und ließ den Smalltalk über sich ergehen. Ja, sie fand ihn auch ganz gut, aber im Moment stand doch wirklich der neue Fall im Vordergrund und persönliche Präferenzen mussten hintanstehen.

„… Stimmt's, Lotti?"

Oma Pusch nickte. Aber was er gesagt hatte, war ihr völlig entgangen. „Wollen wir noch ein Deichinger trinken?", fragte sie in der Hoffnung, dass der Alkohol seine Zunge lösen würde.

Doch es sollte alles ganz anders kommen.

Ein spitzer Schrei von Anita, laute Stimmen auf dem Hof hinter der Küche. Da musste was passiert sein.

Vorhaltungen

Im Doppelhaus der Odelmanns ging es auch hoch her. Der arme Bendix hatte den ganzen Ort abgeklappert, und nun machte sich auch noch seine Schwiegermutter über ihn her.

Er hätte sich nicht genug um seine Frau und die Kinder gekümmert, warf sie ihm vor. Tamara wäre mit allem allein gewesen. Sogar den Rasen hätte sie mähen müssen. Kein bisschen Unterstützung, und dann hatte er sie auch noch dort wohnen lassen, wo sie von vielen Nachbarn angefeindet worden war. So eine junge, lebenslustige Frau sei ihre Tochter gewesen, schimpfte der Pottwal. Jetzt sei davon nur noch ein Schatten ihrer selbst übrig geblieben.

Während der massige Meeressäuger ihm Vorhaltungen machte, krähten die Söhne dazwischen.

„Papa, darf ich ein Eis?“

„Papa, Pepe hat mir eine runtergehauen.“

„Menno, das ist mein Platz“, meckerte der Dritte und schubste die anderen so doll vom Sofa, dass Marcel blutete.

„Nichts hast du im Griff“, zeterte der Pottwal namens Charlene Poppendiek. „Weißt du, wie anstrengend das ist? Lange halte ich das nicht durch.“

Dazwischen kläffte der kleine Köter aus Leibeskräften.

„Ich hab dich nicht gebeten zu kommen“, maulte Bendix zurück. „Dann nehme ich mir halt Urlaub. Irgendwann wird sie schon wieder auftauchen.“

„Scheint dir ja völlig egal zu sein“, donnerte Charlene.

„Was ist egal?“, fragte Kevin, der seine Augen weder vom Fernseher abwandte noch zuhörte. Er merkte nicht mal, dass keiner antwortete.

„Hast du wenigstens die Freundin erreicht?“, wollte die Schwiegermutter wissen.

„Nein, die kann ich auch nicht erwischen“, informierte Bendix sie.

„Was, wenn die zusammen abgehauen sind?“, befürchtete Charlene. „Verstehen könnte ich's bei dem Ehemann.“ Sie verdrehte die Augen. „Weißt du, was du bist? Ein echter Loser!“

„Loser, loser“, rief der Kleinste, ohne zu wissen, was er sagte.

„Halt die Klappe, du altes Schlachtschiff!“, zischte Bendix, woraufhin der Älteste lachte und sich eine einfing. „Wenn du mich schon beschimpfen musst, dann bitte nicht vor den Kindern.“

„Ach, der feine Herr fühlt sich ungerecht behandelt“, sagte sie sarkastisch.

Bendix überhörte das neuerliche Sticheln. „Vielleicht brauchte Tamara mal etwas Ruhe von euch allen. Von mir jedenfalls nicht. Wir verstehen uns immer noch gut, wenn du das wissen willst, aber die Kinder sind natürlich in einem anstrengenden Alter. Da leuchtet es mir schon ein, wenn sie mit ihrer Busenfreundin ein paar Tage untergetaucht ist. Sie hätte es mir nur sagen sollen."

„Papa, hast du Angst, dass Mama und Betty ertrunken sind?", fragte der Mittlere.

Alle sahen ihn verständnislos an.

„Wie kommst du denn darauf, mein Schatz", fragte seine Oma.

„Weil Papa befürchtet, dass sie untergetaucht sind", erklärte Marcel. „Aber da braucht ihr keine Angst zu haben. Die kommen nämlich überhaupt nicht unter Wasser. Mama hat es mal mit mir geübt. Sie wollte es mir vormachen, aber sie schwamm immer nur oben. Darum glaube ich, dass es nicht geht. Also braucht ihr euch keine Sorgen zu machen."

Wider Willen musste Bendix schmunzeln.

Charlene Poppendiek allerdings lief rot an. „Willst du damit sagen ...", begann sie und musste Luft holen.

„Dass Fett oben schwimmt?", fragte Bendix. „Nein, woher soll er das wissen? Und das würde er auch nie wagen. Aber wenn er recht haben sollte, bist du auf jeden Fall auch auf der sicheren Seite."

Bendix sah den Edelstahltopf zum Glück noch rechtzeitig kommen und konnte ausweichen. So traf er ihn nur an der Schulter. Laut schimpfend schleppte sich der Pottwal nach oben, packte seine Sachen und rief sich vor der Tür ein Taxi.

„Oma, Oma, wo willst du denn hin?", fragte Kevin erschüttert.

Erst wollte sie „Einfach nur weg!" rufen, aber dann besann sie sich eines Besseren. Der arme Junge konnte ja nichts für seinen bescheuerten Vater. „Ich geh die Mama suchen. Einer muss sie schließlich finden."

„Ja, gut", freute sich Kevin, schlug ihr die Haustür vor der Nase zu und hockte sich wieder vor die Glotze. Er fand es gar nicht so schlimm, dass seine Mutter weg war, denn sonst hätte er jetzt Hausaufgaben machen müssen. Außerdem gab es bei Papa bestimmt jeden Tag was Cooles zu essen. Das Einzige, was der konnte, war grillen und ein paar Pommes in den Backofen schmeißen, allenfalls noch eine Pizza aus dem Tiefkühler holen. Aber das wusste er mit seinen zehn Jahren auch schon, falls Papa mit dem Ofen erwartungsgemäß nicht zurechtkam.

Plötzlich kläffte es hinter dem Sofa. Bendix, der es sich gerade mit einer Cola bei seinen Söhnen auf dem Sofa bequem machen wollte, zuckte zusammen. Dann packte er den lästigen Köter und wollte ihn zu Charlene auf die Straße bringen. Aber sie stand schon vor der Tür. Sonst war ihm nie aufgefallen, wie fett diese Frau war. Er schätzte sie auf 180 Kilo. Sie musste sich durch die Haustür zwängen.

„Pass auf", sagte sie drohend. „Du bist zwar ein Arsch, aber ich kann die Kinder meiner armen Tamara nicht hängen lassen. Also bleibe ich hier. Gehen wir uns einfach aus dem Weg!"

Scheiße, dachte Bendix. Aus war es mit dem Männerabend, aber rausschmeißen konnte er sie nicht. Das hätte ihm seine Frau nie verziehen.

Sauerkrautstampfer

Eigentlich war der gute Olaf längst woanders beschäftigt als im „Landhotel Bauernstuben". Das konnte man nur als höchst bedauerlich bezeichnen. Besonders die Gäste vermissten ihn, denn er war nicht nur ein galanter Servicemitarbeiter, sondern darüber hinaus auch noch ein charmanter Entertainer. Man hätte ihn sofort auf jede Bühne stellen können. Gelegentliche rheumatische Anfälle hatten es ihm unmöglich gemacht, weiter in diesem Beruf zu arbeiten, aber wenn er in seinem neuen Job Urlaub hatte, zog es ihn an dem einen oder anderen Abend wieder an seine alte Wirkungsstätte, sehr zur Freude aller Anwesenden.

Wenn er allerdings vorher gewusst hätte, was ihm an diesem Abend blühen würde, wäre er sicher zu Hause geblieben. Doch unglücklicherweise war ihm seine neue Brille in den Müllcontainer gefallen, als er den Abfalleimer der Bar mit einem Schwung über der Kante ausleeren wollte. Laut fluchend lehnte er sich auf den Rand und hoffte, dass das gute Stück nicht schon zwischen alten Gräten und Krabbenschalen verschwunden war. Doch das wäre das geringere Übel gewesen, denn sie war an einem Zeh hängen geblieben. Der allerdings war kein schönes Exemplar, weil er blau und tot aussah.

Man hätte zwei einzelne aus dem großen Onkel machen können, so dick war er und dann auch noch mit pinkem Nagellack. Pink auf Blau-Lila wirkte krass. Daran schloss sich ein fetter Fuß mit einer noch mächtigeren Wade an, sodass man sofort an Wassereinlagerungen denken musste. Weiter in die Tiefe blicken konnte er nicht. Olaf hatte auch genug gesehen. Und es interessierte ihn nicht die Bohne, was da weiter unten noch dranhing.

Er brauchte jetzt einen Schnaps, auch wenn er sonst überhaupt keinen Alkohol trank. Aber zuerst informierte er seine Chefin Anita Esen, die das für einen schlechten Scherz hielt und unbedingt selbst nachsehen wollte, obwohl Olaf sie davor gewarnt hatte. Ein Blick in den Abfallcontainer genügte, denn der Zeh fiel sofort unschön ins Auge und war ein guter Grund, dem Entsetzen spontan Ausdruck zu verleihen. Das war der Schrei, den Enno und Oma Pusch sogar in der Gaststube gehört hatten.

Natürlich wusste Anita nur zu gut, wer da bei ihr am Tisch saß, und so bat sie Enno zwecks Inaugenscheinnahme nach draußen.

„Meine Liebe“, sagte er zu ihr, „das ist in der Tat ein nicht mehr ganz lebendiger Fuß. Aber es steht mir nicht zu, schon jetzt näher hinzuschauen, wir müssen erst die Kriminalpolizei rufen. Und die kommen dann mit der Spurensicherung. Erst in diesem Moment schalte ich mich ein. So ist das Prozedere. Genau untersuchen kann ich den Fund aber erst in meinem Institut.“

„Von mir aus", stöhnte Anita, „wenn das Ding da nur wegkommt."

„Es sind zwei", verbesserte Enno sie. „Weiter unten liegt noch ein Bein. Das habe ich im Licht der Handylampe gesehen."

Anita wurde leicht grün im Gesicht und strauchelte. Glücklicherweise stand Oma Pusch direkt neben ihr und fasste sie unter den Arm. Dabei warf sie schnell noch einen Blick in die Untiefen des Leichenfundortes, konnte aber mangels Beleuchtung nur Zeh und Fuß gut erkennen.

„Bring du bitte Anita rein", bat Enno. „Ich warte hier auf Eike und Niklas."

„Dann kriege ich ja wieder nichts mit", maulte Oma Pusch.

„Doch, später, und zwar brühwarm", versprach Enno flüsternd. „Ich werde die Haxen heute nicht mehr im Institut untersuchen. Nur hier vor Ort schaue ich sie mir kurz an, nachdem die SpuSi sie rausgezogen hat. Und dann komme ich zu dir, wenn's recht ist." Er grinste frech.

„Meinetwegen", erwiderte sie und tat nur mäßig interessiert, damit er sich nichts einbildete.

Nicht schon wieder

Die Oberkommissare Hintermoser und Müller hatten sich nach diesem anstrengenden Tag wenigstens auf einen gemütlichen Feierabend gefreut. Niklas Müller wollte ein bisschen am Zwillingsbauch seiner Frau Nadine schnuppern, lauschen und fühlen, Eike war es endlich gelungen, die wunderschöne Nele Freese von der Spurensicherung auf einen Wein einzuladen. Doch das Treffen der beiden sollte sich nun ganz anders gestalten: In einem dunklen Eck vor einem stinkenden Müllcontainer. Das ließ sich bei der Hitze nicht verhindern. Beim Ranking der schlechten Gerüche, die daraus hervorstiegen, stritten sich die schon glänzenden Reste roher, filetierter Fische mit der beginnenden Verwesung lackierter Schweißfüße. Alter Käse vom Frühstücksbüfett des Hotels schmeichelte dem Ganzen nur. Er versuchte, das Schlimmste zu überdecken. Gut gemeint vielleicht, aber keinesfalls nützlich, was empfindliche Nasen anbelangte. Da brauchte es schon ein dickes Fell, wenn man das ohne Mentholsalbe überstehen wollte. Das galt in besonderem Maße für Nele, die, ohne Atem-, nur mit Mundschutz und einem dieser weißen Anzüge bekleidet, dort in den Container hineinstieg, nachdem sie mit ihrem Chef Bodo Siebenstein die Beine geborgen hatte. Wie viel eines allein wog, vermochten sie nicht zu schätzen, aber es war schon eine Herausforderung gewesen. Jetzt lagen die Stümpfe ohne Strümpfe anklagend da vor ihnen auf der Plastikplane, die die Bestatter Nils Esen und Rico Fritsche freundlicherweise zur Verfügung gestellt hatten.

Enno starrte auf die Schnittkanten und nickte. „Sauber, sauber", sagte er anerkennend. „Das war kein Laie. Entweder jemand mit medizinischer Erfahrung oder jagdlicher. Das ist natürlich auch immer möglich."

„Ein Jäger?", fragte Niklas verdutzt.

„Sicher, warum denn nicht?", bekräftigte Enno. „So ein Tier will doch auch zerlegt werden, bevor es in den Topf kommt. Sonst passt es ja nicht rein. Wer da versiert ist, der kann sich das auch bei den Nachfahren des Affen zutrauen." Er schmunzelte.

Niklas fand seine Ausführungen höchst pietätlos. Er hatte sich an Ennos Scherze und überhaupt an die Mentalität der Küstenbewohner noch nicht gewöhnt.

„Ganz schöne Speckschwarte", setzte Bodo Siebenstein noch einen drauf und zeigte auf die Haut, die sich am Ende des Oberschenkels weiß glänzend und speckig nach außen wölbte.

Jetzt hatte Niklas endgültig genug. „Ich befrage mal die Chefin", beschloss er und verließ das Terrain.

Bodo stupste Eike in die Seite. „Noch nicht ganz eingelebt, der Kleine, was?"

„Ach, lass mal", lachte Eike, „ihr müsst ihn doch auch nicht so aufs Korn nehmen. Der Niklas ist wirklich ganz in Ordnung. Ich kenne ihn schon viele Jahre. Seid ein bisschen nett zu ihm!"

„Wir tun doch unser Bestes", erwiderte Enno.

„Oha, wenn ihr nicht mehr auf dem Kasten habt, dann gute Nacht, Marie", seufzte Eike. „Jetzt aber noch mal zum Fall. Enno, ich denke, wir können davon ausgehen, dass dies weitere Teile unserer Unbekannten sind."

Der Rechtsmediziner nickte. „Es wäre schon aberwitzig, wenn hier vor Ort Leichenteile von mehreren schwer übergewichtigen Personen gefunden worden wären, denkst du nicht?"

„Nicht unmöglich vielleicht, aber eher unwahrscheinlich", gab Eike zu. „Was ich also wissen wollte: Waren die Schnittkanten an der Büste und am Rumpf ähnlich?"

„Das kann ich dir nur für das Oberteil bestätigen. Untenrum hat Fokke sie untersucht. Da müsste ich mich erkundigen. Wobei, mir fällt gerade noch was ein. Es ist nämlich so, dass ein kleines Stück der Haut auf dem Schulterblatt fehlt. Wir vermuten, dass dort etwas Augenfälliges zu finden gewesen ist."

„Denkst du an ein Tattoo?", erkundigte sich Eike.

„Nicht unbedingt. Ein Muttermal oder eine Narbe könnten ebenfalls aussagekräftig sein, wenn es darum geht, einen Menschen zu identifizieren", erklärte Enno.

Niemand hatte bemerkt, dass sich Oma Pusch in den Türrahmen geschlichen hatte. Dort im Halbdunkel war sie nahezu unsichtbar.

Eike seufzte. „Falls sie überhaupt jemals jemand identifiziert. Bis jetzt scheint sie niemandem zu fehlen. Wir haben in der letzten Zeit gar keine Vermisstenanzeigen hier aus der Gegend aufgenommen, weder männliche noch weibliche."

„Vielleicht kommt sie woanders her. Könnte natürlich auch jemand froh sein, dass sie weg ist", überlegte Bodo laut.

„So leicht verschwindet heute niemand mehr", wandte Eike ein. „Irgendjemand wird immer misstrauisch. Kollegen, Verwandte, Freunde. Es ist nur eine Frage der Zeit."

„Die haben wir aber eher nicht", gab Enno zu bedenken, „jedenfalls nicht, falls sie noch identifiziert werden soll, solange sie über der Erde ist. Vom Foto her ist es nicht dasselbe, als wenn jemand es live macht."

„Ich weiß aber von einer, die verschwunden ist", schaltete sich Oma Pusch ein und trat aus dem Türrahmen ins Licht.

„Lotti", schimpfte Enno. „Hast du gelauscht?"

„Nee, ich kam eben erst zurück", sagte sie und kreuzte heimlich Zeige- mit Mittelfinger.

„Und wer soll das sein, Tante Lotti?", erkundigte sich Eike. „Nicht, dass wir wegen nichts Staub aufwirbeln und Leute belästigen, nur weil du meinst, was gehört zu haben."

„Bitte", kam es schnippisch von Oma Pusch, „du musst mich nicht ernst nehmen. Ich erinnere dich aber daran, dass du zuletzt …"

„Schon gut", ruderte Eike zurück. Er wollte nicht schon wieder daran erinnert werden, dass sie und ihre Freundin bei einigen Fällen maßgeblich an der Aufklärung beteiligt gewesen waren. „Also, um wen handelt es sich da?"

„Tja, weißt du, das könnte eine Nachbarin von Rita sein, keine direkte, eher so um zwei Ecken, aber wir haben heute zufällig mitbekommen, dass da was los war."

„Und wie kommst du dann jetzt darauf, dass eine Person verschwunden ist? Dafür muss es doch einen Grund geben", meinte Eike.

Niklas kam zurück. Die Unterhaltung war ihm komplett entgangen.

„Du, Eike, ich hab was Neues. Hinrichsen hat mir gerade eine WhatsApp geschrieben. Es ist ein Vermisstenfall reingekommen. Weiblich, Mitte 30", berichtete er. „Er wusste leider nicht, ob die Frau über eine stattliche Leibesfülle verfügt. Der Ehemann soll jedenfalls gertenschlank sein."

„Das könnte passen", freute sich Oma Pusch. „Der Gatte vom Walross ist nämlich ein Hering."

Alle sahen sie verständnislos, ja fassungslos an, so, als ob sie den Verstand verloren hatte. Erst da bemerkte sie, was los war und musste kichern.

„Nee, ich bin nicht plemplem. Ich habe die Bezeichnungen von Rita übernommen. Die gesamte Nachbarschaft leidet unter dieser Familie. Sie heißen Odelmann und gehen mit ihrem Lärm allen auf den Geist. Dabei sind die Frauen nicht nur niveaulose Gossenweiber, sondern wirklich auch unglaublich dick. Die Oma schlägt sie alle. Darum wird sie ‚Pottwal' genannt. Wie die anderen Spitznamen lauten, wisst ihr ja schon."

„Weißt du auch, wer's war, mein Lottchen?", fragte Enno schmunzelnd. „Ich meine, dann können wir hier einpacken und den Fall zu den Akten legen."

„Na, das ist doch wirklich ganz einfach", wusste Oma Pusch. „Wenn's die Nachbarn oder die Eltern anderer Kinder nicht gewesen sind, dann bleibt nur der Hering, äh, der Ehemann. Je nachdem, wem sie mehr auf den Geist gegangen ist. Ich bin mir sicher, ihr werdet das herausfinden."

Eike atmete auf. „Jetzt haben wir zumindest erst mal einen Ermittlungsansatz. Odelmann, sagtest du? Dann werden wir da gleich hinfahren."

„Denkt aber an die armen Kinder", bat Oma Pusch. „Da sind drei Jungs. Nicht, dass die einen Schock kriegen."

„Glaubst du, ich bin ein laienhafter Anfänger, oder was?", regte sich Eike auf. „Selbstverständlich werden wir die Angelegenheit sensibel behandeln. Aber den Jungen wird mit Sicherheit auch schon aufgefallen sein, dass ihre Mutter weg ist."

„Das Wegsein ist erst mal nicht schlimm. Es lässt sich sonst wie erklären. Bestimmt hat sich der Vater längst eine Strategie zurechtgelegt, was er den Lütten erzählt", sagte Niklas. „Wie alt sind sie denn?"

Oma Pusch überlegte kurz. „Der Älteste mag so um die zehn sein, die anderen sind kleiner. Vielleicht Kindergarten oder Grundschule. Wundert euch aber nicht, sie sehen alle total gleich aus. Als ob der liebe Herrgott so begeistert von seiner Schöpfung war, dass er sie noch zweimal wiederholen musste. Die Jüngeren kann man nicht auseinanderhalten."

„Ich kann immer noch gut aufhalten", krächzte es plötzlich beleidigt an der Tür.

„Wie kommt denn Marga hierher?", wunderte sich Enno.

„Da staunste wohl", posaunte die Alte laut. „Ich hab den Taxi-Heinz bestochen, damit er mit mir essen geht. Er ist immer noch so lütch. Vielleicht wächst er noch, wenn ich ihn mit Fisch füttere. Und was macht ihr hier draußen am Müll? Haben euch eure Eltern nicht gesagt, dass ihr euch von so was fernhalten sollt? Pfui, und wie das stinkt, als ob der Düvel selbst da drin wohnt. Nun Abmarsch mit euch nach Hause!"

„Marga, wo bist du?", wisperte es.

„Ich schick die Kinder nach Hause", erklärte Marga.

„Aber, da wollen wir doch auch hin", ertönte eine Fistelstimme. Sie gehörte dem lütten Heinz vom Taxiunternehmen.

„Genau, und am besten schnell", drohte Eike. „Dies hier ist nämlich ein Leichenfundort."

„Es ist ein bleicher Hund dort? Ist der etwa tot?", fragte Marga traurig. „Ich wusste gar nicht, dass der Leibhaftige sich jetzt auch über Tiere hermacht." Sie schüttelte entsetzt den Kopf und Heinzi tat, was zu tun war. Er hakte die durchgeknallte Alte unter, bedankte sich noch mal für das Essen und brachte sie nach Hause zu ihren Katzen.

Erleichtert sahen ihr alle nach. Enno jedoch nutzte die Gelegenheit.

„Komm, Lottchen, ich fahr dich heim, nach diesem aufwühlenden Abend", schlug er vor, „und dann gönnen wir uns noch einen Schnaps. Das wird das Beste sein."

Obwohl Oma Pusch den alternden Gigolo durchschaute, spielte sie das Spiel mit. Schließlich war sie durchaus nicht abgeneigt, seine Gesellschaft zu genießen, auch wenn sie ihm das niemals gesagt hätte.

Tamara

Als die Tür bei den Odelmanns aufging, staunten Eike und Niklas nicht schlecht. Vor ihnen stand eine Frau um die fünfzig, die den ganzen Rahmen ausfüllte. Ihre Füße steckten in grellen, viel zu engen Plüschpuschen. Das konnte nur der Pottwal sein, und die Kommissare verstanden nun, warum sie so genannt wurde. Zwischen ihren Waden kläffte es, aber der Fiffi kam nicht durch, weil sie ihn dazwischen einklemmte wie in einem Schraubstock.

„Is was?“, bölkte sie die beiden an. „Ich hab den Nobby längst reingeholt. Ihr könnt also Leine ziehen. Außerdem kläffen andere Köter viel mehr.“

„Entschuldigung“, begann Niklas viel zu höflich, „wir sind nicht wegen Ihres Hundes hier.“

Hinter ihr entstand ein Gewusel. Drei Jungen versuchten seitlich etwas mitzubekommen, aber die Oma versperrte ihnen den Blick.

Der Pottwal verdrehte die Augen. „Die Jungs sind auch drinne, wie ihr ja wohl seht. Geht uns nicht auf die Nerven mit eurem Gemecker, ihr beschissenen Nachbarn. Meine Tamara habt ihr wohl schon vertrieben. Und falls es euch interessiert: Kinder haben in Deutschland Narrenfreiheit! Wir machen Krach, so lange wir wollen. Und jetzt verpisst euch!" Dabei schnaubte sie durch ihr Atemloch.

Es war kurz davor, dass bei Eike eine Sicherung durchbrannte. So etwas hatte er noch nie erlebt. Doch bevor ihm der Draht aus der Mütze sprang, wurde er lieber offiziell und ignorierte die Wortsalven seines Gegenübers.

„Oberkommissar Eike Hintermoser, das ist mein Kollege Niklas Müller. Wir haben gehört, dass Sie jemanden vermissen. Ich nehme mal an, es ist Ihre Tochter. Stimmt das?"

Die Oma machte ein betroffenes Gesicht. „Äh ja, Entschuldigung, ich dachte, Sie …"

„Wenn Sie erst einmal abgewartet hätten, was wir wollen, anstatt uns sofort zu beschimpfen, dann hätten Sie sich die Aufregung sparen können", erwiderte Eike.

„Bist du von der Polizei?", krähte es von hinten.

Ein anderer kreischte so laut, dass es fast wehtat.

„Unsere Mama ist weg", sagte der Dritte.

„Ist Ihr Schwiegersohn vielleicht auch da?", erkundigte sich Niklas. „Und können wir irgendwo allein sprechen, ohne Kinder?"

„Natürlich, einen Moment", antwortete sie und brüllte dann: „Bendix, komm mal von der Glotze wech. Hier sind die Bullen wegen Tamara. Und ihr Rotzgören verkrümelt euch jetzt mal nach oben!"

„Wir wollen aber zuhören", meckerte der Älteste.

„Dürfen wir fernsehen?", nörgelte einer von den Kleineren.

„Von mir aus, aber macht schleunigst, dass ihr in euer Zimmer kommt, sonst überlege ich mir das noch einmal."

In Windeseile rannten die Jungen die Treppe hoch. Bendix kam verschlafen aus dem Wohnzimmer angeschlappt und stellte sich schräg hinter seine Schwiegermutter. Er war wirklich dürr und roch nach Bier. Da er nur ein Achselshirt trug, konnte man seine komplett tätowierten Arme in ihrer ganzen Schönheit bewundern.

„Habt ihr sie gefunden?", fragte er frei heraus, ohne Begrüßung.

„Ich kann mich nicht erinnern, dass wir schon zusammen Schafe gehütet haben", sagte Eike tadelnd. „Bitte respektieren Sie mich als Amtsperson und verzichten Sie auf das vertrauliche Du."

„Bleib cool, Mann", antwortete er grinsend. „Ist meine Alte wieder aufgetaucht? Habt ihr sie verhaftet?"

„Soll das ein schlechter Scherz sein?", wollte Eike wissen. „Vielleicht lassen Sie uns erst mal rein? Dann erzählen wir Ihnen, warum wir hier sind."

Der Pottwal gab den Weg frei, dann folgten sie dem Hering ins Wohnzimmer. Eike und Niklas blieben stehen, obwohl er hastig Sachen vom Sofa räumte und sich selbst setzte. Die Schwiegermama plumpste daneben. Es knackte verdächtig in den Untiefen des Möbels.

„Also, nun mal raus mit der Sprache. Was ist mit meiner Tochter?"

Eike ignorierte den Pottwal. „Herr Odelmann, auf der Dienststelle in Esens haben Sie angegeben, dass

Ihre Frau mit einer Freundin unterwegs war. Ist das korrekt?“

„Ja, mit Betty Vogel“, bestätigte Bendix. „Es sieht aber so aus, als ob die beiden gar nicht weg waren. Oder Betty ist schon wieder hier. Auf jeden Fall steht Bettys Auto bei ihr zu Hause vor der Tür. Ich kann sie aber nicht erreichen, um zu fragen, wo Tamara abgeblieben ist.“

„Also ist diese Betty auch verschwunden?“, erkundigte sich Eike.

„Woher soll ich das wissen?“, antwortete Bendix. „Ist doch nicht meine Freundin.“

„Haben Sie denn ein Foto von den beiden?“, hakte Niklas nach.

„Klar, die war doch ihre Busentussi. Die hingen immer gemeinsam rum und kicherten sich eins. Und wenn sie nicht zusammen waren, haben sie sich mit WhatsApp ausgetauscht“, informierte sie der Hering.

„Die konntste fast nich mehr auseinanderhalten“, funkte Schwiegermutter Charlene dazwischen, „wie Zwillinge. Voll krass! Selbe Frisur, selber Nagellack, selbe Klamotten.“

„Und was is jetzt mit ihr?“, fragte Bendix.

„Sie haben wohl überhaupt nicht mitbekommen, was hier heute um Sie herum passiert ist?“, wunderte sich Eike.

„Nee, was denn?“ Der Hering zuckte mit den Schultern.

„Wir haben mehrere Teile einer Frauenleiche gefunden“, erklärte Eike.

Der Pottwal schrie auf und fing an zu schluchzen. Man hörte Kindergetrappel auf der Treppe.

„Denken Sie, es ist Tamara?“, flüsterte Bendix besorgt, da er vermutete, dass seine Kinder lauschen könnten.

„Eben das wissen wir nicht“, erwiderte Eike. „Sie müssten also mitkommen in die Rechtsmedizin, zwecks Identifizierung.“

Bendix machte ein verwirrtes Gesicht. „Also, ich weiß nicht, die Kinder …“

Aber die Schwiegermutter starrte ihn böse an. „Sieh zu, dass du Land gewinnst“, schimpfte sie unter Tränen. „Bestimmt ist es nicht unsere Tamara. Doch solange wir das nicht genau wissen, müssen wir doch Angst haben, dass ihr was passiert ist. Ich will wieder ruhig schlafen können.“

„Meinetwegen“, willigte der Hering ein und stand auf. „Dann fahren wir halt hin.“

Langsam folgte er den Beamten zum Wagen und setzte sich hinein. Ihm war übel. Er fühlte sich ganz und gar nicht wohl und gruselte sich vor dem, was ihn erwarten könnte.

Endlich zu Hause

Das war ein langer Tag gewesen. Mit einem Seufzer der Erleichterung schloss Oma Pusch die Tür zu ihrer Wohnung auf. Enno folgte ihr dicht auf den Fersen.

„Huch, ist ja Licht an. Das Radio läuft auch“, wunderte er sich.

Doch noch bevor Oma Pusch antworten konnte, ließ ein lauter Schrei ihnen das Herz in die Hose fallen.

„Ruhe! Nu halt doch mal die Klabbe“, rief der haarlose Graupapagei von seiner Stange. Ronny lauschte wohl gerade einem besonders beliebten Lied, denn er wippte anschließend im Takt der Musik.

„Oh, ich glaube, wir stören“, sagte Enno und schmunzelte. „Dann lässt er uns wenigstens in Frieden.“

„Davon ist nicht auszugehen“, warnte Oma Pusch. „Dem wird schon gleich was einfallen.“

Ronny, den sie von ihrer Cousine Miezi aus Leipzig geerbt hatte, sprach immer noch sächsisch. Mittlerweile hatte sie sich genauso daran gewöhnt wie an sein komisches Äußeres. Er sah aus wie ein Brathähnchen, das kurz davor war, in eine Pfanne zu springen. Quasi ein gerupftes Huhn ohne Federn auf zwei Füßen. Grund war eine Stoffwechselstörung, die ihn aber nicht beeinträchtigte. Er fror dank Oma Puschs Heizverhalten auch kaum. Jacken und Pullover lehnte er dankend ab. Das wusste sie mittlerweile, denn kein Kleidungsstück hatte auch nur einen Tag überlebt und war Opfer seines Schnabels geworden.

„Finger weg“, schimpfte Ronny, als Enno an Oma Puschs Spirituosenschrank ging. „Das gäht disch gar nischts an!“

Das fand sie allerdings auch, denn es kam ihr ein bisschen übergriffig vor. Schließlich war sie hier die Hausherrin und schenkte folglich auch den Schluck aus.

„Lass mich mal machen“, donnerte sie lauter als notwendig, und Enno ließ den Schrankschlüssel los, als ob er heiß oder elektrisch geladen wäre. Sagen wollte sie nichts, denn es ging heute Abend darum, möglichst viel von ihm zu erfahren. Da konnte sie es sich nicht mit ihm verderben. Sie war aber sicher, dass er begriffen hatte.

„Sorry“, sagte er zur Bestätigung. „Ich wollte nur behilflich sein.“

Oma Pusch ließ das unkommentiert. „Küstennebel oder Friesengeist?“

„Letzteres bitte, das kann ich jetzt gebrauchen und du doch sicher auch.“

Nachdem der hochprozentige Pfefferminzschnaps eine Zeit lang gebrannt hatte, löschte Oma Pusch ihn und reichte Enno eins der Gläser, allerdings ohne Schnickschnack mit Spruch aufsagen und so. Sie war viel zu kaputt. Ihre letzte Energie an diesem Tag wollte sie fürs Ausfragen verwenden.

„Du hast mir was versprochen", erinnerte sie Enno nach dem dritten Schnaps. „Gehören denn nun Beine, das, was du am Sieltief gefunden hast und der Kopf zusammen? Ach ja, und was war das überhaupt?"

„Etwas mindestens genauso Unappetitliches wie diese Beine", stöhnte Enno. „Ein vollkommen verfetteter Bauch. Man sah eigentlich erst mal überhaupt nichts anderes als Fett. Und dann auch noch aufgedunsen vom Wasser. Er passte kaum noch in die Reuse."

„Ihh", sagte Oma Pusch, „auch noch in einer Reuse. Wie habt ihr den denn da rausgekriegt?"

„Fokke, mein Hospitant, hat ihn rausgeschnitten. Das war minutiöse Kleinarbeit, weil er doch nichts beschädigen wollte."

„Ah, das hat Marga mit Schwabbel gemeint. Sie rollte später bei uns am Garten vorbei und redete dummes Zeug."

„Macht sie das nicht immer?", lachte Enno.

„Mal mehr, mal weniger", gab Oma Pusch amüsiert zu. „Manchmal ist doch halt ein wahres Körnchen drin."

„Du wolltest wissen, ob die Teile zusammengehören, Lotti", fuhr er fort. „Tja, ehrlich gesagt wäre es ein Wunder, wenn nicht. Üppigere Menschen gibt es ja reichlich. Und das finde ich auch sehr angenehm und sympathisch. Von so dürren Dingern halte ich gar nichts. Es muss schon was zum Anfassen dran sein", schwärmte er und verbiss sich das „Wie bei dir!" Dann grinste er verlegen. „Ist auch gesünder. Aber diese Frau, die wir nach und nach finden, muss es essenstechnisch massiv übertrieben haben."

„Vielleicht war sie krank und hatte eine Stoffwechselstörung wie Ronny, nur anders halt", überlegte Oma Pusch.

„Das hat Fokke bereits ausgeschlossen. Sie war vom zu viel Fressen und vielleicht auch vom falschen Essen fett", berichtete Enno. „Ich war ja nicht dabei."

„Hmm, bewegt haben wird sie sich dann auch nicht mehr großartig", überlegte Oma Pusch.

„Mit Sicherheit nicht", erwiderte Enno.

Sie goss ihm das Glas noch mal voll. Fahren konnte er sowieso nicht mehr, aber vielleicht lockerte es seine Zunge noch ein bisschen.

„Sonst noch was Auffälliges?", bohrte Oma Pusch weiter. „Was ist mit dem Finger aus meinem Kühlschrank? Gehört der auch dazu?" Sie schüttelte sich bei der Erinnerung.

„Ja, ja, nur Hände und Arme fehlen uns noch", erklärte er. „Die sind bisher nicht wieder aufgetaucht."

„Da weiß man auch ehrlich gesagt nicht, wo man suchen sollte", seufzte Oma Pusch. „Es gibt kein wirkliches Muster."

„Wie gut du dich auskennst", staunte Enno.

Oma Pusch grinste. „Ich hab sie alle studiert, die Sendungen deiner populären Kollegen. Willst du nicht auch mal ins Fernsehen?"

„Gott bewahre", wehrte Enno ab. „Ich habe es doch nicht nötig, mich zum Popanz zu machen. Und ich nage auch nicht am Hungertuch, dass ich mich in den Medien prostituieren muss."

Seine Reaktion fand Oma Pusch zwar etwas heftig, aber sie konnte ihn verstehen. Außerdem war es ihr lieber, wenn er ihr zur Verfügung stand.

„Bisher also nix Besonderes", versuchte sie nochmals ihr Glück.

„Na ja", druckste er rum, „da fehlte so ein Stückchen Haut, weswegen wir denken …"

„Hab ich längst mitgehört, bei Anita im Hof sagtest du das bereits", erinnerte sie ihn.

Enno nickte und hickste. „Stimmt, da warst du ja dabei."

„Noch einen Kleinen?", erkundigte sich Oma Pusch.

„Ja, wenn noch einer muss, aber dann ist Schluss", sagte Enno kichernd à la „Werner Brösel". Dann fiel ihm das Gemüse wieder ein. „Du, ich hab da noch was Lustiges."

Oma Pusch, die schon zwei Friesengeister in ihre Topfpflanze gekippt hatte, wurde hellhörig. „Was denn? Schieß los."

„Ob das was mit dem Fall zu tun hat, weiß ich noch nicht mal", gab er zu. „Mir ist im Moment ehrlich gesagt auch entfallen, ob ich das Eike und Niklas schon vertellt hab." Er kratzte sich die Stirn. „Muss ich morgen dringend nachholen."

„Das machst du, aber deinem kleinen Lottchen kannst du es doch jetzt schon verraten, oder?" Sie blinzelte ihn an.

„Warum nicht“, sagte er und konzentrierte sich beim Sprechen. Es schien ihm schwerzufallen. Sie musste sich beeilen. Nicht, dass er hier gleich auf dem Sofa umkippte und einschlief.

„Eben, ich halte doch dicht“, ermunterte sie ihn.

„Da war so ein Gemüse in ihrem Kopf“, erklärte Enno.

Oma Pusch runzelte die Stirn. War es doch schon zu viel Schnaps gewesen?

„Da hast du dich bestimmt geirrt“, wandte sie ein.

„Nee, Fokke hat getrocknete Tomaten in ihren Augenhöhlen gefunden und Bohnenkerne in den Gehörgängen, echt! Das kannste mir ruhig glauben.“

„Vielleicht wollte der Mörder damit etwas sagen“, vermutete Oma Pusch. „Auch mit den Bernsteinen, die da noch drüber waren.“

Jetzt musste Enno laut lachen. „Ach ja, war gar kein Mord. Hatte ich vergessen. Genauso wie die Bernsteine.“

„Was?“, fragte Oma Pusch erschüttert. „Weiß Eike das auch schon?“

„Vielleicht, kann mich nicht erinnern“, gab Enno zu. „Das muss er doch herausfinden, nicht wir.“

„Was ist denn die Todesursache?“

„Ganz einfach: Sie ist geplatzt!“, berichtete Enno. „Möglicherweise ist sie gefallen und dabei sind Gefäße im Kopf, aber auch der Darm gerissen. Verstehst du?“

„Deswegen weißt du aber doch noch lange nicht, ob sie von alleine gefallen ist oder ob sie jemand geschubst hat“, wandte Oma Pusch ein. „Eventuell sogar mit Absicht. Dann käme sehr wohl auch Mord infrage, vor allem, wenn ihr jemand aufgelauert hat.“

„Wo sie recht hat, hat sie recht, unsere Lotti“, freute sich Enno mit glasigen Augen. „Und was fällt dir zu unserem Gemüse ein? Da hast du doch sicher auch schon eine Erklärung parat.“

„Mal überlegen“, sagte Oma Pusch. „Wo waren die Tomaten?“

„Die waren da anstatt der Augen“, informierte Enno.

„Hat die etwa jemand rausgestochen?“, wollte Oma Pusch wissen. Es gruselte sie.

„Nee, nee, die waren wohl nur eingeschrumpelt wie die Tomaten. War ja heiß“, gab Enno zu bedenken.

„Dann könnten sie auch draufgelegen haben?“, erkundigte sie sich.

„Von mir aus.“ Er zuckte mit den Schultern. „Woher soll ich das wissen?“

„Weil es dann ganz einfach ist“, triumphierte Oma Pusch.

Enno tippte sich an die Stirn. Er glaubte ihr nicht.

„Wir zwei Akademiker haben’s im Institut nicht rausgekriegt, aber du schon, oder was?“

„Klar, denn es ist vollkommen einleuchtend: Sie hatte Tomaten auf den Augen und Bohnen in den Ohren!“

Jetzt war Enno baff. Die Erklärung schien allzu logisch. Warum waren sie nicht selbst darauf gekommen?

„Hut ab, mein Lottchen“, musste er zugeben und war zugleich ein bisschen stolz. „Jetzt bin ich aber müde.

Kannst du mich ins Bett bringen? Die Frau ist auch morgen noch tot."

„Da musst du schon selber hingehen", frotzelte sie, „wenn du dazu noch in der Lage bist. Ansonsten schläfst du hier bei Ronny auf dem Sofa."

„Auweia", stöhnte Enno und rappelte sich auf. Mit dem krähenden Piephähnchen wollte er die Nacht nicht verbringen. Lieber ganz dicht bei seiner warmen, weichen Lotti.

Spätabends im Institut

Fokke war sowieso noch mit weiteren Untersuchungen beschäftigt gewesen, also hatte er zugestimmt, dass die Kommissare Hintermoser und Müller noch mit einem potenziellen Angehörigen der Toten vorbeikommen wollten. Allerdings war dies seine allererste Identifizierung, und er konnte das Puzzle nicht komplett zusammensetzen.

Was also tun? Man wollte den armen Angehörigen ja nicht verschrecken. Der rasierte Kopf mit den jetzt leeren Augenhöhlen war schon schlimm genug, auch die Naht auf der Schädelplatte sprach für sich.

Also rief er kurzerhand seine Kumpels Rico und Nils vom Bestattungsinstitut an, die über der Rechtsmedizin wohnten. Die drei waren schon so manches Mal nachts gemeinsam um die Häuser gezogen. Das war praktisch. Man ergänzte sich in jeder Hinsicht. Kurzer Dienstweg sozusagen. Zum Glück waren sie zu Hause und im Nu zur Stelle. Es blieb nicht viel Zeit.

Für die Optik unter dem Tuch setzten sie einfach Büste, Bauch und Beine zusammen. Letztere lagen ohnehin noch auf dem Tisch. Anstatt der Arme formten sie OP-Tücher zu einer Rolle und legten sie beidseits an den Rand des Körpers. Das war schon mal perfekt.

Rico, der nicht nur Bestatter, sondern auch ausgebildeter Maskenbildner war, hatte eine Perücke mitgebracht. Sie kam ungefähr der natürlichen Haarfarbe nahe. Ob sie auch Locken gehabt hatte, wussten sie nicht. Jetzt jedenfalls waren welche da. Auf die leeren Augenhöhlen legte Fokke zwei Wattebäuschchen und siehe da: Die Dame sah schon viel manierlicher aus. Noch ein bisschen Schminke mit Hautfarbton, um das Blassblaue zu übertünchen und fertig.

„Danke", sagte Fokke erleichtert. „Ohne euch hätte ich das nie geschafft."

„Nix zu danken. Bei unserer nächsten Sauftour gibste einen aus", schlug Rico vor und stupste ihn freundschaftlich mit der Faust auf die Schulter.

„Das ist Ehrensache", versprach Fokke.

Und da klingelte es auch schon. Während der angehende Rechtsmediziner zur Tür ging, verdufteten die Bestatter nach heimlicher Mission im Bereich der Restaurierung.

Erst jetzt merkte Fokke, dass er ganz schön erledigt war. Er öffnete und unterdrückte ein Gähnen. Vor ihm standen Eike, Niklas und ein ziemlich dünner, bleicher Mann. Er hatte fast die Hautfarbe seiner Frau, falls sie es denn war, dachte Fokke und bat sie herein. Er war stolz auf das Werk, das sie soeben vollendet hatten. Nichts deutete auf die außergewöhnlichen Umstände unter dem Tuch hin. Sie ließen Bendix Odelmann neben den Sektionstisch treten und sahen ihn an. Der Hering nickte. Fokke schlug das Tuch zurück und der

Ehemann sich nach fassungslosem Anstarren die Hände vors Gesicht.

„Ist das Ihre Frau Tamara Odelmann?“, fragte Eike gespannt.

„Ja“, sagte er gepresst.

Niklas machte Fokke ein Zeichen, damit er die Leiche wieder zudeckte.

„Wo … woran ist sie gestorben?“, wollte Bendix wissen.

Auch die Kommissare waren jetzt ganz Ohr. Enno hatte sich noch bedeckt gehalten, und selbst Fokke zögerte jetzt. Er wollte es so neutral und so laienhaft wie möglich formulieren.

„Sie hatte ein Aneurysma im Gehirn. Das ist leider geplatzt.“

Eike und Niklas guckten total verdattert aus der Wäsche.

Odelmann hatte nur Bahnhof verstanden. Aber wenn was im Kopf explodierte, dann konnte das nicht gut sein.

„Ich geh draußen eine rauchen“, sagte er.

Den Beamten kam das sehr gelegen.

„Warten Sie dort bitte auf uns“, bat Eike. „Wir bringen Sie dann nach Hause. Wir müssen nur noch ein paar Details klären.“

Bendix nickte stumm und zog seine Kippen aus der Tasche. Anschließend hörten sie die Tür klappen.

„Willst du uns weismachen, dass das kein Mord war?“, fragte Eike misstrauisch.

„Davon habe ich doch keine Ahnung", wandte Fokke ein. „Ich kann euch nur sagen, woran sie gestorben ist. Und ich wüsste sogar auch, welchen weiteren Verletzungen sie noch erlegen wäre, wenn das mit dem Kopf nicht gewesen wäre."

„Ist das nicht egal?", überlegte Niklas. „Wo sie doch schon tot ist."

„Im Grunde schon", gab Fokke zu, „aber in diesem Fall passt es ins Bild. Sie muss irgendwo aufgeschlagen sein. Ob das durch einen Unfall passiert ist oder durch Fremdeinwirkung, egal ob absichtlich oder nicht, tja, das ist nicht meine Aufgabe, das herauszufinden."

„Zerteilt haben wird sie sich kaum selbst", sagte Niklas nach einem Moment der Stille. „Fragt sich nur, warum jemand das gemacht hat. Vielleicht, weil er sich schuldig fühlte? Oder derjenige wollte einfach nichts damit zu tun haben, aus welchen Gründen auch immer."

„Da können wir jetzt viel spekulieren", stöhnte Eike. „Ein klarer Hinweis auf Mord wäre mir lieber gewesen, wenn wir schon mit ihren Leichenteilen herumhantieren müssen. So ist es irgendwie noch bekloppter, als es den Anschein hatte. Komm, wir bringen erst mal den Witwer nach Hause. Dann reden wir weiter."

„Okay", sagte Niklas.

Sie verabschiedeten sich von Fokke, der heilfroh war, dass er nun endlich Feierabend machen konnte. Mehrmals hatte er an diesem Abend schon versucht, Enno anzurufen. Aber von dem gab es nach dem Auffinden der Beine keine Spur mehr.

Eike und Niklas lieferten Bendix Odelmann wohlbehalten zu Hause ab, aber in seiner Haut mochten sie nicht stecken. Dort würde nun alles anders werden.

Bloss weg

Ja, es war eine scheußliche Situation, in der er sich da befand, überlegte der dürre Hering mit Namen Odelmann, während er noch vor seiner Haustür stand. Irgendwie konnte er da jetzt gar nicht reingehen. Es war zu viel für ihn, sich allein seine Schwiegermutter vorzustellen, wie sie in Tränen ausbrach. Die Reaktionen der Kinder mochte er sich nicht ausmalen. Kevin würde wahrscheinlich so cool tun, als ob ihn das nicht jucken könnte. Marcel und Pepe aber müssten wohl eher heulen. Egal was und wie. Es bestünde kein Zweifel daran, dass er sich in ein Chaos begeben müsste, aus dem er so schnell nicht wieder herauskommen würde. Darauf hatte er keinen Bock. Er starrte auf seinen Schlüsselbund. Daran hing auch der vom Motorrad. Und obwohl er keinen Helm aufhatte, schlich er sich zum Schuppen, holte die Karre raus, startete sie und düste ab. Was er jetzt brauchte, war Ruhe. Ruhe zum Überlegen! Nach mir die Sintflut, dachte er und fuhr zum Parkplatz am Ostanleger. Dort stellte er seine Maschine jedoch nicht ab, sondern gab richtig Gas und donnerte auf dem Deich entlang in Richtung Harlesiel, als ob es kein Morgen gäbe. Vereinzelte Touristen und Schafe stoben zur Seite. Sie blökten hinter ihm her. Kurz vor der Hundefreilauffläche und dem Campingplatz der benachbarten, etwas weiter östlich liegenden Hafenstadt, hielt er an, stierte eine Zeit lang in die Dämmerung und floh dann über den Schwerinsloot bei Wilken Willm vorbei ins Nichts.

Als er Stunden später nach Hause kam, waren die Kinder schon im Bett. Bendix atmete auf. Wenigstens etwas. Nur seine Schwiegermutter, der alte Drachen, hockte noch im Wohnzimmer auf dem Präsentierteller. Nein ein Glück, sie schnarchte, bemerkte er nach einem kurzen Blick um die Ecke und wollte sich gerade davonstehlen, da donnerte ihm ihre Stimme Flüche entgegen, die er nie wieder vergessen sollte.

Was ihm denn einfallen würde! Und wo er denn gewesen wäre? Und ob er nicht wüsste, dass niemand ihr Auskunft gegeben hätte, prasselte zum Schluss auf ihn ein, als sie ihr Pulver verschossen hatte.

Na klar, es war Nacht, dachte er und tippte sich im Geiste an die Stirn. Die Kommissare schliefen längst, und kein Beamter würde sich die Blöße geben, einer zeternden Geiß am Telefon Auskunft über das Ergebnis einer Identifizierung in der Rechtsmedizin zu geben.

„Was hast du dir nur dabei gedacht?“, fragte sie jetzt schon fast winselnd.

„Kannst du dir vorstellen, dass ich auch erst mal damit klarkommen muss?“, konterte Bendix.

Charlenes Gesicht geriet aus den Fugen, so als ob ein Hefeteig in Sekundenschnelle aufging.

„Herrgott! War sie es wirklich? Mein liebes, kleines Mädchen?“ Der Pottwal schluchzte jetzt herzzerreißend. Aber es war keine Frage, sondern eher eine Feststellung.

Von klein und lieb konnte wahrhaft keine Rede sein, überlegte der Hering, während er an das Walross dachte, dass ihn zwar im Winter gewärmt und ihm im Sommer Schatten gespendet hatte, aber weder klein und schon gar nicht lieb gewesen war. Vor allem lieb in keiner Weise. Ihre angefressene Masse hätte er notgedrungen der Kinder wegen wohl noch ertragen können, aber er sehnte sich längst nach Herzenswärme. Davon hatte seine Alte überhaupt gar nichts zu bieten gehabt. In der ganzen Zeit nicht. Es war halt damals vor elf Jahren alles irgendwie blöd gekommen auf diesem Feuerwehrfest. Dass so etwas meist in einem Rudelbesäufnis endet, wusste er natürlich auch als junger Mann schon. Laut labern und lachen mit Kumpels und Kameraden war geil. Bier und Korn schmeckten. Man war unter sich. Irgendwann hatte so eine kecke Matrone auf ihm gesessen. Sie wäre auch damals nicht als schlanke Gerte durchgegangen, aber sie war witzig gewesen, frech, schlagfertig und ihm haushoch überlegen. Also hatte sie ihn noch auf dem Fest abgeschleppt und in ein Gebüsch gezerrt. Ja, zu seinem Leidwesen war der Alkoholpegel noch nicht auf einem Level gewesen, dass sein Heringsschwanz schlapp gemacht hätte. Neun Monate später war aus seiner unförmigen Tamara ein Wurm herausgekrochen, den sie Kevin genannt hatten. Der Name sollte schon etwas Besonderes sein. Kurz zuvor hatten ihm seine Feuerwehrkumpels massiv Stress gemacht und ihn bei seinem Verantwortungsgefühl gepackt. Also war ihm nichts anderes übrig geblieben, als das Überraschungsei zu heiraten. Mitsamt seiner ganzen fetten Familie, versteht sich, denn da war noch eine Schwester, die sogar die Mutter in den Schatten stellte. Wahrscheinlich konnte sie sich überhaupt nicht mehr bücken. Bendix nannte sie heimlich den Meeressaurier. Kein Wunder, dass der Vater seiner Tamara schon frühzeitig die Flucht ergriffen hatte. Er war dünn gewesen und der ganzen Sache wahrscheinlich nicht gewachsen. Es gab also überhaupt keinen Mann mehr in der Familie, außer ihm. Nur unglaublich schwergewichtige Weiber. Wenn drei davon in seinem Sofa saßen, hatte er Angst, die Couch könnte sich verabschieden. Da nahm er sich selbst lieber einen Stuhl. Nicht nur aus der Angst heraus, zwischen den sich hin und her wälzenden Specklawinen zerquetscht zu werden, sondern auch, weil er fürchtete, das Zünglein an der Waage werden zu können.

„Hallo? Bist du noch anwesend?“, riss ihn seine Schwiegermutter aus den Gedanken. „Ich wüsste jetzt wirklich gerne genau Bescheid.“

„Was soll ich noch sagen?“, fragte Bendix. „Tot ist tot.“

Der Pottwal haute ihm eine runter. „Die Kommissare haben vorhin was von Leichenteilen gesagt. Da will ich wohl wissen, ob das unsere Tamara ist und ob sie ermordet worden ist, du Spacko.“

Jetzt war Bendix beleidigt. Gut, er war vielleicht nicht die hellste Leuchte am Christbaum, aber dumm war er nun auch wieder nicht.

„Was macht das für einen Unterschied?", wollte er wissen. „Aber wie du willst. Zerteilt kann sein. Weiß ich nicht sicher. Habe nur den Kopf und ein Tuch über einem Berg gesehen. Ob's Mord war, ist wohl noch nicht raus."

Charlene schluchzte wieder. „Wer hat meiner Kleinen nur so etwas angetan?" Plötzlich fiel ihr was ein. Sie machte ein verstörtes Gesicht. „Wir müssen es den Kindern morgen sagen."

„Ich bin mir sicher, du machst das super", sagte Bendix und klopfte seiner Schwiegermutter auf die Schulter. Dann ging er nach oben, packte sich eine Tasche und wollte eben zur Haustür raus.

„Wo willst du hin? Du glaubst doch wohl nicht im Ernst, dass du mich jetzt hier mit den Kindern alleine lassen kannst", schimpfte sie.

„Und ob, du wirst es gleich sehen", erwiderte er, schnappte sich seinen Motorradhelm und schlug die Tür zu. Der Fiffi vom Pottwal hatte gerade noch Glück gehabt und seine Nase rechtzeitig zurückgezogen. Unter lautem Motorengeheul hörte man den frischgebackenen Witwer in dunkler Nacht davonfahren.

„Die Arme müssen weg“, wisperte es. „Ich will sie nicht länger in meiner Tiefkühltruhe haben.“

„Glaub mir, das ist erst mal der bessere Weg. Alles andere ist zu auffällig.“

„Widerlich ist das“, stöhnte es. „Und dann fehlt auch noch der Finger.“

„Mann, das ist völlig unwichtig. Wir müssten wissen, wie viel die andere mitgekriegt hat, bevor sie entwischt ist.“

„Ich weiß immer noch nicht, wie die fette Bratze so schnell abhauen konnte, obwohl sie besoffen war. Wo sie wohl hin ist? Sag mal, war das eigentlich ihre Freundin?“

„Soweit ich weiß, ja. Die sahen sich so ähnlich. Dasselbe billige Aussehen, dieselben primitiven Klamotten, nuttige Nägel und zu viel Schminke. Ich schätze, sie haben zusammen einen gekippt.“

„Was bin ich froh, dass du das mit dem Auseinandernehmen gemacht hast.“

„Wie hätten wir sie denn sonst von hier wegkriegen sollen? Willst du etwa in den Knast?“

„Denkst du wirklich, wir haben sie auf dem Gewissen?“

„Ganz unschuldig sind wir an ihrem Tod bestimmt nicht. Ohne uns wäre sie nicht der Länge nach hingeschlagen."

„Ja, und? Sie sind doch beide über die Angelschnur gestolpert. Aber die eine war nur bewusstlos und durch den Wind, während die andere keinen Mucks mehr von sich gegeben hat."

Das Gegenüber zuckte mit den Achseln. „Die Schnur wird uns sowieso keiner nachweisen können."

„Aber wenn sie unsere Keller untersuchen?"

„Wer sollte denn darauf kommen, ausgerechnet bei uns nachzuschauen? Wir haben mit denen doch gar nichts zu tun."

„Offiziell nicht, aber insgeheim schon."

„Du kannst es drehen und wenden, wie du willst, am besten halten wir uns da komplett raus und lassen jetzt Gras über die Sache wachsen. Die Arme können wir später immer noch ins Meer schmeißen. Bis dahin sind sie in deiner Truhe bestens aufgehoben, glaub mir. Jede falsche Reaktion könnte für uns zum Verderben führen."

„Gut, dann machen wir einfach nix."

„Sag ich doch, und wir reden am besten auch gar nicht mehr drüber. Es ist nie passiert."

Sie gaben sich die Hand. Einer ging, der andere blieb mit den Armen zurück. Da war das Vergessen schwer.

Morgens in der Küche

Heller Wahnsinn hatte sich in der Nacht im Kopf von Charlene ausgebreitet. Ihre Tochter, die Mutter ihrer Enkel, tot, der Vater weg und sie mit ihrem verstörten Fiffi und drei Jungen alleine. Das konnte nicht gut gehen. Wahrscheinlich würde sie in Kürze einen Herzinfarkt oder Schlaganfall bekommen. Im besten Fall noch Burnout.

Aber erst einmal musste sie die Hürde nehmen und den Kindern erzählen, dass ihre Mutter nicht mehr lebte. Was für eine Bürde hatte ihr der Versager von Schwiegersohn da auferlegt! Der dumme, schmalbrüstige Dorfjunge war sowieso nichts für ihre wunderschöne Tamara gewesen. Sie hätte etwas Besseres verdient gehabt. Sie hatte es schon immer gewusst, mit den Dürren war im Leben nichts anzufangen. Masse war Klasse!

„Oma", tönte es auf der Treppe, „sind Mama und Papa schon weg?"

„Ja, meine Lieben, nun kommt erst mal runter. Habt ihr die Zähne schon geputzt und euch angezogen?", fragte sie.

„Der Pepe hat sich nur die Bürste in sein stinkendes Maul gehalten", petzte Marcel.

„Gar nicht", widersprach Pepe brüllend und schlug ihm mit seinem Dinosaurier auf den Kopf.

„Wenn ihr nicht aufhört, sage ich es Mama", übertönte Kevin seine Brüder, „und von der kriegt ihr dann was auf'n Arsch."

Der Pottwal hatte nach einer Nacht ohne Schlaf keine Kraft, dazwischenzugehen.

„Hinsetzen! Frühstücken!", donnerte sie nur.

„Ich will aber kein Brot", heulte Pepe. „Mama macht mir immer Choco Pops ohne Milch."

„Ja, und ich will Smacks, aber viele und zwar mit Milch", sagte Kevin.

Auch Marcel saß unglücklich vor seinem Marmeladentoast. Kevin übernahm. „Der kriegt da Teewurst drauf, nich so'n süßen Kram. Den kannste selber essen."

Wortlos aß Charlene die Brote der Kinder und hielt sich an ihrem Kaffee fest.

„Ich muss euch was sagen", begann sie vorsichtig.

„Is Papa ausgezogen?", erkundigte sich Kevin.

„Wie kommst du denn darauf?", fragte die Oma erschrocken.

„Seine Zahnbürste steckt nich mehr im Becher", wusste der Junge. „Bei Lilith war das auch so."

„Nein, nein, er ist bei einem Seminar von der Feuerwehr", log die Oma in ihrer Not, weil sie fand, dass es durchaus sein konnte, dass das Arschloch endgültig abgehauen war. Aber zwei Katastrophen auf einmal waren zu viel für die Kleinen. „Nein, es geht um eure Mama", fuhr sie fort.

„Die ist doch mit Betty auf Wellness", krähte Pepe.

„Ja, genau, Oma, die wollten auf eine Putifarm", erklärte Marcel ihr. „Ihre Freundin Betty Vogel und sie."

„Wohin?", fragte Charlene verdutzt.

„Pu-ti-farm", wiederholte Marcel. „Bist du taub, Oma?"

„Hat das was mit Vögeln zu tun?", erkundigte sich Pepe.

„Mann, seid ihr bekloppt", stöhnte der Älteste. „Das heißt Beautyfarm. Da kann man sich schön machen lassen."

„Aber Mama war doch schon schön", wunderte sich Marcel.

„Das war sie", seufzte Charlene, „aber sie wird leider nicht wiederkommen."

„Wieso? Bleibt sie für immer da?", wollte Pepe wissen.

„Bestimmt will sie so schön werden, dass sie ins Fernsehen kommt", vermutete Marcel. „Dann können wir sie eben da gucken."

„Du spinnst, Oma. Mama kommt immer wieder", behauptete Kevin.

„Nein, diesmal nicht, sie ist an einem anderen Ort", erklärte die Großmutter.

„Woanders als Putifarm?", krakeelte Marcel.

Sein jüngster Bruder schüttelte vehement mit dem Kopf.

„Pepe weiß gar nichts! Pepe ist ein Blödmann!", leierte Marcel.

„Wo ist sie denn?", fragte Kevin misstrauisch.

„Ganz weit weg“, versuchte die Oma noch auszuweichen.

„Wenn Erwachsene so bescheuert drum rumreden, geht es entweder ums Ficken oder jemand ist tot“, bohrte der zehnjährige Kevin mit dem Finger in der Wunde. „Hat sie wen anders?“

Die Oma schüttelte den Kopf.

„Also tot“, stellte Kevin nüchtern fest. „Okay, dann krieg ich wenigstens kein Hausarrest wegen meiner Fünf in Mathe und muss heute nicht in die Schule. Das ist immer so, wenn einer von den Eltern tot ist. Bei Jule neulich …“

Charlene dachte, sie hätte sich verhört. Dann knallte sie ihm eine und schickte ihn auf sein Zimmer. Jetzt heulte er wenigstens.

„Was hat er gemacht, Oma?“, erkundigte sich der kleine Pepe. „Ist er dran schuld, dass unsere Mama jetzt tot ist?“

„Nein, nein“, antwortete Charlene verstört.

„Is sie jetzt in Himmel?“, hakte Marcel nach.

„Bestimmt ist sie ein wunderschöner Engel, der auf einer Wolke sitzt, auf euch aufpasst und zu euch runterguckt“, schluchzte die Oma.

Der Mittlere tickte sich mit dem Finger an die Stirn. „Dazu is sie zu schwer. Da plumpst sie durch“, fürchtete Marcel.

„Oben sind die Wolken dicker wie Wattebausche, du Masafacka“, schrie Pepe ihm direkt ins Ohr. „Das hab ich in Fernsehen gesehen.“

„Au, du Arsch! Ich hör nix mehr", brüllte der zurück und haute seinen Kopf gegen den seines Bruders. „Fick dich, Alter!"

Beide bluteten, bekamen eine Beule und heulten wie das Gespenst von Baskerville. Charlene war überfordert.

„Können wir fernsehen?", fragte Marcel, nachdem der erste Schmerz nachgelassen hatte.

Das war zu viel für die Oma. Schweigend verließ sie die Küche und ging ins Gästeklo. Dort schloss sie sich ein. Der Raum war so klein, dass sie kaum reinpasste, aber sie war allein. Vor der Tür kläffte ihr Fiffi.

„Oma, was is nu? Glotze an oder nicht?", rief Marcel ihr hinterher.

„Ja, genau, Mensch, Oma, wir warten", fiel Pepe mit ein.

Und als keine Antwort kam, nahmen sie sich die Fernbedienung und schalteten ein. Nichts zu sagen war kein Nein. Mama hätte ihnen wahrscheinlich den Arsch versohlt, aber Oma war harmlos und Papa nicht da.

Im Kellerloch

„Ich habe Zeit“, sagte er gelassen und starrte auf die überquellende Kugel, die mehr schlecht als recht auf dem Stuhl mit verbundenen Augen vor ihm saß. Seine Stimme hatte er verstellt.

„Was willste von mir, du Perverser“, stöhnte sie. Ihr Kopf tat immer noch vom Alkohol weh. Sie hätte es einfach nicht so übertreiben sollen.

Der Mann lachte verächtlich. Es klang blechern.

„Wenn ich jemals so tief sinken sollte, dass ich bei so einer wie dir beigehe, dann kann ich auch bei auflaufendem Wasser besoffen ins Watt stolpern. Is ähnlich bekloppt auf jeden Fall“, sagte er.

Der Stich saß tief. Wenn sie eins nicht abkonnte, dann war es, wegen ihrer Leibesfülle gehänselt zu werden.

„Wo ist meine Freundin?“, fragte sie energisch. Bloß keine Blöße zeigen, dachte sie sich.

„Ist die auch so ein Brecher wie du?“, erkundigte er sich.

„Was bist du denn für ein Arsch?“

„Einer, der dich in seiner Gewalt hat, also solltest du aufpassen, was du sagst“, schlug er vor.

„Sonst was?“, zischte sie. „Ich habe keine Angst vor dir.“

„Das solltest du aber“, warnte er sie. „Ich gebe dir ein bisschen Zeit, um über dich nachzudenken.“ Er erhob sich. „Wasser steht übrigens direkt neben dir. Ach, und du sitzt auf einem Klostuhl. Kannst alles einfach laufen lassen.“

„Und was ist mit Essen und Schlafen?“, wollte sie wissen. Es klang schon weniger forsch.

„Wer müde ist, schläft“, antwortete er, „und auf Nahrung kannst du eine Zeit lang verzichten, glaube mir. Wer so fettgefressen ist wie du, hält ewig und drei Tage durch.“

Er knipste das Licht aus.

„Du willst mich doch hier jetzt nicht etwa alleine im Dustern sitzen lassen!“

„Es ist hell draußen.“

„Lass mich raus, du verficktes Arschloch“, brüllte sie und schrie aus Leibeskräften. „Was willst du von mir?“

Er lachte. „Hier hört dich niemand. Es kommt auch nie jemand vorbei. Du kannst heulen und jaulen so viel du willst. Nur zu!“

Mit diesen Worten stieg er die Treppe hinauf durch die Bodenluke, die er anschließend leise zufallen ließ. Unten in der klammen Tiefe kreischte es. Die Schimpfworte, die sie ihm hinterherrief, konnte er nicht verstehen. Sie interessierten ihn auch nicht. Der Lärm des Bösen prallte an ihm ab.

Bei Oma Pusch

Ohrenbetäubender Lärm riss Enno und Oma Pusch aus dem Schlaf. Es war Ronny, der aufmüpfig an seinen Käfigstangen zerrte, weil es schon kurz nach acht war. Zu spät also! Sein Napf war noch leer.

Während andere schon frühstückten, hatten die beiden Senioren noch im Bett gelegen. Sie waren erst gegen Morgen in einen unruhigen Schlaf gefallen, weil die Temperatur unter dem Dach jegliche Nachtruhe unmöglich machte. Erst als Oma Pusch die Fenster zum Hafen gegen vier Uhr aufgerissen hatte, konnte es sich etwas abkühlen.

„Irgendwann hau ich den blöden Vogel doch in die Pfanne", stöhnte Enno, der nicht nur aus dem Tiefschlaf, sondern – was ihn noch mehr störte – auch aus Oma Puschs Armen gerissen worden war. Seine Angebetete sprang nämlich sofort aus den Federn.

„Huch, schon acht Uhr durch", wunderte sie sich und rieb sich die Augen.

Das war nicht gerade das, was sich Enno für den Tagesbeginn vorgestellt hatte. In seinen kühnsten Träumen wäre sie in seinen männlichen Armen liegen geblieben, hätte sich an ihn geschmiegt und wäre zum willigen Opfer seiner Annäherungsversuche geworden.

Doch dieser verdammte Vogel hatte ihm die Tour vermasselt. Wenn der erst wach war, spielte sich ohnehin nichts mehr ab, denn seine Lotti fühlte sich von ihm beobachtet. Wahrscheinlich hatte sie recht, denn Ronny entging nichts.

„Hungäää!“, schrie der nackte Graupapagei jetzt. „Isch verhungäääää!“ Zur Untermalung stieß er unmenschliche Laute aus. Es war unmöglich, ihn zu ignorieren.

„Moment, Ronny, ich komm ja gleich“, versprach Oma Pusch.

„Der Piepmatz hat dich total im Griff“, schimpfte Enno. „Der kräht ein einziges Mal, und schon springst du. Ich weiß nicht, ob das so richtig ist.“

„Er ist über die Zeit“, erklärte Oma Pusch entschuldigend. „Normalerweise füttere ich ihn um kurz vor acht.“ Sie kramte die Körnertüte hervor. „Jetzt ist es schon drei nach. Er hat eine innere Uhr, weißt du?“

„Ja, das ist mir wohl bekannt“, antwortete Enno.

„Du bist echt benedrant“, krakeelte der Vogel. „Isch dräh dir die Gurgel um, un dann is Schluss mit lusdisch!“

Oma Pusch guckte verschämt. „Er meint das ja nicht so. Im Grunde wiederholt er nur Sätze, die meine Cousine Miezi ihm beigebracht hat.“

„Schon klar“, erwiderte Enno. „Oder die, die er aufgeschnappt hat. Man kann also davon ausgehen, dass sie froh war, den Kerl endlich los zu sein.“

„Wollen wir noch zusammen frühstücken?“, lenkte Oma Pusch vom Thema ab.

„Nee, du“, antwortete Enno. Seine Laune war irgendwie in den Keller gerutscht. Ein bisschen Kuscheln und so hatte er sich schon erhofft. Nun war alles Essig. Da konnte er genauso gut in die Rechtsmedizin zu den fetten Stampfern fahren und sich auf dem Weg ein gefülltes Croissant mitnehmen. Das würde ihn ablenken und auf andere Gedanken bringen.

„Schade“, fand Oma Pusch und zuckte mit den Schultern. Dann eben nicht. Dabei hatte sie mit ihm eigentlich noch über die Bernsteine sprechen wollen. Das mit den Tomaten und den Bohnen war ja verständlich gewesen. Aber wieso die Bernsteine? Einfach nur Zierrat? Damit wäre es wohl eher unwichtig.

Sie sah Enno dabei zu, wie er in Hemd und Hose stieg. Richtig zufrieden wirkte er nicht. Dabei hatten sie die ganze Nacht Arm in Arm gelegen. Warum freute er sich darüber nicht? Vor Kurzem wäre das noch überhaupt nicht denkbar gewesen.

„Mach's gut, Lotti“, sagte er zum Abschied an der Tür und hauchte ihr einen flüchtigen Kuss auf die Stirn. „Ich kann Fokke nicht mit den Beinen allein lassen. Er soll doch was von mir lernen.“

„Ja, ja“, erwiderte Oma Pusch und blieb nachdenklich zurück.

Gespräche unter Brüdern

Mit seiner Tasche war Bendix auf dem Motorrad nach Werdum gefahren. Dort wohnte sein Bruder Hilko immer noch auf dem Hof der Eltern. Der Ältere hatte den Betrieb seinerzeit vom Vater übernommen, konnte aber bislang keine Frau finden, die das bäuerliche Los mit ihm teilen wollte. Nun gut, man musste zugeben, dass er auch nicht unbedingt mit Schönheit gesegnet war. Struppig blondes Haar bedeckte einen Quadratschädel über einer stämmigen Figur, die das Arbeiten gewohnt war. Vom Feiern und Tanzen hielt er nichts. Dazu war er abends sowieso viel zu kaputt. Mittlerweile waren die Alten verstorben und die Arbeit kaum zu schaffen. Daher freute sich Hilko, dass sein Bruder endlich die nutzlose Vettel verlassen hatte, um bei ihm auf dem Hof zu leben, zumindest dachte er das wegen der großen Sporttasche. Grün waren die sich sowieso nicht mehr gewesen. Hilko beschloss erst mal gar nichts zu sagen und abzuwarten, wie es seine Art war. Zur Begrüßung schlug er dem Jüngeren ermunternd auf die Schulter.

„Moin! Kann ich ein paar Tage bei dir …?“, fragte Bendix. Er musste den Satz gar nicht aussprechen. Schon nickte sein Bruder.

„So lange du willst. Ich kann immer Hilfe gebrauchen. Zieh dir was Ordentliches an und komm in den Stall!“

Mit diesen Worten verschwand er.

Ausmisten war nicht gerade das, was Bendix sich jetzt vorgestellt hatte, aber es blieb ihm wohl oder übel nichts anderes übrig, als sich in der Küche eine blaue Arbeitshose vom Haken zu holen, den Wolltroyer überzustreifen und die Forke in die Hand zu nehmen, wenn er Kost und Logis haben wollte. Bei seinem Bruder gab es nix für nix. Hilko und er konnten unterschiedlicher nicht sein. Das fing beim Aussehen an und endete definitiv beim Gesprächsbedarf. Während er sich gerne unterhielt, war für Hilko jedes überflüssige Wort lästig. Trotzdem war es wichtig, dass Bendix erzählte, was vorgefallen war. Hier im Stall konnte er wenigstens bei der Arbeit zuhören, auch wenn er nicht sprach.

„Bin erst mal von zu Hause weg“, erklärte Bendix.

„Ist kein Wunder, dachte ich mir“, erwiderte Hilko.

„Ja, aber eigentlich nicht wegen Tamara, jedenfalls nicht direkt.“

Sein Bruder sah ihn an.

„Eher wegen meiner Schwiegermutter“, fuhr Bendix fort. „Sie ist echt nicht auszuhalten. Und dann auch noch die Kinder …“

Hilko zuckte mit den Schultern und arbeitete weiter.

„Es ist, weil, also, ja, Tamara ist tot“, sprudelte es aus ihm heraus, „und ihre Freundin wahrscheinlich auch. Auf jeden Fall ist sie nicht aufzufinden.“

Jetzt hatte er Hilkos volle Aufmerksamkeit.

„Wie? Sie ist tot?", fragte er ungläubig.

„Echt, Mann, auch wenn du gedacht hast, man müsste dreimal mit dem Knüppel draufhauen, damit sie hin ist. Vielleicht hat sie sogar jemand ermordet, auf jeden Fall aber zerstückelt. Ein paar Teile sind wieder aufgetaucht."

Hilko schüttelte ungläubig den Kopf.

„Das, was heute Morgen in der Zeitung stand?"

„Ja, sie haben immer noch nicht alles von ihr gefunden. Ist das nicht gruselig?"

„Geht so", sagte Hilko nachdenklich. „Dann bist du jetzt frei."

„Bis auf die Kinder", gab Bendix zu bedenken, „und diesen Drachen von Schwiegermutter."

„Die sind nicht von dir", kam es prompt von Hilko.

Daraufhin lachte Bendix nur.

„Du spinnst, Alter! Was laberst du denn für einen Dünnschiss? Die drei sehen alle gleich aus."

„Stimmt", gab Hilko zu. „Genau wie das Monster, das du unbedingt heiraten musstest. Mein Beileid übrigens."

„Sollte ich sie mit dickem Bauch sitzen lassen?", wollte Bendix wissen.

„Nee! Ich frage mich, wie du da überhaupt beigehen konntest." Hilko schlug die Hände vors Gesicht.

„So fett war sie anfangs nicht", redete sich Bendix raus. „Und ich hatte auch gesoffen. Sie war gleich schwanger. Goldener Schuss sozusagen."

„Von wem auch immer", murmelte Hilko.

„Jetzt mal Butter bei die Fische", schnaubte Bendix und hielt die Forke hoch. „Wieso glaubst du nicht, dass die Jungs von mir sind?"

„Ich glaube nicht, ich weiß", behauptete Hilko und schubste seinen Bruder auf einen Strohballen. So viel hatte er in den ganzen letzten Monaten nicht gequasselt. „Es ist wegen der Tragzeit von Kühen und Schweinen."

Bendix verstand jetzt gar nichts mehr.

„Bei Menschen ist das nicht anders", fuhr Hilko fort. „Du hättest mal rechnen sollen."

„Kevin war eben ein Frühchen", konterte Bendix.

„Mit 4.650 Gramm und 57 Zentimetern?", bohrte Hilko nach. „Du hast dich verarschen lassen. Ich war sofort misstrauisch, aber weil du glücklich gewesen bist, habe ich meine Klappe gehalten. Doch dann hat das Weib noch zwei weitere von der Sorte geworfen."

Bendix guckte den Älteren triumphierend an. „Siehste, daran erkennt man wohl, dass es Brüder sind. Und die Kleinen werden ja wohl kaum von einem anderen sein. Tamara hätte auch niemals …"

„Niemals was? Sich vorher von anderen begatten lassen?", höhnte Hilko.

„Genau! Ich war ihr Erster."

„Nie im Leben, denn du bist wahrscheinlich überhaupt nicht fruchtbar", beharrte Hilko auf seiner Meinung.

„Was?", donnerte Bendix.

„Wir hatten beide Mumps", erklärte Hilko, „und ich habe mich untersuchen lassen, bevor ich mich bei ‚Bauer sucht Frau‘ anmelden wollte. Ich kann doch keine Versprechungen machen und dann nicht liefern.“

„Und?“

„Na, was schon: Tote Hose!“, berichtete Hilko. „Da schwimmt nix drin im Sperma.“

„Scheiße! Ich lass mich testen“, stöhnte Bendix.

„Das kannste dir sparen“, sagte Hilko. „Ich hab dir das abgenommen.“

„Hä? Wie das denn?“

„Haare“, erklärte Hilko. „Die hab ich dir und den Jungs nach und nach ausgerissen. Ich wollte es einfach wissen, ob so eine ungezogene Brut von dir sein kann. Das war mir die Kohle wert. Schließlich will ich mein Erbe nicht an irgendwelche dahergelaufenen Kevins, Marcels und Pepes verschleudern, die weder vernünftige ostfriesische Namen haben noch sonst irgendwie mit mir verwandt sind.“

Bendix war sprachlos.

„Bist du sicher?“, fragte er matt.

„Klar, ich habe das schriftlich vom Labor“, klärte Hilko ihn auf. „Schwarz auf weiß! Die drei sind nicht von dir. Ob du überhaupt selbst welche zeugen kannst, musst du selbst rausfinden. Aber mit der auf jeden Fall nicht mehr, denn du sagst ja, sie sei tot.“

Daraufhin nickte Bendix und mistete wortlos weiter. Es gab erst mal nichts mehr zu sagen. Er musste nachdenken.

Fachsimpeln

Etwas brummig kam Doktor Enno Esen im Bestattungsinstitut an. Seine Laune besserte sich auch nicht, als er sah, dass in seinem gläsernen Büro schon die Kommissare Hintermoser und Müller warteten, vertieft im Gespräch mit Fokke. Aber er konnte schlecht wieder gehen, obwohl ihm gerade gar nicht nach fachlichem Gesabbel stand. Also musste er gute Miene machen. Die anderen konnten ja auch nichts dafür, dass seine Nacht nicht so verlaufen war, wie er erhofft hatte.

„Moin", begrüßte ihn Oberkommissar Eike mit einem Lächeln. „Wo kommst du denn her? Du siehst aus wie drei Tage Regenwetter."

„Moin", erwiderte der Rechtsmediziner, ohne einen Kommentar abzugeben.

„Wir wissen jetzt, wer sie ist", sagte Eike. „Eine gewisse Tamara Odelmann."

„Oho", kam es erstaunt von Enno. „Ich glaube, das ist eine Nachbarin von Rita, und soweit ich weiß, war da Gewusel und Unruhe drüben bei den Odelmanns, so als ob was passiert wäre. Wie ich sehe, liegen die Beine aus dem Container schon auf dem Tisch."

Er hatte die kurze, aber hohe Wölbung unter dem grünen Tuch gesehen.

„Ja, aber nix Neues", berichtete Fokke ihm. „Bin schon zwei Stunden hier, weil ich neugierig war."

Enno stöhnte innerlich. Der Kerl war in Ordnung, aber echt übereifrig. Wenn er ehrlich war, nervte ihn das ein bisschen. Eine ruhigere Gangart war ihm lieber. Doch der Jüngere war schnell und dabei auch noch genau. Er konnte ihm also nicht einmal etwas vorwerfen.

„Okay, wenn ihr keine eindeutigen Zeichen von äußerlicher Gewalt gefunden habt, dann können wir wohl von natürlichem Tod ausgehen und ihr dürft die Leiche freigeben", schlug Eike vor.

„Obwohl wir noch nicht alles von ihr haben?", hakte Niklas nach. „An den Armen könnten Einstichstellen etc. sein."

„Vergiftet worden ist sie aber nicht", wandte Eike ein. „Also ist das nicht von Interesse."

„Wohl aber könnte ihr zusätzlich zum vermuteten Sturz ein Mittel gespritzt worden sein, das den Blutdruck erhöht, weswegen es auch zum Platzen des Hirnaneurysmas gekommen sein könnte", gab Fokke zu bedenken.

„Nun, einen hohen Blutdruck wird sie sicherlich sowieso aufgrund der Fettleibigkeit gehabt haben", vermutete Enno. „Wir testen jetzt noch, ob sie ein Mittel gegen ihre Hypertonie eingenommen hat."

„Mit Anfang 30 schon?", staunte Eike. „Das wäre krass, aber danach können wir auch den Ehemann fragen. Der wird doch wohl wissen, was für Medikamente ihr der Hausarzt verschrieben hat."

„Und wenn sie die gar nicht genommen hat?", schaltete sich Fokke ein. „Sicher wissen wir nur etwas über das, was wir in ihrem Blut bestimmt haben."

„Da kann ich meinem jüngeren Kollegen nur beipflichten", sagte Enno jetzt doch ein bisschen stolz, „und ein paar Tage warten wir ganz bestimmt noch, ob sich die Arme anfinden, nicht? Wozu die Hast? Es sitzt uns doch keiner im Nacken. Ob nun Unfall, Totschlag oder Mord lässt sich zwar derzeit noch nicht sagen, aber eins schon: Der Darm ist aufgrund eines Aufpralls geplatzt. Also muss sie gefallen oder gestoßen worden sein oder jemand hat ihr ein Bein gestellt. Dass jemand anderes mit darin verwickelt war, ist ja wohl unstrittig, selbst falls sie nur über einen Stein gestolpert ist. Jemand war da, hat vielleicht mit ihr gestritten und fühlte sich schuldig. Darum hat er nicht den Notruf gewählt, sondern die Sache selbst in die Hand genommen."

Die drei Umstehenden nickten.

„Dafür spricht nicht nur die Zerteilung des Körpers, sondern auch die Platzierung von Bohnen, Tomaten und Bernsteinen, wobei wir uns Letztere nicht erklären können", fuhr Enno fort.

„Ach, das Gemüse schon?", fragte Fokke interessiert.

„Ich denke ja", antwortete der Ältere. „Meiner Meinung nach dachte jemand, sie hätte Tomaten auf den Augen und Bohnen in den Ohren."

Damit verblüffte er die Umstehenden, verschwieg aber, dass das eigentlich Oma Puschs Idee gewesen war.

Niklas fasste sich als Erster. „Das könnte man als Vorwurf werten. Es stempelt die Verstorbene eventuell als Ignorantin ab."

„Oder als blind und taub", überlegte Eike laut.

„Eben. Wem oder was gegenüber?", erwiderte Niklas. „Das muss man doch wohl im übertragenen Sinn sehen."

„Fragen können wir sie nicht mehr", lachte Eike.

„Wäre auch unwahrscheinlich, dass sie sich selbst so gesehen hätte wie andere sie", konterte Niklas. „Du weißt doch genau, wie das mit der Selbstreflektion ist."

„Soweit ich gehört habe, war sie bei ihren Nachbarn nicht sonderlich beliebt. Können wir uns dann jetzt über die Beine hermachen?", erkundigte sich Enno.

„Was wollt ihr denn da noch finden?" Eike war neugierig.

„Thrombosen, Krampfadern, Brüche", schlug Enno vor. „Wenn sie gefallen ist, könnte es auch Frakturen gegeben haben."

„Ja, und vielleicht auch Einstichstellen", fiel Fokke noch ein. „Die müssen ja nicht unbedingt in den Armen sein."

„Tja, dann haltet uns mal schön auf dem Laufenden, und wenn sonst nichts Neues zu erfahren ist, dann können wir erst mal abdampfen", beschloss Eike. „Müssen die Odelmanns eben mit der Beerdigung noch warten. Danke übrigens für den Hinweis mit den Nachbarn. Wir fragen derweil herum, wer den Brocken zu Fall gebracht haben könnte. Vielleicht hat doch jemand was gesehen oder sogar geschubst und wird rot."

Niklas grinste frech bis über beide Ohren. „Frag doch Marga! Die weiß immer alles."

Dafür bekam er von Eike einen sanften Schlag an den Hinterkopf, denn das war das Letzte, was Oberkommissar Hintermoser getan hätte – leider!

Wo sind die Arme?

Da Oma Puschs Kiosk von der Spurensicherung wieder freigegeben worden war, verabredete sie sich dort mit ihrer Freundin Rita zum Frühstück. Brühwarm berichtete sie ihr von den neuen Erkenntnissen hinsichtlich der getrockneten Feldfrüchte im Schädel der Toten und wen sie da gefunden hatten.

„Ich kann es immer noch nicht glauben, die Odelmann. Ist ja verrückt. Da hatte der Himmel wohl ein Einsehen! Und Hinnerk tritt ihr auch noch gegen die Omme." Sie musste kichern. „Aber dies Gemüse mit Botschaft … Die hatten wir gar nicht entdeckt, die Tomaten", wunderte sich Rita.

„Wahrscheinlich steckten sie zu tief drin oder sie klebten fest", sagte Oma Pusch. „Viel wichtiger ist aber doch, was sie aussagen."

„Ja, ja, jemand hatte die Frau auf dem Kieker", überlegte Rita. „Das ist natürlich kein Geheimnis. Leute, die sie nicht leiden konnten, gab es mehr als genug. Wie Sand am Meer praktisch."

„Man könnte auch meinen, es war eine Stigmatisierung", pflichtete Oma Pusch ihr bei.

„Haben sie denn sonst noch was Außergewöhnliches gefunden?", erkundigte sich Rita.

„Nicht, dass ich wüsste. Enno sagt, es könnte sogar ein Unfall sein“, berichtete Oma Pusch.

„Hä? Wieso? Dann könnte man sie doch in einem Stück lassen und einfach die 112 anrufen“, wunderte sich Rita. „Wozu dann die ganze Mühe mit der Beseitigung?“

„Es reicht doch, wenn jemand allein nur dachte, er wäre dran schuld“, gab Oma Pusch zu bedenken.

„So gesehen hast du natürlich recht“, stimmte Rita zu. „Ich glaube, wir sollten noch mal etwas genauer herumfragen, wer von den Nachbarn oder Bekannten am ehesten einen Grund hatte, ihr zumindest eins auszuwischen zu wollen.“

„Da gibt es bestimmt den einen oder anderen, Rita“, war Oma Pusch sich sicher. „So wie die mit ihrer schnodderigen Art überall angeeckt zu sein scheint, würde es mich nicht wundern, wenn wir eher danach suchen sollten, wer ihr nichts Böses wollte.“

Nun musste Rita lachen. „Wie wahr, wie wahr!“

Auf dem Hof

Es war wie früher. Bendix stank nach Kuh- und Schweinemist. Gerüche, die er eigentlich abgelegt hatte. Das dachte er zumindest, aber er hatte ja auch geglaubt, ein einigermaßen glückliches und normales bürgerliches Leben zu führen. Nichts von alledem schien jedoch zu stimmen. Wie von einer schweren Last gebeutelt, stützte er sich auf die Mistgabel und versuchte, ruhig zu bleiben. Aber selbst wenn er geschrien und gewütet hätte. Wen sollte das jucken hier draußen? Hilko? Der lachte ihn höchstens aus. Das Vieh? Von wegen. Das fraß und schiss nur, bis es gemolken oder geschlachtet wurde.

Bendix konnte es immer noch nicht glauben. Keiner der Jungs war von ihm, hatte sein Bruder behauptet und wollte dafür sogar Beweise haben. Na, die würde er sich auf jeden Fall zeigen lassen, beschloss er und horchte in sich hinein, ob er jemals einen leisen Zweifel gefühlt hatte. Was empfand ein Vater normalerweise? Wie war sein Verhältnis zu den dreien eigentlich? Er überlegte. Vielleicht konnte man es pfadfindermäßig nennen. Wenn er mal Zeit hatte, war er mit ihnen im Garten. Selbstverständlich nur, falls sie da waren. Neuerdings düsten sie alle mit Fahrrädern durch die Siedlung, schrien sich über Straßen hinweg Schimpfworte zu. Einer, zum Glück nicht einer von seinen, hatte neulich sogar ein Auto beschädigt und war abgehauen. Kevin hatte ihn später verpfiffen, für eine Tüte Gummibärchen.

Beim Weitermisten gestand er sich ein, dass er wenig mit seinen Kindern zu tun gehabt hatte. Aber er, Bendix, der Hauptverdiener, musste doch auch ein Wochenende haben dürfen. Wo kam man denn da hin, wenn es keine Zeit zum Entspannen gab? Gut, da waren die Kleinen dann meist vor dem Fernseher gewesen, denn Tamara wollte auch ausschlafen. Er hatte den Jungs sogar einen eigenen Flachbildschirm für ihr Zimmer gekauft. Ein Riesending mit tollem Sound. Wie sollte man sonst als Eltern auch mal Ruhe kriegen? Daran war doch nichts Verwerfliches.

Ein bohrender Geruch von Dung biss ihm in der Nase. Er meinte Ammoniak zu riechen und dachte an Tamara. Sie war doch nicht besser als er gewesen. Immerzu hatte sie die Kinder weggeschickt: In den Garten bei Regen und Schnee, zum Spielplatz, auf die Straße, bloß weg aus ihrer Nähe, um in aller Ruhe auf dem Handy mit ihren Freundinnen zu chatten. Da störten die drei wahrscheinlich nur. Woher sollte er wissen, wie man das mit Kindern handhabte oder was man für sie empfinden sollte. Wahrscheinlich war es mit dem Nachwuchs so wie mit dem Job: Man musste ihn haben, aber er nervte meistens und man war froh, wenn Feierabend oder Wochenende war.

„Ich will diese Untersuchungsergebnisse sehen“, sagte er plötzlich und unvermittelt zu Hilko. „Wer weiß denn, wessen Haare du da hingeschickt hast. Vielleicht Borsten von einer deiner Säue.“

Hilko tippte sich an die Stirn. „Deine, meine, Tamaras und die von den Kindern“, erwiderte Hilko.

„Hä? Wieso denn auch deine?“, fragte Bendix perplex.

„Ganz einfach. Ich wollte nicht nur wissen, ob deine Blagen erbberechtigt sind, sondern auch, ob du überhaupt mein Bruder bist und nicht so ein Kuckucksei. Weil du so'n feinen Stadtpinkel geworden bist, der die Forke nicht mehr in die Hand nehmen will.“

„Ach ja, und bin ich das?“

„Was? Bruder oder Stadtpinkel?“

„Bruder!“

„Jau, wenigstens etwas“, gab Hilko zu. „Aber ich war auch froh, dass diese Brut von der Missgeburt, die du zu deiner Frau gemacht hast, nicht mit uns verwandt ist. Hast du es überhaupt schon kapiert? Wenn die tot ist, hast du nix mehr mit denen da im Süderriff am Hut. Weder mit der fetten Alten noch mit den Kindern.“

„Aber sie sind doch mit mir aufgewachsen und denken, dass ich ihr Vater bin“, wandte Bendix ein.

„Und? Kannst du was für ihre Schlampe von Mutter? Die hätte sich das überlegen sollen, wen sie ranlässt und wen nicht. Und augenscheinlich war sie auch nicht treu, denn die Jüngeren sind gezeugt worden, als du schon mit ihr verheiratet warst", antwortete Hilko ganz außer Atem. So viele Worte hatte er schon lange nicht mehr gesprochen. „Wahrscheinlich war das bei ihr so wie bei meinen Sauen. Woher die Spermien kommen, ist egal, Hauptsache, Mutter werden. Schätze, dazu hast du einfach nicht getaugt. Darum auch der Abstand zwischen den beiden Ersten. Vielleicht hat sie auf den zurückgegriffen, der sie schon einmal besamt hat. Aber komm ruhig mit, wir sind hier fertig. Setzen wir uns in die Küche. Dann zeige ich dir den Wisch."

„Ich brauche einen Schnaps", stöhnte Bendix und starrte auf die Schwielen an seinen Händen. Er war es einfach nicht mehr gewöhnt.

„Nix brauchst du, außer vielleicht einen Schlag an den Hals", widersprach sein Bruder. „Tagsüber wird nicht gesoffen! Mach lieber einen Termin beim Anwalt, damit du aus der Nummer mit der Vaterschaft rauskommst."

„Aber werden sie mich jetzt nicht verdächtigen?", fürchtete Bendix. „Deine Enthüllungen sind ein klassisches Mordmotiv."

Hilko grinste breit. „Dein Problem, auch wenn ich bezeuge, dass du's nicht gewusst haben kannst. Hast dich selbst reingeritten. Wieder mal! Und warum? Weil du nicht vorher mit mir gesprochen hast, bevor du was Unüberlegtes tun musstest!"

Bendix sah ihn fragend an. „Was meinst du? Ich habe sie nicht umgebracht!"

„Ich weiß“, kam es trocken von Hilko. Dann schwieg er. Er hatte genug gesagt.

Schnüffeln in der Nachbarschaft

Es war noch früh am Tag, aber schon wieder sehr warm. Im Kiosk war noch nicht mit allzu viel Betrieb zu rechnen. Die meisten Feriengäste kamen mit vollen Mägen an den Strand, um sich erst mal auf ihr Handtuch zu legen und weiterzudösen.

Nachdem Oma Pusch und Rita ein Honigbrötchen gegessen und dazu einen ordentlichen Espresso genossen hatten, machten sie sich auf in Richtung Süderriff, denn um diese Zeit war es am besten, die Hankens zu erreichen. Rita hatte beobachtet, dass ihre Nachbarin Insa diese Woche Spätschicht im Krankenhaus hatte, und Klaas fing im Restaurant sowie erst mittags an.

Da sie keine Ahnung hatten, ob die Nachbarschaft schon Bescheid wusste, dass es das nervige Walross dahingerafft hatte, beschlossen sie selbst so zu tun, als ob sie nichts wüssten. Aber einen Vorwand brauchten sie. Also schnappte sich Oma Pusch ihre Trinkgelddose und sagte ihrer Freundin, sie solle sie mal machen lassen.

Vor Hankens Tür setzte sie eine leidende Miene auf und klingelte. Insa öffnete und bat sie herein.

„Rita, Lotti, schön, euch zu sehen“, freute sie sich. „Was kann ich für euch tun?“

„Ach, erst mal ein Wasser, bitte", erwiderte Oma Pusch. „Es ist ja so schrecklich heiß. Und das um diese Uhrzeit."

„Möchtest du auch eins, Rita?", erkundigte sich Insa.

„Sehr gerne."

Es klapperte in der Küche, dann kam Insa mit zwei Gläsern zurück.

„Wollen wir auf die Terrasse gehen? Da ist es momentan noch ruhig und schattig. Klaas sitzt auch draußen", berichtete die Nachbarin.

Die Freundinnen nickten und folgten ihr.

„Moin, ihr beiden! Was verschafft uns denn die Ehre?", fragte Klaas mit Blick auf die Büchse in Oma Puschs Hand.

„Also, das ist so", begann sie, „wir sammeln für die Deichschafe."

Rita zuckte zusammen. Beinahe hätte sie laut losgelacht, aber das war in dieser Situation nicht zweckdienlich.

„Was ist denn mit den Schafen?", hakte Insa besorgt nach. „Ist der Wolf jetzt auch schon hier oben an der Küste?"

Diese Frage passte Oma Pusch gut ins Konzept.

„Man munkelt es. Einige Risse soll es kürzlich in der Nähe gegeben haben", berichtete sie bedeutungsschwanger. „Wie ihr wisst, setzen wir uns seit Langem für den Umwelt- und Tierschutz ein. Der Wolf ist nicht das Einzige, worunter die Schafe zu leiden haben, aber unsere Lösung greift bei beiden Problematiken."

„Ah ja", staunte Insa.

„Die da wären?", hakte Klaas nach. Ihm waren Teile der Nachkommen als Lammfilets auf dem Teller wichtiger.

„Nun ja, der moderne Tourist gibt nicht mehr so viel Acht auf diese unschuldigen Lebewesen, wenn er deren Terrain auf dem Deich durchquert. Da wird achtlos Müll hingeworfen, manchmal mit Essensresten. Die Schafe fressen das dann wegen einer Unterversorgung ihres Mineralhaushalts und leiden Höllenqualen. Gelegentlich bringen Unverantwortliche sogar Hunde mit hinter die Zäune. Für so ein Schaf ist das so, als wären sie einem Wolf ausgesetzt. Sie kriegen Todesangst und verkrümeln sich in eine Ecke. Aber was ich neulich hörte", sie flüsterte jetzt, „das hat mich total schockiert. Es soll tatsächlich junge Burschen geben, die sich nachts zum Bock machen, um dadurch zum Mann zu werden. Wahrscheinlich unter erheblichem Alkoholeinfluss. Eine Mutprobe der besonderen Art. Ein Männlichkeitsritus. Versteht ihr, was ich meine? Die blökenden Weibchen wissen überhaupt nicht, wie ihnen geschieht."

Rita schluckte nur. Es hatte ihr die Sprache verschlagen. Auch die Hankens guckten ziemlich doof aus der Wäsche und konnten nicht glauben, was sie da gehört hatten. Oma Pusch nutzte ihre Chance und sprach weiter.

„Ja, und deswegen ist es dringend notwendig, dort am Deich Kameras aufzustellen und die Schafe mit

Salzlecksteinen zu versorgen. Dafür setzen wir uns ein. Wir wollen die regionale Problematik mit der maskulinen Inthronisierung ja nicht an die große Glocke hängen. Ihr könnt eure Spende gerne in die Dose werfen. Damit helft ihr den Schafen und bewahrt die pubertätsgebeutelten Kerle vor dieser Schande."

„Äh, okay, warte, ich hole sofort meine Geldbörse", faselte Insa und warf großzügig 20 Euro ein.

Niemand wollte weiter über diese Sache sprechen. Das war Oma Pusch ganz recht, denn sie hatte auch keine Lust, zu diskutieren. So etwas würde nur vom eigentlichen Thema ablenken. Nun war die erste Hürde genommen. Entspannt lehnte sie sich zurück und ging zur Befragung über.

„Ach, ist das hier schön ruhig!", seufzte sie.

„Im Moment vielleicht", antwortete Klaas und verdrehte die Augen. „Das liegt daran, dass unsere Nachbarn nicht zu Hause sind."

Rita nickte. Sie wollte Oma Pusch jetzt nicht dazwischengrätschen.

„Ja, ja, meine Freundin erzählte mir ab und zu davon, dass es hier seit einiger Zeit ziemlich laut ist", sagte Oma Pusch nachdenklich. „Aber ist es nicht normal, dass Kinder ein bisschen Lärm machen? Ich hatte selbst fünf. Da ging es auch nicht immer ganz ruhig und gesittet zu."

Klaas winkte ab. „Aber mit Sicherheit hast du bei deinen Lütten darauf geachtet, dass sie wenigstens die Ruhezeiten einhielten und sich zwischendurch auch mal leise beschäftigten. Mit Malen, Lesen oder Puzzeln zum Beispiel, stimmt's?"

„Sicher, das ist doch normal", bestätigte Oma Pusch.

„Bei denen da nebenan ist überhaupt nichts normal", stellte Insa ernüchtert fest. „Du kannst dir das wahrscheinlich gar nicht vorstellen. Das Kreischen und Schreien hast du den ganzen Tag von morgens bis abends ohne Pause. Irgendeiner brüllt immer. Meist sind auch nicht nur die drei Jungs da, sondern gleich eine ganze Horde aus der Umgebung. Wir haben Worte gelernt, die kannten wir gar nicht. Wenn die Waffen hätten, würden sie sich abstechen. Da bin ich mir sicher."

„Und abends, wo man sich auf dem Spielplatz da drüben eigentlich nur bis 20 Uhr aufhalten darf – seht ihr das grüne Schild am Rand – da haben sie uns mit Fleiß bis 22 Uhr oder länger terrorisiert", erklärte Klaas.

„Ja, und die Mutter hat sie noch angefeuert, die fette Kuh", echauffierte sich Insa.

„Meint ihr das Walross?", fragte Oma Pusch und grinste.

Nun mussten auch die Hankens schmunzeln.

„Ist sie unter dem Namen schon bekannt?", fragte Insa.

„Aber sicher doch", bestätigte Oma Pusch. „So etwas bleibt doch nicht verborgen."

„Eine widerliche Frau", klagte Insa weiter. „So billig und ohne jegliches Niveau. Unsere Terrassen stoßen ja aneinander. Ihr könnt euch nicht vorstellen, was für

Gespräche wir mit anhören müssen. Das kann kein normaler Mensch ertragen. Dieses Weib ist dumm, frech und dreist. Dementsprechend ist der geistige Austausch zwischen ihr und ihrer Familie sowie ihren Freunden. Als Sitcom bei RTL könntest du die meistbietend verkaufen. Jeder Zuschauer würde sich fremdschämen. Wir gehen gar nicht mehr raus, sobald die ihren Stall verlassen. Glücklicherweise ist das jetzt in den Ferien wie am Wochenende. Sie kriechen erst spät aus ihren Rattenlöchern."

„Sie ist halt keine Einheimische. Kommt irgendwo aus dem Osten. Sonst wüsste sie trotz der wenigen Gehirnzellen vielleicht wenigstens, wie man sich benimmt", behauptete Klaas schnaubend.

„Ach, ich dachte, das gibt's nicht mehr mit Ost und West und so", wunderte sich Oma Pusch und dachte an ihre Cousine Miezi, „drei Jahrzehnte nach der Wende."

Klaas lachte bitter. „Einige von denen denken doch immer noch, ihnen stünde alles und jedes zu, weil sie früher zu kurz gekommen sind. Darum benehmen sie sich wie der Elefant im Porzellanladen."

„Eher wie ein Walross", wandte Rita ein. „Lotti hat es eher mit Nord und Süd, obwohl der Weißwurstäquator nur in den Köpfen existiert."

Oma Pusch warf ihrer Freundin einen bösen Blick zu. Das war doch jetzt hier überhaupt nicht das Thema. Warum half Rita ihr nicht bei der Befragung?

„Dann könnt ihr euer Grundstück gar nicht mehr richtig nutzen?", wollte Oma Pusch wissen.

„Ja, leider", sagte Insa, „wie gesagt nur, wenn die Odelmanns drin oder weg sind. Du siehst ja, dass sie nebenan nicht nur ein Klettergerüst, einen riesigen Pool und ein Trampolin haben. Der ganze Garten liegt mit Spielzeug voll. Und weißt du, warum das so ist?"

„Ja", erwiderte Rita jetzt, „weil sie sich dann nicht aktiv mit den Kindern beschäftigen müssen, denn das kostet Zeit. Zeit, die man lieber mit dem Rumdaddeln auf dem Handy vertrödeln kann oder bei einer spannenden Soap im Fernsehen."

„Was auch immer, Hauptsache, die Blagen nerven nur andere Leute", stimmte Klaas zu. „Den Krach sind die Eltern sowieso gewöhnt. Stellt euch das im Winter mal drin vor. Ich würde die Krise kriegen."

„Nun, ihr habt beide auch anstrengende Jobs", stellte Oma Pusch fest. „Und das auch noch zu ungünstigen Zeiten. Da kann man schon verstehen, dass ihr an eurem Feierabend eure Ruhe wollt. Habt ihr denn mal versucht, mit den Odelmanns zu sprechen?"

„Genau, vielleicht sind sie einsichtig", hoffte Rita.

„Nix zu machen", bedauerte Insa. „Mit dem Walross kannst du nicht sprechen. Diese Frau rastet immer gleich aus und beschimpft dich. Nur sie ist im Recht, denkt sie. Kinder haben Narrenfreiheit, davon ist sie überzeugt. Und in der Tat gibt ihr der Gesetzgeber hier die Möglichkeit in die Hand. Gegen Kinderlärm kannst du nichts ausrichten. Den musst du einfach nur ertragen. Freie Entfaltung nennen sie das. Aber der Nachwuchs lernt auf diese Weise gleich, dass er keine

Rücksicht auf andere nehmen muss. Sie werden zu unzivilisierten Wilden, zu grenzenlosen Egoisten, sprich: zu weiteren Mitgliedern unserer Ellenbogengesellschaft." Insa musste Luft holen. Sie hatte sich in Rage geredet.

„Und an allem ist nur das Walross schuld", wusste Klaas. „Dieser Bendix geht ja noch, aber er steht halt auch total bei seiner Alten unter der Fuchtel. Und wenn die Oma aus dem Osten noch da ist, dann Gnade ihm Gott! Dann hat er nichts, aber auch gar nichts mehr zu melden."

„Also geht im Prinzip alles von dieser Tamara Odelmann aus?", hakte Oma Pusch nach. Sie war bereit, zum großen Donnerschlag auszuholen, zur Verkündigung der Erlösung. Es musste für die Hankens wie ein Wink des Schicksals erscheinen. Doch deren Aversion war auch ein wunderbares Mordmotiv. Also musste sie vorsichtig vorgehen.

„Sie ist der Aggressor", stellte Insa fest, „ohne sie würde es da drüben wahrscheinlich gesitteter vorgehen, sogar mit Ost-Oma. Ich schätze, dass man mit dem Pottwal", sie hüstelte, „mit ihr reden könnte. Sie hat schon ein paar Jahre auf dem Buckel und wäre vermutlich etwas weiser im Umgang mit ihren Nachbarn."

„Gibt es denn noch andere, die nicht mit der Tamara Odelmann zurechtkommen?", erkundigte sich Oma Pusch. „Ich meine, außer den Mortensens und euch."

„Puh, bei dieser Frage gibt es nur schwarz und weiß", erklärte Klaas. „Ein kleines Grüppchen scheint sie zu lieben. Das sind aber die ignoranten Hirnidioten, die mit ihr sympathisieren. Alle anderen finden sie nur zum Abgewöhnen. Warum fragst du?"

„Weil sie tot ist", sagte Oma Pusch und beobachtete die beiden ihr gegenüber ganz genau.

„Was?", entfuhr es Insa. „Das ist ja schrecklich für die Kinder."

Klaas war ziemlich gelassen. „Wieso für die Kinder? Sie hat sich doch gar nicht mit ihnen beschäftigt. Wie soll da eine Bindung existieren?"

„Also, ich habe ja keine, aber lieben sie nicht immer ihre Eltern?", wollte Rita wissen.

„Wahrscheinlich", sagte Oma Pusch und starrte ihre Freundin streng an. Was tat das jetzt bitte zur Sache? Sie war gerade mitten im Verhör. „Denkt ihr", fuhr sie fort, „dass es auch jemanden geben könnte, der sie lieber tot als lebendig sähe?"

„Klar", lachte Klaas jetzt, „beinahe jeder hier in der Umgebung. Wieso? Ist sie denn umgebracht worden?"

„Das ist noch nicht raus", gestand Oma Pusch nachdenklich, „aber möglich wär's."

„Nee, das glaube ich nicht. Auch wenn ihr jeder hier den Tod an den Hals gewünscht hat. Du weißt nicht, wie das ist, Lotti", erklärte Insa. „Jeden Tag waren bei denen Kinder und Erwachsene zu Besuch, die sich im Garten anbrüllten, auf der Terrasse besoffen und dabei lauthals kicherten, als ob sie nicht alle auf der Pfanne hätten. Allein das Kichern wäre für mich ein Grund gewesen, dem Walross den Hals umzudrehen. Wenn ich das hirnlose Gnickern und Prusten hörte, ging mir bereits das Messer in der Tasche auf. Das hatte nämlich nichts mit Fröhlichkeit zu tun. Wer so fies lacht, gräbt anderen eine Grube und frisst auch kleine Kinder."

„Na, na, na", wandte Oma Pusch ein, „nun man sachte, und gut, dass ich nicht von der Polizei bin. Sonst hätte ich dich jetzt verhaften müssen." Sie grinste.

Insa hingegen sah betroffen und erschrocken drein. Die Pferde waren mit ihr durchgegangen.

„Ist sie etwa erwürgt, erstochen oder ertränkt worden?", wollte sie wissen.

Oma Pusch schüttelte den Kopf. „Keine Bange! Aber wenn dich jemand anderes fragt, solltest du auf der Hut sein mit dem, was du sagst. Es könnte sonst leicht falsch ausgelegt werden."

„Sie trägt eben das Herz auf der Zunge, meine Insa", sagte Klaas stolz. „Nun hoffen wir mal, dass die sich das nicht mehr lange leisten können, mit der teuren Miete."

„Wenn der Pottwal zum Hering zieht, könnte das noch lange gut gehen", überlegte Rita laut.

„Das glaube ich nicht", erwiderte Insa verschwörerisch. „Nina Mortensen hat nämlich gestern Abend beobachtet, wie der Hering mit einer großen Tasche abgedüst ist, und der wollte ganz bestimmt nicht damit zum Sport. Nicht um diese Uhrzeit!"

„Davon hast du mir noch gar nichts erzählt", wunderte sich Klaas.

„Hätte ich noch", sicherte ihm Insa zu. „Man kann doch nicht alles auf einmal erzählen."

„Aber müsste er nicht gerade jetzt bei seinen Kindern sein?“, fragte Rita irritiert.

„Das ist ein sehr guter Einwand“, freute sich Oma Pusch, „und eine Überlegung, der wir nachgehen sollten. Seid ihr zwei doch bitte so lieb und haltet Augen und Ohren auf. Wenn ihr was mitkriegt, dann die Info immer erst an uns, ja?“

„Klar“, versprach Klaas. „Wir machen uns jetzt erst mal einen Sekt auf! Wegen der guten Neuigkeit! Wollt ihr auch einen?“

Oma Pusch und Rita lehnten dankend ab. Es war doch ein bisschen zu makaber. Sie machten sich lieber auf die Socken, um rauszukriegen, wo der Hering abgeblieben war.

Stramme Waden

„Lackierte Nägel, aber Fußpilz", stöhnte Enno. „Wenn man doch zum Pinseln rankommt, könnte man auch mal zwischen die Zehen gucken und Salbe schmieren."

„Da kam sie vielleicht nicht richtig hin", vermutete Fokke. „Immerhin ist der Pinsel eine gewisse Verlängerung. Nicht viel vielleicht, aber eventuell entscheidend."

„Was haben wir noch?", erkundigte sich Enno.

„Bleiben wir erst mal bei der Haut", schlug Fokke vor. „Siehst du das da oben zwischen den Oberschenkeln?"

Enno nickte. „Tja, da war es wohl zu eng und hat gerieben. Vermutlich hatte sie zu ihrem massiven Übergewicht auch noch X-Beine. Das verstärkt diesen Befund nämlich. Früher sagte man auch, sie hat sich einen Wolf gelaufen. Fiese, offene, suppige Abschürfungen, wie eine Verbrennung. Schlanke Menschen kennen dieses Phänomen nicht."

Fokke sah an sich hinab. „Stimmt genau! Ist auch gut so!"

„Sonst noch was?", fragte Enno.

„Nun ja, siehst du diese Narben?" Fokke zeigte auf den seitlichen Bereich des linken Oberschenkels.

„Sieht aus wie von einer Pockenimpfung", wunderte sich Enno, „aber die hat man doch eigentlich immer am Oberarm."

„Möglicherweise aus kosmetischen Gründen? Vielleicht wollten die Eltern diese Narben am Arm vermeiden", schlug Fokke vor.

„Aber ist sie nicht zu jung? Die Impfung war doch nur bis 1976 Pflicht", wandte Enno ein.

„Wie alt mag sie sein?", überlegte Fokke laut.

„Puh", sagte Enno, „bei solcher Fettleibigkeit ist das immer schwer zu schätzen. Aber so zwischen 30 und 40? Was denkst du?"

„Könnte sein, könnte aber auch nicht sein. Da wir nun wissen, um wen es sich bei der Toten handelt, wäre es ein Leichtes, das zu erfahren, aber es kommt schon hin."

„Dann halte ich das mit den Pocken für unwahrscheinlich. Mach da mal Fotos von. Auch wenn sie schon identifiziert ist", bat Enno.

„Ja, mache ich gleich. Ich würde dir jetzt gerne das Röntgenbild zeigen", bohrte Fokke.

Gemeinsam gingen sie zum Computerbildschirm. Enno studierte mit Argusaugen die Röntgenaufnahme der Knochen und schüttelte dabei gelegentlich den Kopf.

„Wahnsinn, was so viele Kilos auf Dauer mit dem Körper machen", seufzte er. „Nicht nur mit den Organen, wie man sieht, sondern auch mit den Füßen zum Beispiel. Die sind ja völlig deformiert."

Fokke nickte. „Echt krass! Und ich habe auch die Knochendichte gemessen. Sie hatte schon eine beginnende Osteoporose. Für das Alter viel zu früh."

„Falsche Ernährung", konstatierte Enno. „Daran gibt es wohl keinen Zweifel. Hast du noch irgendetwas Außergewöhnliches entdeckt? Einstichstellen? Schnitte? Hämatome?"

„Nur etwas, womit ich nichts anfangen kann", gestand Fokke zu seinem Leidwesen. „Vermutlich ist es auch irrelevant, aber zeigen will ich es dir trotzdem." Er wies mit einem Stift auf eine Stelle knapp oberhalb der Knöchel. „Du siehst es kaum", erklärte er. „Zwei feine blaue Striche auf jeder Seite. So, als ob sie sich irgendwo angelehnt oder etwas Druck auf ihre Unterschenkel ausgeübt hat. Von einer möglichen Fesselung können wir nicht ausgehen. Die Hämatome sind nämlich nur auf der Vorderseite."

„Tja, das ist wirklich merkwürdig", pflichtete Enno dem Jüngeren bei. „Darauf kann ich mir momentan auch noch keinen Reim machen. Also: ablichten und für später festhalten. Wenn wir doch nur die Arme hätten. Ich würde die Frau gerne zur Bestattung freigeben."

Fokke schmunzelte. „Weil sie mittlerweile zwei Fächer belegt?"

„Nicht nur. Die Familie will doch auch Ruhe haben", sagte Enno. „Ich hab noch mal drüber nachgedacht und schlage vor, dass wir die Leiche freigeben, wenn der Rest nicht in drei Tagen aufgetaucht ist. Ich kann jetzt rechtsmedizinisch nichts wirklich Dramatisches erkennen, das einen Mord verursacht haben könnte. Sollte sich später etwas anderes ergeben, können wir den Fall ja wieder aufnehmen."

„Von mir aus", stimmte Fokke zu. Was sollte er sagen? Trotzdem gingen ihm die strichartigen blauen Flecke nicht aus dem Sinn.

Auf der Strasse

„Do geiht wat vör!", krächzte es vom Gehweg des Süderriffs her, als Oma Pusch und Rita aus der Tür der Hankens traten.

Marga saß an der Ecke auf ihrem schillernden Rollator und schüttelte den Kopf.

Damit es jeder versteht, wird der folgende Dialog gleich ins Hochdeutsche übersetzt.

„Marga, was hast du denn?", fragte Rita besorgt.

„Mädchen, ihr müsst euch in Acht nehmen", warnte die Alte. „Der Teufel treibt überall sein Unwesen. Spinnennetze webt er, um Unschuldige einzufangen. Dann packt er sie und bringt sie mit seinem Höllengefährt in die Tiefe."

Während Rita die Augen verdrehte, hakte Oma Pusch nach.

„Wie meinst du das, Marga?"

„Zuerst schleicht er mit seinen dunklen Helfern hier überall rum, dann fällt er sein Opfer, raubt ihm die Seele und schleift es mit ihnen davon", erklärte sie.

„Ein Teufel oder mehrere?", erkundigte sich Oma Pusch.

Rita tippte sich heimlich an die Stirn. Es klang wie ein Gespräch unter Doofen.

„Viele, viele“, wusste Marga, „aber ob das alles Teufel oder Dämonen waren, Kinder, das kann ich euch nicht sagen. Auf jeden Fall finstere Gestalten. Ich hab mich im Gebüsch versteckt.“

„Aber, Marga, was machst du denn nachts hier draußen?“, erkundigte sich Rita. „Du sollst doch schlafen!“

„Eben das kann ich so schlecht“, bedauerte Marga. „Manchmal sitzt mir der Albdruck auf der Brust und dann muss ich an die frische Luft.“

„Wohl eher eine von ihren fetten Katzen“, flüsterte Oma Pusch ihrer Freundin zu.

„Aber wie und vor allem warum kommst du dann hierher?“, wollte Rita wissen.

„Mit meinem Freund, dem lütten Heinzi. Ihr wisst schon, der mit dem Taxi. Er kann auch nicht schlafen“, erklärte Marga. „Er hat mich zum Mühlenstrich gebracht und ist ein bisschen mit mir rumgeschlendert, aber dann hat er eine Fahrt reinbekommen, und ich bin alleine weiter. Im Süderriff habe ich plötzlich geisterhafte Lichter gesehen. Da bin ich neugierig geworden und habe mich im Gebüsch versteckt.“

„Aha“, sagte Oma Pusch, „das war schlau von dir.“

„Ja, vor allem, weil die andere Deern dann auch noch verschwunden ist. Diese dummen Gören sind so unvorsichtig. Kichern in der Nacht herum. Schon klar, dass das den Teufel anlockt. Er ist immer auf der Suche.“

„Es sind zwei Frauen weg?“, erkundigte sich Oma Pusch atemlos. Das war ja eine Sensation.

Marga nickte.

„Kannst du uns denn zeigen, wo das passiert ist?“, fragte Rita.

„Da vor der Tür“, sagte Marga und zeigte mit dem Finger auf das Haus der Odelmanns.

„Interessant“, fand Oma Pusch. „Ist die andere auch weggebracht worden?“

„Ja, aber mit einer Kutsche ohne Pferde“, berichtete Marga.

Darunter konnten sich die Freundinnen etwas vorstellen, aber was um alles in der Welt hatte Marga dann mit Höllengefährt gemeint?

Rita hakte nach. „Und das andere Vehikel?“

„Ein echter Wahnsinn“, erzählte Marga. „Stellt euch mal vor: Wie ein Donnerbesen war das, aber mit Feuer und eine Schubkarre hatte der Teufel auch noch drangeschnallt. Da drin steckte sein Opfer kopfüber. Es hat nach Schwefel gerochen. Als er mit ihr wegfuhr, wehte sein Schwanz im Wind.“

Oma Pusch wusste nicht, was sie davon halten sollte. Das war selbst für die durchgeknallte Seniorin zu abgedreht.

„Geht hier nicht im Dunklen nach draußen“, betonte Marga noch einmal eindringlich. „Mich will weder Gott noch der Teufel, so scheint es mir, aber euch kleine Mädchen, die holt er gerne.“

„Nee, wir bleiben drin“, versprach Rita. „Wie kommst du denn jetzt nach Hause?“

„Der lütte Heinz kommt gleich“, wusste Marga. „Ich hab hier so ein Ding, da drück ich drauf und dann kommt er so schnell er kann." Sie hielt ein Mobiltelefon für Senioren mit großen Tasten hoch.

„Egal, wo du drückst?", erkundigte sich Oma Pusch.

Marga prustete. „Bist du von gestern? Ich dachte, ihr Jungen kennt euch ein bisschen mit der Technik aus. Die obere Reihe ist Heinzi, die mittlere meine Tochter und die untere die Polizei, aber da kann ich nur tagsüber anrufen, wenn meine Freunde Martin Hinrichsen und Krischan Hansen da sind. Die Kommissare mögen mich nicht."

„Und warum rufst du anstatt Heinz nicht lieber deine Tochter an?", wollte Rita wissen.

Aber Marga winkte ab. „Dann muss ich ins Heim. Sie hat mich auf dem Kieker. Also tue ich so, als ob ich immer brav zu Hause bin. Schon alleine wegen der Katzen."

Oma Pusch erinnerte sich mit Grausen an diverse Besuche in der stinkenden Stube der Alten. An die 20 Katzen wuselten dort rum. Manche pinkelten wohl direkt aufs Sofa. Andere gingen nach draußen.

„Na gut, meine Liebe", sagte sie zu der Hochbetagten, „dann können wir dich hier alleine lassen? Wir wollen noch zu den Odelmanns."

„Seid ihr sicher?", erkundigte sich Marga leise und sah sich um.

„Ja, warum?", hakte Rita nach.

„Weil ich mir nicht sicher bin, ob dort eine Hexe wohnt, die sich mächtig aufblasen kann. Größer als die Tür ist sie. Das kann nicht mit rechten Dingen zugehen."

Jetzt musste Oma Pusch lachen. „Keine Sorge, das ist nur der Pottwal“, beruhigte sie die Alte und ließ sie mit einem Fragezeichen im Blick zurück.

Plemplem, die Lütten, dachte Marga und machte das Kreuzzeichen. Hoffentlich war der Leibhaftige nicht schon in sie gefahren.

Auf der Dienststelle

Zu viert saßen die Oberkommissare Niklas Müller und Eike Hintermoser mit den Polizeibeamten Krischan Hansen und Martin Hinrichsen zusammen. Gemeinsam hatten sie am Tag zuvor die Mordkommission „Strandkopp“ ins Leben gerufen. Und jetzt war noch nicht mal klar, ob überhaupt Mord im Spiel war. Hansen und Hinrichsen staunten über die Neuigkeiten.

„Wie, nur geplatzt?“, erkundigte sich Krischan.

„Ja“, erklärte Eike, „wie willst du da herausfinden, ob mit Fremdeinwirkung oder ohne?“

„Gar nicht“, stimmte Hinrichsen zu. Seine Rhabarberblattohren glühten. Durch die Teilnahme an der MoKo fühlte er sich wichtig.

„Nur blöd, dass die Arme noch nicht da sind“, seufzte Niklas, „sonst hätte die Rechtsmedizin die Leiche schon freigegeben.“

„Die können sonst wo sein“, äußerte sich Krischan Hansen. „Wer weiß, in welchem Zustand die sind, falls wir die überhaupt wiederfinden. Nach ein paar Tagen im Salzwasser, angenagt von ein paar Krabben, bringen die uns auch nichts mehr.“

„Enno will den Körper erst in drei Tagen zur Bestattung rausgeben“, informierte Eike sie. „Ich glaube, ich rufe ihn gleich noch mal an und bestehe darauf, dass er es jetzt schon tut. Egal, wann die Extremitäten auftauchen. Es ist zu befürchten, dass sie uns dann nichts mehr sagen können. Entweder aufgrund der Hitze oder anderer Umstände." Er wischte sich den Schweiß von der Stirn.

„Ja, und wenn die Arme dann noch mit ins Grab sollen, dann könnte man sie über einer Feuerschale …" Hinrichsen unterbrach seinen unqualifizierten Beitrag unter Hansens strengem Blick. „… oder was macht man damit?"

„Die Leiche exhumieren und den Rest dazulegen sicher nicht", sagte Niklas und zwinkerte ihm zu. Er hatte den Beitrag nicht ernst genommen.

Eike räusperte sich. Er kannte Hinrichsen besser. „Verbrennen ist wahrscheinlich schon die Lösung, aber wohl eher im Krematorium, und die Asche wird später in einer Urne im Grab versenkt."

„Aber wenn sie sowieso eingeäschert werden sollte, dann könnte man doch lieber die ursprüngliche Urne öffnen und die Arme dazurieseln lassen", schlug Hinrichsen vor.

„Was interessiert uns das, wie das praktiziert wird", brummte Hansen. „Irgendwie wird das schon klappen."

„Nun ja, wie auch immer", lenkte Eike das Gespräch auf das Wesentliche. „Wir haben gehört, dass es Probleme in der Nachbarschaft unserer Toten gab. Darum möchte ich jetzt mit euch besprechen, wer wen dort im Süderriff verhört."

„Ich denke, es war kein Mord?“, wunderte sich Martin Hinrichsen.

„Es deutet bisher nichts darauf hin, aber wir hörten, dass einige im Wohnumfeld von Tamara Odelmann nicht gut auf sie zu sprechen waren. Insofern möchte ich ausschließen, dass wir hier nichts übersehen“, erklärte Eike und zog einen Plan hervor. Dann teilte er die Hausnummern unter den drei Beamten auf. Hansen sollte auf der Dienststelle bleiben.

„Und wenn wer nicht zu Hause ist?“, erkundigte sich Hinrichsen.

„Dann fährt man später noch mal hin“, antwortete Niklas, „oder?“

Martin nickte.

„Ich möchte auf jeden Fall, dass wir das schleunigst in Angriff nehmen, bevor meine Tante Lotti tätig wird. Ihr könnt euch vorstellen, dass sie ihre Nase mit Sicherheit längst überall reingesteckt hat.“

Mühsam versuchte Hinrichsen ein Kichern zu unterdrücken.

„Aber ich habe überhaupt noch nichts von ihr gehört“, wandte Hansen ein. „Sonst ist sie doch längst mitten im Geschehen.“

„Und eben genau das macht mich stutzig“, berichtete Eike.

Wie recht er hatte. Die Damen Rita und Lotti waren ihnen bereits meilenweit voraus.

Im Erdkeller

Sie war vom Zetern und Schreien müde geworden und zwischendurch eingenickt. Zum Glück war es draußen so heiß, dass jetzt im Erdkeller eher angenehme Temperaturen herrschten. Vielleicht hätte man sich sogar gerne darin aufgehalten, wenn es nicht aus Zwang geschehen wäre und man nicht auf einem Toilettenstuhl gefesselt mit einer Binde vor den Augen säße. Aber so war es einfach nur gruselig. Selbst das streitbarste Gemüt wurde im Angesicht der Umstände zahmer und buk kleinere Brötchen.

„Moin, alles klar so weit?", fragte er und erntete nur ein höhnisches Grinsen.

„Wie lange soll dies Theater hier dauern?", fragte sie.

„Das hängt ganz von dir ab", erklärte er. „Ich will kein Lösegeld für dich. Du bist mir vollkommen wurscht. Und ob du lebst oder verreckst, ist mir auch egal. Nur dich kann das interessieren. Ich möchte, dass du in dich gehst, über all deine Sünden nachdenkst und endlich gestehst. Dann lasse ich dich vielleicht entkommen."

„Damit ich dich verpfeife? Glaubst du doch selbst nicht", kam es gepresst von ihr.

„Du weißt doch gar nicht, wer ich bin", konterte er, denn er verstellte seine Stimme, wenn er mit ihr sprach.

„Doch, ich kann dich riechen“, zischte sie. „Niemand stinkt so wie du, Spasti.“

Fast hatte er Mitleid mit ihr. Sie war wirklich total unintelligent. Seinem Entführer mitzuteilen, dass man ihn entlarvt hatte, war mehr als dämlich. Man unterschrieb damit sein eigenes Todesurteil. Er hoffte, dass sie trotz allem an ihrem Leben hing und ihm vorher alles verriet, was er wissen wollte. Also kommentierte er ihre Worte nicht.

„Ich hab dir was zu essen mitgebracht und leere den Kackeimer aus“, sagte er. „Willst du dein Gewissen schon erleichtern?“

Sie schüttelte den Kopf. Er stellte ihr den Korb auf den Schoß und öffnete die Schüssel.

„Igitt, was ist das denn?“, schimpfte sie, als er ihr den Löffel an die Lippen setzte.

„Gemüseeintopf ohne Fleisch, gesund und nahrhaft“, antwortete er, aber sie spuckte das Essen wieder aus.

„Und ohne Salz“, klagte sie. „Das ist ja ekelig.“

„Okay, ich sehe, du hast keinen Hunger“, stellte er leidenschaftslos fest. „Dann eben nicht. Du kannst es dir bis heute Abend überlegen. Ich stelle es dir da drüben hin.“

„Ja, ja“, höhnte sie, „als ob ich was sehen würde.“

Er nahm den Eimer unter ihrer Sitzfläche heraus und ersetzte ihn durch einen neuen. Dann sah er sich um. Es war alles bereit. Eine Matratze lag in der Ecke. Das Kellerregal war mit Wasserflaschen gefüllt. Ihren Eintopf stellte er ebenfalls dort hinein. Künftig würde er nicht mehr zu ihr heruntersteigen, sondern alles über einen Korb in die Tiefe lassen. Unbemerkt schnitt er ihre Armfesseln los, kletterte die Leiter hoch und zog die Holzstiege hinauf. Seine Identität musste er nicht länger verbergen. Sie hatte ihn sowieso erkannt.

„Du kannst dich jetzt losmachen", informierte er sie. „Morgen komme ich wieder."

„Ich wusste schon immer, dass du Spast ein Arsch bist", schrie sie ihm hinterher. „Das wirst du büßen!"

Er lachte nur. Sie war sogar zu dumm, um ihre Lage richtig einschätzen zu können. Doch das hatte für ihn nichts Bedauernswertes, denn sie war böse. Wieder und wieder hatte er es erfahren: Ihr Gelächter, ihre Kränkungen, ihre abschätzigen Blicke. Und das alles nur, weil ihn die Natur nicht mit einem Äußeren gesegnet hatte, das dem menschlichen Auge gefiel. Dass dieses unwürdige Wesen in seiner Hand war, konnte besser nicht sein. Wenn es ihm in den Sinn kam, konnte er das Loch einfach mit Erde auffüllen und niemand würde ahnen, was sich darin verbarg.

Im Trauerhaus

Während anderenorts trotz ein paar Löffel Eintopfs gehungert wurde, schlichen sich Oma Pusch und Rita zur Haustür der Odelmanns und klingelten.

„Ich mach auf", schrie es von oben.

„Wehe, ich trete dich in den Arsch!", antwortete jemand.

Dann brüllte und kreischte es. Irgendwo kläffte ein Fiffi.

„Scheint mir eher ein Tollhaus als ein Trauerhaus zu sein", wunderte sich Rita.

„Ja, sehr merkwürdig", stimmte Oma Pusch zu.

Dann brüllte eine weibliche Stimme auf sächsisch. Es war den beiden, als hörten sie den haarlosen Papagei Ronny.

„Isch hau eusch die Rübe runter. Seht zu, dass ihr Leine zieht. Wenn isch een von eusch hier unten sähe, dann gibt's was mit'm Rohrstock." Wenn der Pottwal sich aufregte, verfiel er augenscheinlich verstärkt in den altgewohnten Dialekt.

„Herrje", staunte Oma Pusch, „das sind ja drastische Maßnahmen."

Sie wich zurück, als jemand plötzlich die Tür aufriss und sie anfauchte.

„Ihr seid genau das, was isch im Moment am wenigsten brauchen kann. Schert euch zum Teufel oder zu eurem Jehova von mir aus", schimpfte eine ganz besonders dicke Frau, an der man nicht vorbeikam, wenn man durch die Tür gewollt hätte. Ein höchst wirksamer Schutz vor Eindringlingen, dachte Oma Pusch.

„Äh, wir sind nicht …", versuchte Rita die Situation zu klären, kam aber nicht weit.

„Eusch Betschwestern kenne ich. Hier gibt's nichts zu holen und niemanden zu bekehren", fauchte der Pottwal.

„Wollen wir auch nicht, sondern kondolieren", erklärte Oma Pusch.

„Mit Kondomen hab isch och nischt am Hut", erwiderte die Dicke.

„Ich bin Ihre Nachbarin", schaltete sich Rita ein, bevor ihre Freundin losprusten konnte. „Wir wollten unser Beileid zum Tod Ihrer Tochter bekunden."

Der Pottwal lachte und schlug sich auf die fetten Schenkel.

„Ihr? Als Nachbarn? Seid ihr nisch die, die meiner Tochter und ihrer Familie das Läbn schwer gemacht haben? Immer meckern und schimpfen. Wahrscheinlich habt ihr sie in den Tod getrieben."

Oma Pusch erkannte, dass hier schauspielerisches Talent gefragt war.

„Aber nicht doch, meine Liebe", flötete sie, „zu diesem Volk gehören wir nicht. Wir lieben Kinder. Ich selbst habe fünf eigene und 13 Enkel. Wir haben größtes Verständnis für Ihre Situation. Darum möchten wir Ihnen auch unsere Hilfe anbieten."

„Und mit der Kirche habt ihr nichts zu tun? Diese Nebelkrähen sehen genauso aus wie ihr", kam es argwöhnisch vom Pottwal.

„Nicht die Bohne", sagte Oma Pusch, der in diesem Moment wieder die Ohren von Tamara Odelmann einfielen.

„Na gut, dann kommen Sie mal rein", sagte die Großmutter besänftigt. „Aber bitte entschuldigen Sie den Saustall. Diese drei Bengel sind unmöglich."

„Ich denke, Sie sollten da jetzt Verständnis haben. Es ist ja eine schwere Zeit für die drei", erwiderte Rita feinfühlig und spielte mit.

„Ha", schnaubte der Pottwal durch sein Atemloch, „schwer wäre es, wenn sie nicht glotzen dürften, aber solange das gewährleistet ist, ist ihnen alles andere scheißegal. Vater, Mutter, Oma, sogar ihre eigenen Brüder. Ich glaube, wenn die Waffen hätten, würden sie sich gegenseitig abmurksen. Ich weiß auch nicht, was das heutzutage ist, aber früher hatten wir wenigstens noch ein bisschen Respekt. Heute benimmt sich jeder wie eine Wildsau. So, als ob es keine anderen Menschen drum herum gäbe."

Nachtigall, ick hör dir trapsen, dachte Oma Pusch. Der Pottwal beschwerte sich im Grunde genau über das, was von dieser Familie ausging. So war das eben mit der verklärten Sichtweise. Was man sich selbst zugestand, erlaubte man noch längst nicht den anderen.

„Wir hörten, Ihre Tochter hätte einen Unfall gehabt", sagte sie und machte ein trauriges Gesicht.

Charlene lachte bitter. Sie flüsterte. „Glauben Sie das im Ernst? Wir haben es hier mit Mord zu tun. Die bösen Nachbarn haben sie auf dem Gewissen. Daran gibt es keinen Zweifel."

Es fiel den Freundinnen schwer, betroffen dreinzublicken.

„Unfassbar", entfuhr es Rita.

„Ja, aber, was sagt denn Ihr Schwiegersohn dazu?", erkundigte sich Oma Pusch.

„Diese Flachpfeife von einem Kerl?", fragte sie und rückte sich im Sofa zurecht. Es knackte und knarrte bedenklich. „Abgehauen ist der. Vor der Verantwortung drückt er sich. Überlässt mir den ganzen Stall seiner Kinder. Und ich kann zusehen, wie ich klarkomme." Ihre Gesichtsfarbe änderte sich von Rot ins Purpur.

Oma Pusch und Rita hatten Angst, sie könnte gleich nach hinten wegkippen oder keine Luft mehr kriegen.

„Das hat er bestimmt nur gemacht, weil er selbst nicht weiter weiß", versuchte Oma Pusch zu beruhigen. „In Extremsituationen reagieren Menschen nicht immer logisch. Mein Onkel Tamme zum Beispiel …" Weiter kam sie nicht.

„Ach was!", keifte sie. „Dieser schmalbrüstige Hanswurst hat sich doch eh um nichts gekümmert. Und um Tamara erst recht nicht. Mit sich selbst ist der beschäftigt. Motorradfahren, mit Kumpels saufen. Das geht alles, aber zu Hause seinen Mann stehen: Fehlanzeige!"

Was genau sie damit meinte, wollten die Freundinnen nicht so genau hinterfragen. Sie wussten nur eins: Dem Hering würde das Walross nicht fehlen.

„Traurig, traurig“, säuselte Oma Pusch nicht ganz ehrlich. „Und welche Nachbarn könnten Ihre Tochter auf dem Gewissen haben?“

„Das müssen ganz fiese Zeitgenossen sein“, schluchzte Charlene jetzt, „ich habe nämlich inzwischen gehört, man hat einen Teil von ihr am Strand gefunden. Verstehen Sie? Nur einen Teil! Dass sie sie umbringen, ist die eine Sache, aber ...“ Sie rang nach Luft. „Jetzt weiß ich nicht mal, ob sie überhaupt ganz ist. Die hier direkt nebenan und die da hinten sind die Schlimmsten, die konnten sie auch nicht leiden“, flüsterte sie atemlos. „Immer nur meckern, schimpfen und sich beschweren. Sogar das Ordnungsamt haben sie eingeschaltet. Dabei ist das hier ein freies Land.“

„Gab es denn noch andere Feinde“, erkundigte sich Rita mitfühlend.

„Ein paar Arbeitskollegen könnten sie auch auf dem Gewissen haben“, erklärte der Pottwal. „Und das alles nur, weil sie die Kränze für die Beerdigungen binden durfte und pro Stück einen Bonus bekam. Was für eine Gesellschaft heutzutage. Alle von Neid zerfressen. Ach ja, und dann noch die Kindergartenmütter. Alle so unsensibel! Okay, wir haben etwas mehr auf den Rippen, aber sind wir deswegen zu verachten?“

Oma Pusch und Rita schüttelten vehement den Kopf.

„Wer Speck auf den Rippen hat, ist viel gemütlicher", wusste Rita zu berichten.

Sie lenkte schon wieder vom Thema ab.

„Ja, aber was haben diese schrecklichen Menschen ihr denn angetan?", hakte Oma Pusch behutsam nach. „Nachbarn, Bekannte, Arbeitskollegen?"

„Gemobbt haben sie sie", schluchzte Charlene, „immer wieder hinter ihrem Rücken geredet haben sie, und wenn meine arme Tamara sie darauf angesprochen hat, gaben sie es nicht mal zu. Nur ihr Chef war nett, der hat meinem Schatz sogar einen besseren Stuhl gekauft."

„Ha, ha, aber nur, weil der andere durchgekracht ist", kam es lauthals von der Treppe.

„Sieh zu, dass du Land gewinnst", schimpfte der Pottwal.

„Und dein Arsch wird auch bald wehtun", grölte der Bengel beim Hochgehen, „wenn du das Sofa schrottest, Oma."

„Deiner schon, wenn ich dich gleich erwische", meckerte sie hinterher und wandte sich dann an die beiden Damen. „Entschuldigen Sie bitte, den Kleinen macht das alles schwer zu schaffen."

Zur Bestätigung kläffte der Fiffi und sprang aufs Sofa.

„Wie kam es eigentlich dazu, dass Ihre Tochter verschwand?", fragte Oma Pusch listig. „Oder ist sie aus dem Haus entführt worden?"

„Nein, nein", antwortete der Pottwal und atmete schwer. „Sie wollte mit einer Freundin auf Wellness gehen. Das ist eine von früher aus der Schule. Beide waren

Busenfreundinnen, so wie Sie beide. Schon damals hatten sie sich einen Spaß daraus gemacht, gleiche Klamotten anzuziehen, um wie Zwillinge zu sein."

„Sahen sie sich denn überhaupt ähnlich?", wollte Rita wissen.

„Das war ja der Witz. Sie hätten echt Schwestern sein können, bis auf die Haarfarbe vielleicht", erklärte Charlene.

„Und hat die Freundin Tamara als vermisst gemeldet?", hakte Oma Pusch nach.

Die Dicke schüttelte schwerfällig den Kopf.

„Nee, gar nicht", erwiderte sie. „Und wo Sie jetzt davon sprechen, fällt mir auf, dass sie sich nie mehr gemeldet hat. Sie hätte doch mit Tamara bestimmt Kontakt aufnehmen wollen. Herrgott, nicht, dass ihr auch was passiert ist."

„Wo wohnt sie denn und wie heißt sie?", fragte Oma Pusch.

„Betty Vogel hat eine Eigentumswohnung mit Meerblick, direkt in Neuharlingersiel, aber sie hat leider keine Familie mehr. Was nützt da schon der Lottogewinn oder das Erbe? Keine Ahnung, wo sie die viele Kohle her hat, von der meine Tochter immer erzählt hat. Betty ist ein Einzelkind, die Eltern längst tot. Ein trauriges Schicksal, jetzt, wo Tamara nicht mehr lebt. Soweit ich weiß, war sie ihr einziger Kontakt." Sie schluchzte wieder. „Bestimmt macht sich jetzt der Nichtsnutz an sie ran, weil er ein schönes Leben führen will. Vielleicht hat er meine Tamara auch nur deswegen umgebracht.

Ja, das muss es sein. Er hat sie auf dem Gewissen! Ich kann mir nämlich nicht vorstellen, dass sonst irgendjemand einen Grund gehabt haben könnte, meiner Tamara etwas anzutun", schniefte Charlene.

„Wenn er nicht hier ist, wo mag er dann sonst sein?", grübelte Oma Pusch laut.

„Ha", lachte die Mutter der Verstorbenen bitter, „wo soll er schon hin? Bei seinem Bruder, dem widerwärtigen Mistkerl von einem Bauern wird er sich verkriechen. Der konnte uns sowieso nie leiden. Wahrscheinlich feixt er noch über Tamaras Tod und macht sich 'ne Buddel Bier auf, wie man hier so schön sagt."

„Sollen wir mal ein bisschen Augen und Ohren offen halten? Ihn unter die Lupe nehmen?", fragte Oma Pusch und verschaffte sich dadurch einen Grund, hier bald wieder aufzukreuzen.

„Das würden Sie tun?", staunte der Pottwal.

„Wir waren schon oft hilfreich bei Verbrechen", sagte Rita.

„Und bei der Aufklärung der Hintergründe eines bedauerlichen Unfalls", fügte Oma Pusch hinzu und trat Rita auf den Fuß. „Denn das wollen wir ja nicht außer Acht lassen. Möglicherweise handelt es sich auch nur um einen bedauerlichen Unfall."

„Das ist sehr lieb von Ihnen, aber wie wollten Sie uns eigentlich helfen?", erkundigte sich Tamaras Mutter. „An der Tür sagten Sie vorhin so etwas in der Art. Damit haben Sie doch nicht Ihre Spürnase gemeint, oder?"

Oma Pusch war auf diese Frage zu diesem Zeitpunkt nicht vorbereitet, aber sie war spontan. „Wir wollten Ihnen und den Jungs einen Eintopf oder eine Hühnersuppe kochen“, schwindelte sie mit Blick auf die Erdnussflips und Colaflaschen, die auf dem Tisch standen, denn da konnte sie sicher sein, dass ihr Angebot abgelehnt werden würde. „So etwas Nahrhaftes tut in einer solchen Situation doch gut.“

Charlene sah sie an, als ob sie etwas Ungeheuerliches gesagt hatte oder sie vergiften wollte.

„Sehr lieb von Ihnen beiden, aber danke nein. Die Jungs essen nur Pizza, Nudeln und Pommes. Was anderes kriegt man in sie nicht rein. Das können Sie vergessen. Tut mir leid. Und ich esse sowieso nur immer die Reste.“

„Ich will auch Pommes, Oma“, schrie der Mittlere von der Treppe.

„Nachher“, sagte der Pottwal erschossen, während der Fiffi mit den Vorderpfoten auf dem Tisch stand und sich die Würmer schmecken ließ. Mit einem Handstreich fegte sie ihn aufs Sofa zurück. Der Köter quiekte.

Staunend hatten die Freundinnen das Schauspiel verfolgt. Oma Pusch fasste sich als Erste wieder.

„Gut, dann sind wir froh, dass wir Ihnen wenigstens auf die Weise helfen können, dass wir dem einen oder anderen auf den Zahn fühlen.“

Der Pottwal nickte, bedankte sich noch einmal überschwänglich und brachte sie zur Tür.

„Ach, eins noch", hielt Oma Pusch inne, „gab es vielleicht einen Mann in Tamaras Leben, der ihr nachstellte?"

Rita zuckte zusammen. Das konnte sie nicht im Ernst glauben.

„Sie meinen einen verschmähten Liebhaber?", erkundigte sich Charlene.

„Ja, oder jemand von früher", erklärte Oma Pusch.

Die Dicke machte ein verlegenes Gesicht.

„Sie hatte mal was mit Thies Schloot, auch Thies Töffel* genannt, aber das ist schon lange her", erklärte sie. „Das war wohl auf einer Feier von der freiwilligen Feuerwehr. Aber ich habe es verhindert."

„Warum?", wollte Oma Pusch wissen, „war doch vielleicht nur, dass sie sich ausprobieren wollte."

„Gut ausgesehen hat er ja", erinnerte sich Charlene, „aber echt nix in der Birne. Dumm wie Bohnenstroh. Da nützen auch die Muskeln und der dicke Schwanz nichts. So einer ist nix für die Zukunft. Nicht für meine Kleine. Die hatte was Besseres verdient!" Sie schluchzte wieder. Ihr Fiffi fiel in das Jaulen mit ein. Zeit für die Freundinnen, jetzt schnellstens das Weite zu suchen und die Tür hinter sich zuzuschlagen.

In sicherer Entfernung hakte Rita nach. „Sach mal, wie kommt die auf Thies Töffel?"

„Nun ja, er lungert gerne da rum, wo gefeiert wird", wusste Oma Pusch. „Ist echt 'nen feinen Kerl, der Junge, aber eben ein bisschen unterbelichtet oder zu langsam im Denken, obwohl er immerhin seinen Führerschein

* *Tölpel, Dummkopf*

geschafft hat und seit einiger Zeit auch für den lütten Heinz fährt. Vielleicht unterschätzt man ihn ja, nur weil die Gedanken ein wenig länger brauchen, bis sie durch seine Gehirnwindungen kommen? Thies Töffel könnte leicht der ‚Hein Blöd' von Neuharlingersiel sein. Der war nämlich auch nicht dumm. Du kennst ‚Käpt'n Blaubär'?"

Rita nickte. Sie hatte sich seinerzeit sehr mit dem Buch der 13 ½ Leben amüsiert, das Oma Pusch ihr geliehen hatte.

„Aber weiter bringt uns das nicht", sagte sie. „Der ist harmlos."

Oma Pusch nickte nachdenklich. „Der schon! Aber vielleicht der nicht, der darauf eifersüchtig war."

Beweise

„Wenn doch deine Alte tot ist, bist du fein raus", freute sich Hilko und schlug seinem Bruder Bendix am Küchentisch auf die Schulter. „Dann hast du wie gesagt mit nix mehr wat zu tun. Hier ist der Wisch vom Labor!"

Eingehend studierte Bendix Odelmann die Unterlagen von „GenTechNord". Auch er war nicht von herausragender Intelligenz, hatte aber immerhin Mittelschulabschluss. „Hmm, so ganz verstehe ich das nicht", gab er zu.

„Kiek mol doar!", sagte sein mundfauler Bruder. „Dat is din Haar un dat is dat von de Kinner."

„Null Prozent?", fragte Bendix verwundert. „Bei allen dreien?"

Hilko verdrehte die Augen. „Endlich kapiert?"

„Ja, aber wer war es denn dann?", fragte Bendix verdattert.

„Woher soll ich das wissen, wenn's du schon nicht weißt?" Der Bruder verdrehte die Augen.

„Aber das bedeutet doch, dass sie mit einem anderen Kerl …, also, dass sie mich betrogen hat", staunte Bendix.

„Blitzmerker!", kam es trocken von Hilko. „Was mich echt wundert bei dem Geschoss." Er schüttelte den Kopf. „Dass da einer beigeht."

„Sie war nicht immer so dick wie jetzt“, wandte Bendix ein. „Mollig schon, aber nicht fett. Ich mag das.“

„Hauptsache, sie passt in einen Sarg, sonst wird’s teuer“, unkte Hilko. „Aber du weißt schon, was das jetzt für dich bedeutet?“

„Ich bin nicht der Vater von Kevin, Marcel und Pepe“, stellte Bendix fest.

„Genau!“ Hilko nickte.

„Aber sie sind mit mir aufgewachsen“, gab Bendix zu bedenken.

„Ja, und? Die nerven doch nur. Hast du selbst immer gesagt. Sollen sie doch den echten Beschäler finden. Wenigstens sind die drei Brüder. Dann haben sie auch den richtigen Vater, der die Verantwortung zu tragen hat. Wird doch nicht so schwer sein, den rauszufinden“, vermutete Hilko. „Besser, als wenn man drei verschiedene Böcke finden müsste, die sie besprungen haben. Und bis dahin haben sie ihre Omma. Nur du bist fein raus. Kannst hier erst mal wohnen bleiben. Ist ja genug Platz.“

„Aber Tamara ist wenigstens ihre Mutter, oder?“, wollte Bendix wissen.

„Wie soll das denn sonst gehen, du Scherzkeks? Aus ihr kamen sie doch raus. Außerdem sehen sie alle aus wie deine Olle. Drum ist es dir auch nicht aufgefallen. Du hattest das mit dem Mumps nicht so auf der Kette, weil du jünger bist als ich. Mach dir nix draus.“ Er tätschelte den Kleineren wie ein Pferd. „Solltest dich vielleicht dahinterklemmen, mit wem sie vor dir rumgemacht hat, wenn es dir weiterhilft, aber ansonsten hast du damit nichts mehr zu tun."

„Aber dann werde ich ja nie Kinder haben", klagte Bendix.

„Und? Such dir eine, die schon welche hat! Die kannste dir vorher genau angucken und dann adoptieren, wenn es sein muss. Ist wenigstens ehrlicher als mit Kuckuckskindern", fand Hilko. „Nimm am besten 'ne zahme Witwe, die das Arbeiten gewohnt ist. Können wir hier auf dem Hof gut gebrauchen."

Bendix fand seinen Bruder doof. Bei ihm waren da schließlich auch Gefühle im Spiel. Er war doch kein kalter Klotz, auch wenn seine Klöten nix taugten. Aber die Verheißung, der ganzen Sache entfliehen zu können, war auch nicht übel. Dann brauchte er wenigstens seine blöde Schwiegermutter nicht mehr zu ertragen. Er war weder mit ihr noch mit deren Enkeln verwandt. So langsam sah er ein bisschen Licht am Horizont. Die Angelegenheit konnte auch was Gutes haben.

„Noch was", sagte Hilko, „mit dem Schreiben gehst du jetzt zum Anwalt, damit die Sache geregelt ist, auch wegen Erbe und so. Ich hab keinen Bock, dass sich diese Familie nutzloser Schmarotzer und Fresser eine Scheibe hiervon abschneidet."

Mit seiner Hand beschrieb er einen großen, weiten Bogen.

„Meinst du den Hof und die Ländereien?", erkundigte sich Bendix mit großen Augen.

Hilko atmete einmal tief durch. Sein Bruder sah vielleicht besser aus, aber im Oberstübchen war er selbst plietscher.

„Ja", sagte der Ältere mit Nachdruck, „denn momentan gehört den fetten Gören dein Anteil, falls du stirbst, auch wenn du das noch nicht vorhast. Der Teufel ist ein Eichhörnchen, also geh lieber eher als später hin." Mit diesen Worten stiefelte er davon. „Ich brauch dich nachher zum Melken", rief er dem Jüngeren von Weitem noch zu. Dann verschwand er.

Bendix blieb mit seinen Gedanken zurück.

Freigegeben

Nach Rücksprache mit Enno und Fokke beschlossen Eike und Niklas, die verstorbene Tamara Odelmann freizugeben, auch wenn sie noch nicht ganz vollständig war. Den älteren Rechtsmediziner plagten bei diesem Zugeständnis heftige Bauchschmerzen. Er hatte nur wegen der schwierigen Situation mit den drei Kindern nachgegeben. Sie sollten ihre Mutter begraben können. Wohl war ihm dabei trotzdem nicht. Zu vieles blieb für ihn ungeklärt, auch, warum jemand den Finger entfernt und in Oma Puschs Kioskkühlschrank gelegt hatte.

Die Bestatter Rico und Nils begrüßten diesen Umstand jedoch, denn so ohne Arme hatten sie seitlich mehr Platz beim Verstauen des Körpers im Erdmöbel. Auf diese Weise konnte ein normaler, etwas großzügig geschnittener Sarg ausreichen, vor allem, wenn sie die Teile platzsparend hineinlegten wie bei einem Puzzle. Sie beschlossen, den Rumpf ganz nach oben zu rücken, dann die Beine direkt daran. Dann traten sie etwas nach hinten, um die Sache zu begutachten.

„Okay, sieht ein bisschen schräg aus, oben ohne Kopf", meinte Nils, „aber so könnte es klappen." Er nickte zufrieden.

Unten probierten sie etwas herum. Schließlich drehten sie die Schultern zum Heck, damit der Kopf zwischen die Unterschenkel gelegt werden konnte. Das sah zwar etwas skurril aus, war aber praktisch. Sie stand sozusagen mit den Füßen auf ihren eigenen Schultern. Eine Öffnung des Sargs war zum Glück nicht mehr vorgesehen. Nur wohin mit dem einzelnen Finger? Für den Vorschlag mit dem Nasebohren bekam Rico von Nils einen Stups mit dem Ellenbogen. Auch den Mund hielt er für keinen guten Ort. Schließlich versteckten sie ihn in einer von den Speckfalten. Da würde sicherlich niemand nachgucken.

Mit möglichen Terminvorschlägen für die Bestattung rief Nils bei Charlene Poppendiek an. Eigentlich hatte er den Ehemann sprechen wollen, aber es ging der Pottwal dran, der ihm erklärte, dass Bendix Odelmann das Weite gesucht hatte. Sie würde sich nun um die Bestattung kümmern.

„Ich möchte es mit allem", verlangte sie. „Musik, Gesang, Blumen überall und Kränze so weit das Auge reicht. Die Rechnung richten Sie bitte an den Gatten hier im Hause."

Nils frohlockte innerlich. Das konnte teuer werden und spülte viel Geld in ihre Kasse.

„Von welchem Betrag sprechen wir da?", erkundigte er sich. „Das könnte leicht fünfstellig werden mit Chor und Orchester, falls Sie das auch wünschen. Wenn ich Sie recht verstehe, möchten Sie unsere Luxusbeisetzung buchen."

„Was ist denn da alles dabei?“, erkundigte sich der Pottwal.

„Nun, da haben wir einmal die Erdbestattung an einem besonders bevorzugten Platz auf dem Werdumer Friedhof bei der alten Kirche. Läuft nur über Beziehungen. Dazu kommt Ausschmückung des Gotteshauses, ein Sträußchen für jeden Besucher des Trauergottesdienstes und die Kränze. Fünf sind inklusive zum Sargschmuck. Wenn wir den Chor mit Solisten und einen Organisten buchen, können Sie sich die Lieder nach dem Gesangbuch aussuchen.“

„Wunderbar“, sagte Charlene. „Und der Geistliche? Er soll nur Gutes über meine Tamara sagen. Kann man ihn bestechen?“

Nils hüstelte am anderen Ende der Leitung.

„Sie können sicher sein, dass unser Pastor nur das Beste über Verstorbene berichten wird. Die Kosten werden je nach Länge der Ansprache berechnet. Wünschen Sie zehn, 20 oder 30 Minuten?“

„Ich möchte von allem das Teuerste, verstehen Sie? Für meine Tochter ist es mir gerade gut genug.“

„Also 40 Minuten“, beschloss Nils. „Mehr müsste ich anfragen.“

„Nein, das passt schon“, bestimmte Charlene. „Was ist mit der Sargausstattung?“

Nils schluckte. Über der Holzwolle hatten sie einfache Baumwolle, weil sie wussten, dass es sowieso niemanden mehr interessieren würde. Also musste er improvisieren.

„Ganz hochwertige Seide mit edler Stickerei“, säuselte er nicht ganz ehrlich. Aber das Weib wieder herauszuhieven, darauf hatte er auch keine Lust.

„Ich möchte, dass Sie ihr noch ein Krönchen aufsetzen“, bat die Mutter, „schließlich war sie meine kleine Prinzessin.“ Schniefen. „Mein Engelchen!“

Nils bezweifelte, dass das Krönchen zwischen den massigen Waden wirken würde, aber der Kunde war schließlich König. Er versprach ihr eine Art Diadem mit Strass, und sie war zufrieden.

„Haben Sie eine Vorliebe für eine besondere Art von Blumenschmuck?“, erkundigte er sich zum Schluss.

„Orchideen!“, kam es prompt von Charlene. „Nur Orchideen, aber die in allen Farben. Apropos Farben: Was für eine hat denn Tamaras Sarg?“

Scheiße, dachte Nils. Auch das noch … Aufgrund der schwierigen Platzverhältnisse hatten sie den größten ausgewählt, den sie in einer mittleren Preisklasse da hatten. Weil sie nun schon drin lag, war eine Wahl eigentlich nicht mehr möglich, aber das konnte er ihr natürlich kaum vermitteln. Momentan hatte er kackbraunes Eichenfurnier.

„Ganz nach Ihren Wünschen, Madame“, sicherte Nils mit Bauchschmerzen zu, „aber am besten wirkt unter den wunderschönen bunten Orchideen ein schlichtes Naturbraun, glauben Sie mir.“

„Braun?“, fauchte Charlene. Sie spuckte das Wort direkt in die Muschel. „Auf keinen Fall! Das kommt überhaupt nicht infrage!“

Nils hatte es befürchtet.

„Wie ist denn Ihr Wunsch?“, erkundigte er sich.

„Pink! Tamara hätte Pink gewollt“, bestimmte sie.

Jetzt hatten sie ein Problem, dachte Nils, aber er hatte schon eine Idee im Hinterkopf.

„Können Sie einen pinken Sarg bis zur Trauerfeier besorgen?“, hakte sie nach.

„Kriegen wir hin“, versprach er und verabschiedete sich eilig. Jetzt musste er sich etwas einfallen lassen. Aber seine Mutter wusste bestimmt Rat. Er wählte ihre Nummer.

Rumhorchen

Während Oma Pusch und Rita auf dem Süderriff entlangschlenderten, hingen auch sie ihren Gedanken nach.

„Arbeitskollegen, Kindergartenmütter", schnaubte Rita. „Verstand die sich überhaupt mit wem?"

„Mit ihrer Mutter bestimmt", sagte Oma Pusch. Beide mussten vor Lachen prusten. „Aber wenn die zusammen auf dem Sofa saßen, wurde es sicherlich gefährlich. Hast du gehört, wie das geknackt hat?"

In diese heitere Szene platzte Nils Hilfeanruf. Erstaunt blickte Oma Pusch aufs Display.

„Es ist Nils", erklärte sie ihrer Freundin. „Vielleicht haben sie diese Freundin Betty gefunden oder weitere Teile von Tamara."

„Dann geh doch ran", schlug Rita vor.

„Moment, ich will ihn nur noch kurz zappeln lassen", sagte Oma Pusch und grinste beim Annehmen. „Esen. Sie wünschen?"

„Mensch, Mutti, ich bin's, Nils. Ich hab jetzt keine Zeit für Scherze. Ich brauche deine Hilfe", gestand er.

„Och, herrje, wo drückt denn der Schuh?", erkundigte sie sich mitfühlend.

Dann berichtete er ihr von dem ganzen Dilemma.

Oma Pusch stellte auf laut, damit Rita mithören konnte.

„Das ist ein Fall für den Klöör*-Karl", sagte sie.

„Den Autolackierer?", fragte Nils verdutzt.

„Ja sicher, oder kennst du etwa einen Sarglackierer?", hakte Oma Pusch nach. „Einen Maler wirst du doch auch nicht beauftragen wollen. Dat düürt nämlich, bis der fertig wird. Ich nehme mal an, es ist eilig?"

„So was von", bestätigte Nils.

„Denn geh man nach'm Klöör-Karl und bestell ihm schöne Grüße von mir", schlug Oma Pusch vor. „Der hat so eine Farbkabine und spritzt dir den ganzen Sarg komplett über. Musst natürlich die Schrauben rausnehmen. Sieht nachher mit Sicherheit einwandfrei aus, ohne Blasen und Nasen."

„Auch, wenn schon wer drin ist?", wollte Nils wissen.

„Das musst du ihm doch nicht sagen, min Jung, du lütten Dösbaddel", lachte Oma Pusch in die Muschel. „Wer lackiert schon gerne eine Leiche? Aber mal was anderes. Weißt du, wo der Bruder von dem Witwer wohnt?"

„Klar, dat is der Hilko. Ich kenn ihn von früher vom Turnen. Der is von Thunum. Da haben die einen Bauernhof noch von den Eltern her", erklärte Nils. „Hab nie verstanden, wieso der Bruder nicht mit seiner Familie auf den Hof gezogen ist."

„Ich schon", erwiderte Oma Pusch, „denn da könnte ich mir mehrere Gründe vorstellen. Ist ja wohl nicht jedermanns Sache, die Landwirtschaft. Außerdem soll die Frau ein Besen gewesen sein. Also denk mal über

* *Klöör: Color oder Farbe*

einen Pflock nach, wie bei Dracula, damit sie nicht wiederkommt."

„Du bist geschmacklos, Mutti", schimpfte Nils.

„Ach, und Vampirbücher sind es nicht?"

„Da kennen wir keinen von", wandte Nils ein.

„Die Frau kannten wir auch nicht", antwortete Oma Pusch.

„Ja, aber wenn du sie einsargst …"

„Verstehe, du entwickelst eine persönliche Beziehung zu deinen Leichen. Das wiederum finde ich ein bisschen schräg. Es kommt immer auf die Sichtweise an, und ob man alles so ernst nehmen muss. Aber nix für ungut, mein Süßen! Viel Glück bei Klöör-Karl."

„Danke für den Tipp und Tschüssi", sagte er und legte auf.

„Schätze, wir sollten nach Thunum, oder?", wollte Rita wissen.

„Schon, aber nicht jetzt bei der Hitze. Eher gegen Abend. Lass uns erst mal rumfragen, wo eine Betty Vogel ihre Wohnung hat. Beim Bäcker werden sie es wissen, denke ich. Da gehst du hin, während ich im Kiosk auf Leute lauere, die ich ausfragen kann. Also, ab zum Hafen", schlug Oma Pusch vor.

Sehnsucht

Gegen Mittag hatte der Rechtsmediziner Doktor Enno Esen die Nase gestrichen voll. Er nagte immer noch an der unbefriedigenden Situation mit der unvollständigen Leiche. Er empfand es als Schande, nur Teile von jemandem zu begraben. Außerdem waren die letzten 24 Stunden anders verlaufen, als er es sich erhofft hatte. Das hob seine Laune auch nicht gerade. Aus seinem gemütlichen Abendessen mit anschließender Verführung war nichts geworden. Die gemeinsamen Stunden hatten vielmehr unter dem Zeichen des aktuellen Falls gestanden. Wenn schon nackte Beine, dann doch bitte lebendig und zu einer gewissen Lotti gehörend, dachte er bei sich.

Nun denn, wenn die Leiche freigegeben war, hatte er wenigstens mehr Zeit für seine Angebetete. Er vermutete sie bei diesem Wetter und dem Touristenansturm in ihrem Kiosk. Also lenkte er seinen Wagen in Richtung Hafen und dachte überhaupt nicht darüber nach, dass alles belegt sein könnte. Er fluchte wie ein Kesselflicker. Mehrmals fuhr er um das Areal, bis er endlich eine Lücke fand, in die er hineinflutschen konnte. Das hatte seine Stimmung nicht gerade verbessert, zumal es trotz Klimaanlage im Wagen unerträglich war, weil die Sonne durchs Fensterglas brannte. Leise schimpfend machte er sich auf den Weg zum Kiosk. Ein Glück, es war geöffnet. Das hätte ihm nämlich noch gefehlt, dass er umsonst hierhergekommen wäre.

„Hallo, mein Süßen", flötete er, noch bevor er sie erreicht hatte und starrte in die Augen von Rita. „Ähm, äh, ist Lotti nicht da?"

Die hatte sich gebückt und kam nun hoch. Enno gefror unter ihrem eisigen Blick. Es war ein gut gehütetes Geheimnis, wie vertraut sie gelegentlich miteinander waren.

„Seit wann sagst du zu uns ‚meine Süßen'?", verdrehte sie seine Worte, indem sie ein E hinzufügte.

Enno spielte mit. „Wieso? Ist das nicht charmant?"

„Geht so", sagte Rita mit argwöhnischem Blick. „Und bevor das hier noch inniger wird, gehe ich lieber zur Bäckerei Hinrichs und versuche, was über unsere Vermisste rauszukriegen." Hoch erhobenen Hauptes ging sie davon.

„Vermisste?", fragte Enno verwundert.

„Ja, weißt du denn überhaupt nichts davon?", erkundigte sich Oma Pusch.

„Nun, dein Neffe Eike belästigt uns nicht mit jeder Meldung, die bei ihm eingeht, vor allen Dingen nicht, wenn niemand tot ist", antwortete Enno.

„Das stimmt natürlich", gab Oma Pusch zu, „wobei in diesem Fall die Tatsache nicht außer Acht gelassen werden darf, dass Betty Vogel die beste Freundin von Tamara Odelmann ist."

„Oha“, kam es nachdenklich von Enno.

„Und außerdem“, fuhr sie weiter fort, „waren die beiden zusammen unterwegs. Keine Ahnung, was dann passierte. Aber das Resultat ist, dass wir eine Tote und eine Vermisste haben. Das ist doch schon merkwürdig. Findest du nicht?“

„In der Tat“, bestätigte Enno. „Wenn wir das gewusst hätten, hätten wir die Odelmann wahrscheinlich noch nicht zur Bestattung freigegeben. Bist du sicher, dass Eike überhaupt von dem Verschwinden der Freundin weiß?“

„Nö“, sagte Oma Pusch.

„Dann sollten wir ihn sofort anrufen“, schlug Enno vor.

„Nun mal nicht so hastig“, bat Oma Pusch. „Lass Rita und mich lieber vorfühlen. Am Ende sitzt sie gemütlich auf dem Sofa, isst Chips und guckt irgendwelche Soaps. Wir könnten uns lächerlich machen.“

„Da hast du natürlich recht“, stimmte Enno zu, „aber woher hast du überhaupt die Info, dass sie verschwunden ist?“

„Von der Mutter der Toten. Jedenfalls hatte sie nichts mehr von dieser Betty gehört oder gesehen. Wenn das Busenfreundinnen sind, halten sie doch Kontakt. Gerade heute mit WhatsApp und Smartphone. Mir würde nie im Leben entgehen, wenn bei Rita irgendwas nicht in Ordnung ist.“

„Ihr auch nicht“, lachte Enno. „Ich glaube, sie riecht den Braten.“

„Wovon denn?“, stellte sich Oma Pusch ahnungslos und brachte Enno damit in höchste Verlegenheit.

„Ja, also, ich meinte nur, weil ich dich ab und zu besuche, auch über Nacht“, flüsterte er, obwohl niemand außer seiner Lotti da war.

„Ich kann mich an nichts Außergewöhnliches erinnern“, beharrte sie. „Können wir uns jetzt um Betty kümmern? Wenn du helfen willst, gehst du zur Tourist-Information. Die kennen sie vielleicht, wenn sie dort ab und zu mal was kauft. Küstenkrimis zum Beispiel.“

Enno überlegte, ob er sich ärgern sollte, dass sie verlangte, dass er den Laufburschen spielte, aber möglicherweise schaffte er es auf diese Weise, sich bei ihr einzuschmeicheln. Und das war ja schon mal was!

„Okay“, sagte er, „dann düse ich mal los und horche rum. Aber wenn ich wiederkomme, kriege ich auf jeden Fall ein Rollmopsbrötchen als Lohn. Sonst erzähle ich dir nichts von den beiden dünnen Streifen, die wir an den Unterschenkeln der Beine aus dem Container gefunden haben.“

Oma Pusch horchte auf. „Was Neues? Warum hast du mich nicht sofort angerufen?“

„Aber meine Liebe, doch nicht am Telefon. Diese Neuigkeit wollte ich dir brühwarm persönlich erzählen“, versicherte er. „Aber nun ja, es hat keine Eile. Ich will mich erst mal um deine Bitte kümmern. Nachher ist Rita wieder da. Dann muss ich es nicht zweimal vortragen. Sie soll es schließlich auch wissen.“

Zähneknirschend gab Oma Pusch klein bei. Aber es nagte an ihr, dass sie auf diese interessanten Nachrichten warten musste. Mit der Geduld hatte sie es nicht so. Dafür war sie einfach zu neugierig. Wie gut, dass da gerade eine Kundin kam, die fünf Rollmopsbrötchen verlangte. Das duldete sowieso keinen Aufschub und bot reichlich Zeit zum Quatschen. Freundlich winkte sie Enno zum Abschied zu. Sie war ein bisschen schroff zu ihm gewesen, fand sie, und das war von Nachteil, wenn man etwas erfahren wollte.

Die Dame, die am Tresen ihres Kiosks stand, kam Oma Pusch bekannt vor, aber sie wusste partout nicht, woher.

„Fünf Rollmopsbrötchen", wiederholte sie. „Sehr gerne. Darf es noch etwas zu trinken sein?"

„Nee, danke, habe ich im Geschäft", erklärte die Frau.

„Wunderbar", erwiderte Oma Pusch, „aber sagen Sie mal, kennen wir uns nicht irgendwo her?"

„Ja, sicher, ich bin doch die Sünje von der Sparkasse", erklärte sie.

Oma Pusch lachte. „Stimmt, du bist die lütte Sünje von Kleinkram Wickbolsen. Mann, schon längst erwachsen jetzt. Wie die Zeit vergeht!" *Sie kam sich vor wie die uralte Marga, wenn sie sich selbst so reden hörte.* „Wie geht es dem Weert denn? Seinen Laden hat er ja nun schon längst nicht mehr. Dabei vermisse ich ihn immer noch. So ein schönes Ambiente mit Holzofen, Kupferkessel und ollen, knarrenden Dielen auf dem Fußboden. Schon wenn man reinkam, umgab einen der für das Geschäft typische Geruch von etwas Altehrwürdigem." Oma Pusch schwelgte in Erinnerungen. „Jede Schraube hast du da gekriegt, auch einzeln. Küchenutensilien, Eisenbahnzubehör. Und selbst in den ausweglosesten Handwerkerfragen wusste er eine geniale, einfache Lösung. Weißt du, dass er der Einzige war, der Schlüssel noch von Hand nachmachen konnte?"

Sünje Wickbolsen seufzte. „Nach Mutterns Tod war er nicht mehr derselbe. Es hat uns allen wehgetan, dass wir uns dann auch noch von unserem Eisenwarenladen trennen mussten, aber glaube mir, Lotti, es war besser so. Den Papa beutelten da schon die schwere Diabetes und die beginnende Parkinsonerkrankung. Wir Kinder hatten längst eigene Berufe ergriffen. Die Ära Kleinkram Wickbolsen war nach so vielen Generationen einfach vorbei. Leider!"

„Ja, das ist bedauerlich, aber verständlich", sagte Oma Pusch beim Schmieren. „Und wo wohnst du jetzt? Noch bei deinem Papa?"

„Nee, um Himmels willen", antwortete Sünje und lachte, „der kann ganz schön anstrengend sein mit seiner liebevollen Fürsorge. Ich musste mich da dann doch mal abnabeln und auf eigenen Füßen stehen. Sonst hätte ich bis heute keinen Freund. Niemand war gut genug."

Oma Pusch drehte sich um. Sie war wirklich hübsch geworden. Wenn das bei ihrem Sohn und ihrem Neffen nicht langsam mal was wurde, sah sie schwarz. Aber diese Deern da am Tresen wollte sie im Hinterkopf behalten. Wickbolsen war besser als Hintermoser, falls es mit der Nele von der Spurensicherung nichts werden würde.

„War es denn nicht schwer, hier eine halbwegs bezahlbare Wohnung zu finden?", erkundigte sie sich mitfühlend.

„Ach, ich hatte echt Glück", gab Sünje zu. „Ich wohne nämlich direkt über der Sparkasse unter dem Dach. Da ist es zwar en beten lütch, aber urgemütlich, und wer hat schon das Glück, so nah am Meer zu wohnen? Nur wenige Schritte, dann bin ich am Hafen oder beim Bäcker oder auf dem Schiff. Könnte nicht besser sein."

„Na, da sind wir doch fast Nachbarn", freute sich Oma Pusch.

„Stimmt, du wohnst über dem ‚Dattein'. Ist das noch so?", erkundigte sich Sünje.

Oma Pusch nickte. Sie hatte sich überlegt, dass Bankangestellte auch viel mitbekamen. Eventuell wusste die Lütte auch was über Betty Vogel.

„Sach mal, vielleicht kannst du mir helfen", begann Oma Pusch.

„Gerne, wobei denn?"

„Ich mache mir derzeit Sorgen um eine gewisse Betty Vogel", fuhr die Kioskinhaberin fort. „Kennst du die? Sie soll hier auch im Bereich des Hafens wohnen. Soweit ich gehört habe, ist sie ziemlich reich. Ob Lottogewinn oder Erbe, weiß ich nicht mehr. Auf jeden Fall gehört ihr wohl eine Eigentumswohnung. Von ihr fehlt jede Spur."

„Meinst du Big Betty?“ Sünje kicherte verschämt. „Entschuldige bitte, so haben wir sie genannt, weil sie doch ein bisschen üppig ist, aber nichts für ungut, ich habe nichts gegen dicke Leute.“

„Das wäre auch fatal“, meinte Oma Pusch. „Wir sind schließlich aufgeschlossene Menschen, die andere nicht nach ihrem Äußeren beurteilen.“

„Genau, weder Hautfarbe noch Herkunft noch Leibesumfang!“, bestätigte Sünje. „Das Herz muss auf dem richtigen Fleck sein. Alles andere ist egal.“

„Was bin ich froh, dass es Menschen wie dich gibt“, freute sich Oma Pusch. „Ein bisschen witzeln kann man ja über das eine oder andere, ohne es wirklich böse zu meinen.“

„Ja, aber ohne, dass die Leute es erfahren. Sonst verletzt es nur. Um zu deiner Frage zurückzukommen. Klar kenne ich Betty Vogel. Sie wohnt in der Nähe des Bäderwerks. Das Geld ist ihr allerdings etwas zu Kopf gestiegen“, erklärte Sünje. „Früher hat sie in einer Wäscherei gearbeitet. Als sie plötzlich reich wurde, protzte sie herum und hat uns nur noch von oben herab behandelt.“

„Das ist sehr schade“, bedauerte Oma Pusch. „Man sagt zwar, Geld verdirbt den Charakter, aber wenn es so augenfällig ist, tut das fast weh.“

„Sie hat es auch übertrieben“, erzählte Sünje weiter. „Von allem ein bisschen zu viel. Kennst du das? Zu lange Nägel, zu viel Parfüm, zu doll geschminkt, zu bunte Klamotten.“

„Stil und Niveau lassen sich durch Geld eben auch nicht kaufen", wusste Oma Pusch. „Da solltest du etwas nachsichtig sein."

„Und dann noch diese doofe Pusche von Freundin", redete sich Sünje in Rage. „Tammilein, hat sie sie immer gerufen. Die beiden sahen fast gleich aus – gleich gewöhnlich!"

Oma Pusch kombinierte. Tammilein konnte durchaus von Tamara kommen.

„Kennst du die Freundin auch mit richtigem Namen?", erkundigte sie sich.

„Nein, leider oder zum Glück nicht", kam es von Sünje. „Das kannst du aber leicht rauskriegen. Die beiden schlanken Rehe", sie kicherte, „gönnten sich gerne Sahneschnittchen von der Bäckerei Johann Hinrichs. Da weiß bestimmt jemand, wer das andere Schlachtross war. So, ich muss jetzt aber wieder. Sonst geben die Kollegen noch eine Vermisstenanzeige für mich auf. Wie kommst du überhaupt darauf, dass Big Betty weg sein könnte?"

„Ist nur eine Befürchtung", gab Oma Pusch zu. „Die Tote vom Strand war ihre Freundin. Sie heißt Tamara. Vielleicht ist es diese Tammi."

„Oh Gott, dann könnte Big Betty ebenfalls tot sein", fürchtete Sünje.

„Na, das wollen wir aber doch nicht hoffen", sagte Oma Pusch beschwichtigend und händigte ihr die Rollmopsbrötchen aus.

„Oder sie ist deren Mörderin und versteckt sich deshalb", überlegte Sünje laut weiter. „Schrecklich! Da kann man sich seines Lebens nicht mehr sicher sein. Tschüss, Lotti!“, rief sie im Gehen.

Auch kein so dummer Gedanke, grübelte Oma Pusch über Sünjes Worte nach. Aber was wäre deren Motiv?

Bei Klöör-Karl

Es war ein lustiges Telefongespräch zwischen Karl und Nils gewesen. Zuerst hatte der Autolackierer Bedenken gehabt, einen Sarg umzuspritzen, aber der Gedanke an den Geldsegen, der ihn erwarten würde, hatte seine Skrupel verwischt.

So eine Holzkiste war eben auch nichts anderes als eine aus Blech, auch Auto genannt. Karl hatte nur darum gebeten, dass die Bestatter auf den Hinterhof fahren sollten. Es musste ja nicht jeder sehen, was er zur Aufbesserung seiner Liquidität nebenbei tat. Dabei dachte er allerdings eher ans Finanzamt als an das Gerede der Leute.

„Ihr habt vielleicht Kunden", sagte er zu Nils und schlug ihm auf die Schultern. Dabei grinste er frech. „Wer will denn einen Sarg in Pink? Hatte das die Tote so verfügt und ihr habt Mist gebaut? Wohl so zeitig keinen mehr im Internet gekriegt. Soll euch Onkel Karl deshalb helfen?"

„So ähnlich", wand sich Nils raus. Der Klöör-Karl musste nicht alles wissen, vor allem nicht, dass sich Tamara schon im Sarg befand, denn dann hätte er mit Sicherheit abgelehnt. „Am besten, du kommst mit dem Gabelstapler und lädst dat Dingens auf. Ziemlich schwer, das Teil. Wenn du den Sarg in der Kabine hast, nehmen wir die Schrauben ab."

„Von mir aus und der Hühner wegen", witzelte Karl. „Wat'n Geschiss um das eigene Ableben. Also mir reicht später mal ein Pappkarton und dann ab in die Flammen mit mir. Ist doch eine saubere Sache."

„Du sagst es", krächzte es an der Tür.

Nils und Rico zuckten zusammen. Wie kam denn die alte Marga hierher?

„Tante Marga", sagte Karl überrascht, „kann ich was für dich tun?"

„Du muttst mi helpen, do geiht wat vör", erklärte sie. „De Düvel hett min Loopwagen krabbt."

„Och, Tantchen, wo ist dein Rollator denn zerkratzt?", fragte Klöör-Karl.

Die Alte zeigte ihm die Stellen. Großflächig hatte da jemand (und mit Sicherheit nicht der Teufel) den Lack beschädigt. Es sah aus, wie von Krallen verursacht, auch wenn das Schwachsinn war.

„Da habe ich eine hervorragende Idee, Tante Marga. Wie wäre es, wenn ich ihn pink überspritze? Da siehst du nix mehr von. Allerdings ist der Metallic-Glitzer dann weg."

Wir übersetzen auf Hochdeutsch.

„Ich weiß nicht so recht", zögerte Marga.

„Vielleicht spritzt du zuerst unser Möbel", schlug Rico vor. „Dann kann sich Marga die Farbe ansehen und entscheiden." Er hatte keinen Bock, so lange in der Werkstatt zu warten, bis sich die Olle ausgemärt hatte.

„Super Idee“, fand auch Nils und atmete erleichtert auf. „Und während Karl sprüht, erzählst du uns, wie der Schaden an deinen Rollator gekommen ist.“

Rico stieß ihn in die Seite. Er war wohl von allen guten Geistern verlassen! Animierte die Schrulle auch noch zum Labern. Dabei war jeder froh, wenn sie den Mund hielt.

„Mit seinen Krallen“, sagte sie mit bebender Stimme. „Der Teufel war mit Riesenaugen und einer Klaue angedonnert gekommen. Ihr wisst, er ist immer auf Seelenfang. Und als er diese aufgesammelt hat, hat er meinen Laufwagen zerkratzt. Da, die ganze Seite lang.“

Klöör-Karl hatte unterdessen den Sarg mit dem Gabelstapler in seine Kabine gehievt. Um der Situation mit Marga zu entkommen, beeilte sich Rico, den Part mit den Schrauben zu übernehmen. Sollte sich doch Nils das geistlose Gesabbel anhören.

„Ich hab extra schnell trocknenden Lack genommen“, erklärte Karl ihm. „Zusätzlich heize ich die Kabine ein bisschen auf. Dann könnt ihr das gute Stück nämlich auch gleich wieder mitnehmen. Bisschen aufpassen solltet ihr noch. Aber zur Vorsicht kann ich euch auch ein Marmeladenglas mit Farbe einpacken, für alle Fälle. Manchmal kann es ja auch dumm kommen.“

Rico nickte. Da hatte der Karl recht, aber er ahnte in diesem Moment noch nicht, wie dumm, als er den Sarg mit dem Gabelstapler in die Kabine hievte.

„Kann es sein, dass das gute Stück wahnsinnig schwer ist?“, fragte er. „Der Stapler geht ganz schön in die Knie.“

„Och“, versuchte Rico ihn abzulenken, „so richtig gutes Eichenholz wiegt schon ein paar Kilo.“

Karl zeigte ihm einen erhobenen Daumen und schob das Erdmöbel ganz sacht nach hinten.

„Kannst jetzt die Schraubverbindungen abnehmen“, rief Karl ihm zu. „Und denn siehst du zu, dass du schnell Land gewinnst. Sonst kannst du deinen schwarzen Anzug vergessen.“ Er lachte aus vollem Hals. Fast hatte Rico den Eindruck, es hätte ihm Spaß gemacht, dem Bestatter eine kleine farbliche Verzierung zu gönnen.

Es dauerte eine Weile, bis Rico die sechs Schrauben gelöst und in seiner Jackentasche verstaut hatte. Danach ging alles wie am Schnürchen. Schnell wie der Schall hatte der Sarg seine Farbe gewechselt und erstrahlte nun in einem wirklich grellen Pink, das einem in den Augen wehtat.

„Potz Blitz!“, sagte Nils erstaunt und dachte über eine grundsätzliche Kooperation mit Klöör-Karl nach. Warum teure, bunte Särge aus Eiche kaufen, wenn man das Holz danach sowieso nicht mehr sah. Da tat es doch auch das einfache Modell aus Weichholz, wenn man es ordentlich lackierte. Auf diese Weise konnte er seinen Kunden ein super günstiges Angebot im Wunschton machen. Der Sarg als Farbtupfer unter dem Blumenschmuck kam derzeit ohnehin immer mehr in Mode. Erdmöbel waren ein vergängliches Utensil, das man höchstens eine halbe Stunde lang in der Kapelle stehen sah, bevor es auf ewig im feuchten, kühlen Grund verschwand. Natürlich mussten sie bei einer dauerhaften

Zusammenarbeit dafür sorgen, dass Karl umweltverträgliche, am besten komplett abbaubare Lacke verwendete, damit sie nicht ins Gerede kamen. Aber dies hier war ein Notfall gewesen. Kein Hahn würde danach krähen, ob sie hier Sondermüll vergruben. Der Mensch mit seinen ganzen schädlichen Körpereinlagerungen war sowieso welcher.

Klöör-Karl machte seine Sache gut. Makellos war der Sarg und pink obendrein. Etwas warmes Gebläse rundete die Sache ab, und Karl fuhr wieder mit dem Gabelstapler vor.

„Na, Marga“, flüsterte Nils ihr zu, „ist das nicht eine irre Farbe? Damit fällst du überall auf.“

„Do seggst du wat, min Jung, aber ich bin doch nicht plemplem. Oder haltet ihr mich für irre?“ Sie schnaubte.

„Auf keinen Fall“, widersprach Nils schnell. „Weißt du, wir fragen Karl mal, ob er nicht noch eine Sprühdose mit Metallic hat, um den Schaden auszubessern.“

Marga klopfte ihm auf die Schulter. „Bist ein guter Kerl. Ich kann doch nicht mit so einer grellen Farbe als Zielscheibe für den Teufel rumlaufen. Dann hat er ja leichtes Spiel.“

„Nee, lass mal“, hörten sie von Ferne, „ich heb den erst mal runter. Und dann müssen wir die Verbindungslöcher von der Farbe befreien. Vorher kannst du deine Schrauben nicht durchstecken“, erklärte Karl und fuhr mit seiner Gabelstaplergabel unter den Sarg. Leider hob er ihn etwas zu ruckartig an, und dann geschah das Unvermeidliche. Die schwere Fracht bekam Übergewicht, geriet ins Trudeln, bevor sie mit lautem Poltern, Stück für Stück auf dem Boden zu liegen kam.

Marga schrie wegen des Krachs auf, konnte aber nichts erkennen. „Jetzt isses so weit. Gott steh mir bei!"

Klöör-Karl, Nils und Rico sahen den großen Holzkasten zerbersten, sich seines Inhaltes entledigen und hielten die Luft an.

„Da is ja wer drin", staunte Karl, als ihm die Büste vor die Füße kullerte. „Ich dachte, der wär leer."

„Äh, ja, also, wir hatten sie schon drin", gestand Nils, „und da konnten wir doch nicht …"

„Außerdem musste es schnell gehen", pflichtete Rico ihm bei. „Ist doch auch wurscht."

„Ist verdammt noch mal nicht wurscht", donnerte Karl. „Tote haben in meiner Autolackiererei nichts zu suchen."

Marga hatte sich vor Schreck auf ihren Rollator gesetzt und verstand gar nichts mehr. Brote? Und wieso redeten die plötzlich von Wurst? Sie sah sich das an, was vor ihre Füße gerollt war. Ah, deswegen. Das war wohl tatsächlich ein Wienerle. Umständlich bückte sie sich und steckte ihren Fund ein. Auf eine Wurst mehr oder weniger kam es bei den Burschen doch nicht an. Das würden sie bei ihrer Brotzeit nicht mal bemerken. Aber so eine alte Frau wie sie war finanziell immer klamm, vor allem, weil sie das meiste Geld für ihre Katzen ausgab. Sollten sich die Kerle doch anschreien wegen der Würstchen. Marga war schlau und würde schön den

Schnabel halten. Sie hat ihres sicher in der Tasche. Was trieben die da eigentlich? Sie sah, dass sie mit schwarzen Säcken herumhantierten. Keiner kümmerte sich mehr um sie. Nun ja, es konnte ihr egal sein. Hier war heute keine Hilfe mehr zu erwarten. Beim Hinausgehen schnappte sie sich noch eine Sprühdose mit Silberglitzer und humpelte davon.

Unruhe im Kiosk

Nachdem Rita und Enno wieder im Kiosk aufgetaucht waren und sich die beiden mit Oma Pusch ausgetauscht hatten, schien die Sache klar zu sein: Big Betty blieb verschwunden! Das war nicht ihre Art und deshalb merkwürdig. Neffe Oberkommissar Eike Hintermoser musste dringend und umgehend angerufen werden.

„Eike", rief Oma Pusch ganz aufgeregt in den Hörer. „Stell dir vor, es gibt bestimmt noch ein Verbrechen."

„Nun mal immer langsam mit den jungen Pferden", bat Eike. „Du erzählst mir jetzt alles schön der Reihe nach, und nichts dazu erfinden und nichts weglassen, bitte! Wem ist was wo passiert? Gibt es eine Leiche?"

„Äh, nee oder besser gesagt, das weiß ich nicht. Könnte aber sein", stammelte Oma Pusch verdattert.

„Ja, was denn nun?", fragte Eike ungeduldig. „Willst du was melden oder nicht?"

„Ich will nur melden, dass wahrscheinlich jemand verschwunden ist, der natürlich auch tot sein könnte", erklärte Oma Pusch.

„Aha", sagte Eike und atmete einmal tief durch. „Beruht das bei dir nur auf einem Gefühl? Auf weibliche Intuition zum Beispiel?"

Er nahm sie hoch. Das spürte Oma Pusch ganz genau und ging zum Angriff über.

„Bei der Vermissten handelt es sich um eine gewisse Betty Vogel, auch Big Betty genannt, weil sie nämlich nicht nur eine Freundin eurer toten Tamara Odelmann war, sondern auch genauso fett. Man spricht von fast 200 Kilo, die sie sich vor allem mit den Sahneschnitten aus der Bäckerei Johann Hinrichs angefressen hat. Und da liegt auch der Hase im Pfeffer. Sie ist dort seit Tagen nicht mehr aufgetaucht. Gib zu, dass das merkwürdig ist."

„Du meldest wen als vermisst, weil er keine Sahneteilchen mehr gekauft hat?", fragte Eike fassungslos.

„Ja, wenn er das sonst immer macht", wandte Oma Pusch ein.

„Hast du mal darüber nachgedacht, dass sie vielleicht Urlaub oder eine Diät macht?", erkundigte sich Eike.

„Hätte sie sich dann nicht bei ihrer Freundin Tamara gemeldet?", konterte Oma Pusch.

Eike lachte. „Wie denn? Die ist doch wohl tot."

„Ja, aber ihr Handy lebt bestimmt noch. Und Tamaras Mutter beteuerte, Betty hätte nichts von sich hören lassen. Das ist doch wirklich mysteriös, zumal die beiden vorher auf Wellnesswochenende fahren wollten", wusste Oma Pusch.

„Von den Leuten aus der Umgebung hat sie in den letzten Tagen auch keiner mehr gesehen", rief Enno von hinten.

„Genau", gab Rita ihren Senf dazu, „und beim Bäcker haben sie geschworen, dass es noch nie vorgekommen ist, dass sie werktags keine Sahnetorte geholt hat. Die wollten selbst schon bei ihr klingeln und fragen, ob alles in Ordnung ist. Es kann ja schließlich auch mal jemand hilflos tot in der Wohnung liegen."

„Nicht mal bei der Bank war sie noch, um Geld zu holen", fügte Oma Pusch hinzu.

„Ihr drei seid euch wohl einig, was? Warum übernehmt ihr eigentlich nicht meinen Job?", brummte Eike.

„Gib mir mal den Hörer", sagte Enno ärgerlich zu Oma Pusch und sprach dann Eike an. „Ist das jetzt männliche Eitelkeit oder was hindert dich daran, meinetwegen Hinrichsen oder Hansen mal zu dieser Wohnung zu schicken, wenn du schon selbst keine Lust drauf hast? Ist hier gleich um die Ecke. Die Nachbarn erwähnten, dass da auch abends kein Licht brennt. Vielleicht guckst du sogar lieber selber nach. Ich könnte dich begleiten, falls ärztliche Hilfe vonnöten ist."

„Okay, ich komme, aber allein, falls eure Sahnetörtchentherorie nur blanker Unsinn ist", erwiderte Eike. „Und das mache ich nur zu eurem Schutz. Ich weiß genau, dass euch sonst in den Sinn kommt, da selbst einzusteigen. Außerdem will ich nicht, dass ihr ins Gerede kommt, wenn sich euer Hirngespinst als das erweist, was es ist: Spekulationsmüll! Wir treffen uns vor dem ‚Dattein', Enno. In zehn Minuten. Du weißt ja längst, wo diese Betty wohnt." Dann legte er einfach auf.

Schwabbel zu Asche

Endlich hatten Nils und Rico den Ehemann der toten Tamara Odelmann auf dem Handy erreicht. Er wirkte seltsam desinteressiert, versprach aber, im Bestattungsinstitut vorbeizukommen. Trauer verursachte manchmal die seltsamsten Regungen in einem Menschen. Das wussten die Kompagnons wohl. Es war aber auch möglich, dass sie es hier doch mit einem abgefeimten Mörder zu tun hatten, der seine Frau auf dem Gewissen hatte.

Nun, ihnen konnte es egal sein. Die offiziellen Stellen wollten nicht weiter ermitteln. Sie mussten sich nur darum kümmern, dass das üppige Weib unter die Erde kam – und am besten, ohne dass jemand noch in den Sarg hineinsah, den sie mit Klöör-Karls Hilfe und seiner Nagelpistole notdürftig wieder zusammengezimmert hatten.

Eine halbe Stunde nach dem Anruf erschien Bendix Odelmann in Gummistiefeln und stank nach allem, was ein Stall zu bieten hatte. Pietätvoll ignorierten die Bestatter diesen Umstand.

„Bitte setzen Sie sich, Herr Odelmann", bat Nils und wies auf den Stuhl. Hoffentlich war da keine Gülle an seinem Hintern, dachte er, sonst mussten sie den Stuhl ausrangieren. Diesen Duft würden sie nie wieder rauskriegen.

„Jo“, erwiderte Odelmann.

„Wie Sie wissen, ist der Leichnam Ihrer Frau von der Rechtsmedizin freigegeben worden“, begann Rico. „Wir sollten uns jetzt über die Modalitäten der Beisetzung unterhalten. Wie haben Sie sich die Trauerfeier und den Abschied am Grab vorgestellt?“

„Gar nicht“, gab Bendix Odelmann zu.

Nils und Rico zuckten zusammen. Man dachte doch immer, man hätte schon alles erlebt, bis etwas passierte, womit man niemals gerechnet hätte.

„Äh, nun, ich meine, wünschen Sie zum Beispiel eine Erd- oder Feuerbestattung?“, hakte Nils nach und verhaspelte sich dabei.

„Ich will keinen Aufwand“, bestimmte Odelmann.

„Womit oder wobei?“, erkundigte sich Rico interessiert.

„Bei allem“, erklärte Bendix.

„Die Mutter der Toten hatte da aber durchaus andere Vorstellungen. Vielleicht schließen Sie sich lieber noch einmal mit ihr kurz“, schlug Nils vor. „Wir können ja inzwischen nach einem Termin gucken.“

„Den alten Drachen geht das nix an“, sagte Bendix mit Nachdruck. „Ich bin der Ehemann. Ich entscheide.“

„Wie Sie wünschen“, lenkte Nils ein. „Ich muss allerdings sagen, dass wir das nicht wissen konnten. Auf Geheiß Ihrer Schwiegermutter haben wir den Sarg extra in der Farbe Pink spritzen lassen.“

„Was?“, rief der Witwer erstaunt. „Die Hexe hat sich schon eingemischt? Dazu sage ich nur eins: Wer die Musik bestellt, bezahlt auch.“

Nils und Rico atmeten tief durch und sahen sich heimlich an. Der ganze Scheiß war umsonst gewesen. Und dann noch diese Unannehmlichkeiten drum rum. Sie waren sich sicher, dass sie allein auf den Kosten sitzen bleiben würden.

„Was ist das Billigste?“, erkundigte sich Odelmann.

„Die preiswerteste Beisetzung, die wir Ihnen anbieten können, ist die anonyme Feuerbestattung“, erklärte Rico zähneknirschend.

„Und was kostet das dann?“, hakte der Witwer nach.

„Rund 700 Euro“, informierte Rico ihn.

„Günstiger geht's nicht?“, fragte Bendix erstaunt. „Kann man da noch handeln?“

Einstimmig schüttelten die beiden Bestatter den Kopf. Sie hätten lieber heimlich für das Umspritzen noch was aufgeschlagen.

„Mist, aber nicht zu ändern. Okay, dann nehmen wir das“, legte Odelmann sich fest.

„Das ist dann tatsächlich ohne alles. Nur das nackte Verbrennen und Vergraben an einem unbekannten Ort und ohne, dass der Name auf einer Tafel oder dergleichen steht. Wir würden dann die sterblichen Überreste heute noch ans Krematorium überführen“, sagte Nils. „Was ist mit Ihren Kindern? Denken Sie nicht, sie wollen bei einer Trauerfeier Abschied von ihrer Mutter nehmen?“

„Meine Kinder“, höhnte Bendix Odelmann. „Diese Brut glotzt lieber fern, glauben Sie mir, und die Olle, die sich Großmutter schimpft, ist mir egal. Ich will nur, dass das schnell erledigt wird, damit ich nichts mehr damit zu tun habe. Kann ich hier gleich mit PayPal zahlen?“

Nils und Rico waren sprachlos. Zuerst fasste sich Rico und räusperte sich einmal.

„Klar, wenn Sie möchten“, erwiderte er.

„Möchte ich, denn ich will damit abschließen und nicht mehr daran denken müssen“, antwortete Odelmann.

Nils kam die Angelegenheit jetzt doch sehr merkwürdig vor. Wer seine tote Frau so schnell loswerden wollte, musste doch einen triftigen Grund haben, falls er nicht sogar doch der Mörder war.

„Gestatten Sie eine Frage, Herr Odelmann. Es geht mich zwar nichts an, aber lebten Sie in Scheidung?“

„Noch nicht, hätte ich aber, wenn sie sich nicht so plötzlich aus dem Staub gemacht hätte“, schnaubte Bendix verächtlich, „denn wenn Sie nach dem Tod Ihrer Frau erfahren würden, dass sie Sie mit Absicht jahrelang hintergangen hat, hätten Sie auch kein Interesse daran, den Abschied unnötig hinauszuzögern oder dafür viel Geld auszugeben.“

„Oh, das tut mir leid“, erwiderte Nils. „Bitte warten Sie hier einen Moment. Wir machen eben die Rechnung fertig. Dann kümmern wir uns um alles Weitere.“

Odelmann nickte abwesend. Er wollte es einfach nur hinter sich bringen.

Im Nebenraum tuschelten derweil Nils und Rico.

„Denkst du das, was ich denke?“, fragte Nils.

„Weiß nicht so recht?“, gab Rico zu. „Klingt irgendwie schlüssig, was er sagt. Vielleicht hat ihn seine Alte ja tatsächlich betrogen, dann hätte ich auch keinen Bock zu blechen, wenn die mir Hörner aufgesetzt hätte. Außerdem war es doch wahrscheinlich kein Mord, sagt Enno. Was kümmert's dich also? Du bist fast schon so misstrauisch wie deine Mutter.“ Er grinste frech.

„Stimmt“, entgegnete Nils. „Heimsen wir die Kohle ein und minimieren unseren Schaden, der uns durch die überflüssige Lackierung entstanden ist.“

Schnell war die Rechnung ausgedruckt und wurde Bendix Odelmann vorgelegt. Der tippte auf seinem Smartphone herum, rief seinen PayPal-Account auf und beglich die Forderung der Bestatter umgehend über seine Kreditkarte. Dann würde ihm die saftige Summe erst im nächsten Monat wehtun.

„Sind wir dann mit allem fertig?“, erkundigte er sich.

„Selbstverständlich“, sicherte Rico zu.

„Und ich kann mich darauf verlassen, dass Sie heute noch tätig werden? Nicht, dass meine Schwiegermutter noch einschreiten will. Das gäbe nur unnötigen Stress.“

„Natürlich“, versprach Nils. „Wir brauchen den Platz ohnehin. Es gab schon einige Hitzetote in der Umgebung. So groß sind unsere Kapazitäten hier nicht. In der Saison kann es schon mal eng werden.“

„Dann ist uns ja allen geholfen“, freute sich Bendix und verabschiedete sich.

Draußen atmete er auf. Beim Anwalt war er schon gewesen. Jetzt hatte er mit nix mehr was zu tun. Seine Pflicht war erfüllt. Er konnte nach vorne blicken.

Auf der Suche nach Betty

Wie besprochen trafen sich Enno und Eike vor dem „Dattein", der alten Hafenkneipe von Neuharlingersiel.

„Ihr mit euren verrückten Ideen", schimpfte Eike vor sich hin. „Ich wusste gar nicht, dass du jetzt gemeinsame Sache mit den alten Schachteln machst. Kommst du langsam in die Jahre?"

„Unverschämtheit", sagte Enno nur und überlegte sich, den jungen Schnösel einfach stehen zu lassen.

Doch da grinste der frech und stupste ihn.

„War ein Scherz! Ich würde es doch niemals wagen, meine Tante ernsthaft so zu nennen. Du könntest es ihr nämlich erzählen, und auf Tante Lottis Rache kann ich verzichten. Rizinusöl im Rollmopsbrötchen oder so." Er lachte. „Ich halte eure Vermutung trotzdem für Schwachsinn, aber ich will mir auch nichts vorwerfen lassen. Wollen wir?"

Gemeinsam gingen sie zu dem schicken neuen Haus, in dem sich mehrere Eigentumswohnungen befanden. Es war unweit des Bäderwerks. Aus den oberen Etagen hatte man sicherlich einen tollen Blick aufs Meer.

Enno und Eike klingelten mehrfach bei „Vogel", aber niemand öffnete. Dafür hatten sie an einer anderen Wohnungstür im Erdgeschoss mehr Glück. Jacobsen stand auf dem Schild. Es zeigte sich ein kauziges Männlein.

„Sie wünschen?"

Eike zog seine Dienstmarke hervor. „Oberkommissar Eike Hintermoser. Wir erkundigen uns nach Ihrer Nachbarin Betty Vogel. Haben Sie sie in den letzten Tagen gesehen, Herr Jacobsen?"

„Ich sehe und höre nie etwas", erzählte ihnen der Mann.

„Wir können uns auch auf der Dienststelle weiter unterhalten, wenn Sie so hilfsbereit sind", sagte Eike ironisch.

„Verzeihen Sie, ich bin hier der Hausmeister in diesem Gebäude", wandte Jacobsen ein. „Das sind Luxuswohnungen von Menschen mit viel Geld. Ich werde dafür bezahlt, nichts mitzukriegen, was keiner wissen soll, nicht nur für Handwerkerleistungen. Warum fragen Sie nach Betty Vogel? Sie war schon seit ein paar Tagen nicht mehr im Haus, aber soweit ich mich erinnern kann, ist sie mit einer Freundin verreist. Jedenfalls erzählte sie mir das. Wie lange sie wegbleiben wollte, weiß ich natürlich nicht. Ist etwas passiert?"

„Das wissen wir nicht", gab Eike zu, „aber ihre Freundin wurde tot aufgefunden. Bitte lassen Sie uns in die Wohnung von Frau Vogel. Wir wollen sicherstellen, dass es ihr gut geht."

„Ach, Herrgott", entfuhr es dem Hausmeister vor Schreck, „das wird aber doch nicht die Strandleiche gewesen sein?"

„Wie kommen Sie denn darauf?“, hakte Enno Esen nach.

„Keine Ahnung, das fiel mir spontan als Erstes ein, wissen Sie“, antwortete Jacobsen. „Vielleicht, weil ich gehört habe, dass die Tote ziemlich üppig gewesen sein soll. Frau Vogel und ihre Freundin sind ja beide sehr, wie soll ich sagen, gut gebaut.“

Eike fand, dass das stark untertrieben war.

„Kommen Sie mit, ich schließe Ihnen auf“, versprach der Hausmeister. „Ich nehme mal an, dass das auch im Sinne von Frau Vogel wäre.“

„Falls nicht, würden wir vermuten, dass die Frau dort hilflos in ihrer Wohnung liegt und müssten die Tür aufbrechen“, informierte ihn Eike.

„Nein, bloß nicht, kommen Sie!“

Jacobsen griff nach hinten und nahm einen großen Schlüsselbund vom Bord. Dann ging er zum Fahrstuhl. Eike und Enno folgten ihm. Oben angekommen klingelte und klopfte er nochmals an die Tür und öffnete sie dann mit seinem Generalschlüssel. Als er gerade eintreten wollte, hielt Eike ihn zurück.

„Sie warten hier“, sagte er leise und rief dann. „Frau Vogel? Sind Sie da?“

Nichts rührte sich. Vorsichtig betraten die beiden Ermittler die Penthouse-Wohnung. Sie war wirklich ein Traum. Ganz oben im Gebäude lag sie, mit einem sagenhaften Blick über das Meer bis hin zu den Inseln. Da brauchte man keinen Urlaub mehr, wenn man auf dem Balkon saß, der einmal ringsherum um die Räume führte und im Norden in einen kleinen Wintergarten mündete. Von jedem Zimmer aus hatte man Zugang ins Freie. Enno und Eike blieb kurz die Luft weg.

„Wahnsinn“, flüsterte der Kommissar.

Sein Begleiter nickte. „Aber niemand da.“

„Besser als eine Leiche, die hier seit Tagen liegt“, stellte Eike fest.

„Das auf jeden Fall“, gab Enno zu, „aber jetzt wissen wir auch nicht mehr. Sie ist offenkundig weg. Hier ist es sauber und ordentlich.“

„Ich lasse ihr Handy und ihre Kontobewegungen checken“, entschloss sich Eike. „Falls sie verreist ist, wird sie da aktiv gewesen sein, wenn nicht, fange ich an, eure Sorge um ihren Verbleib zu teilen. Dann bleiben nur zwei Möglichkeiten: Tod oder Kloster!“

Enno tippte sich an die Stirn. „Jemand, der dem Überfluss so verfallen ist, wird sich nicht in die Kargheit eines Klosters begeben. So viel ist sicher.“

„Sicher ist nie etwas, aber möglicherweise wahrscheinlicher“, wandte Eike ein, „aber wir haben keine Leiche. Das macht die Sache schwierig.“

„Haben Sie Frau Vogel gefunden?“, fragte der Hausmeister von der Wohnungstür aus. Seine Stimme klang zittrig.

„Nein, Sie hatten recht. Sie ist wohl verreist“, beruhigte Eike ihn. „Vielen Dank noch mal. Jetzt sind wir wenigstens sicher, dass sie nicht hilflos hier oben liegt. Schließen Sie bitte wieder ab.“

Jacobsen nickte und tat, wie ihm geheißen.

„Soll ich mich bei Ihnen melden, wenn Frau Vogel wieder auftaucht?“, fragte er.

„Das wäre sehr hilfreich“, lobte Eike ihn und gab ihm seine Visitenkarte, obwohl er nicht daran glaubte, dass diese Betty Vogel zurückkehrte. Warum, wusste er nicht und schob es auf seine kriminalistische Intuition.

Draußen verabschiedete er sich von Rechtsmediziner Enno Esen.

„Sieht so aus, als könntet ihr doch recht behalten“, gab er zu.

Enno seufzte. „Ja, scheint so. Mysteriös ist es auf jeden Fall. Aber solange wir keine Leiche haben, sieht die Sache düster aus. Mich stören schon diese fehlenden Arme, aber was will man machen? Weg ist weg. Melde dich wegen der Bewegungsdaten und so“, bat er.

„Klar, ist doch selbstverständlich.“

Sie gaben sich die Hand, und jeder ging seiner Wege.

Lecker, lecker

Mit ihrer Beute in der Tasche hatte sich die alte Marga bei Klöör-Karl abholen lassen. Obwohl sie mit dem lütten Heinz gerechnet hatte, musste sie diesmal mit Thies Schloot (wegen seiner Langsamkeit oder Schlichtheit auch Thies Töffel genannt) vorliebnehmen. Aber das spielte ihr durchaus in die Karten, denn Handwerken konnte der lütte Döskopp ganz gut.

„Bring mich mal zum Deichhof“, bat sie. „Ich will dir da im Park was zeigen.“

„Wie du möchtest, Marga“, antwortete er. „Was ist es denn?“

„Och, ich brauche deine Hilfe, aber das muss nicht jeder sehen, und du bist doch geschickt mit den Händen.“

„Ja, von meiner Mutters Seite her“, wusste Thies und lenkte das Taxi in Richtung Hafen.

„Ich bin nämlich vom Teufel angegriffen worden, und der hat seine Spuren hinterlassen.“

„Auweia“, sagte Thies vor Schreck. „Da kannst du doch froh sein, dass er dich nicht geholt hat.“

„Nee, mich will keiner“, seufzte Marga, „und der Herr hat mich auch vergessen. Ist wohl kein Platz für mich da, weder in der Hölle noch im Himmel.“

Thies grinste. „Das ist doch einwandfrei. Kannst du das Leben sorgenfrei genießen."

„Wenn du es so siehst", sagte Marga, während er den Wagen parkte.

„Und was machen wir nun?", erkundigte Thies sich.

„Du holst mal meinen Rollator aus dem Kofferraum, und dann schieben wir den in eine ruhige Ecke, wo keiner ist", bestimmte die Alte.

Da Thies auch für seine Hilfsbereitschaft bekannt war, konnte sich Marga auf ihn verlassen. Gemächlich schlenderten sie durch die Natur, bis die Alte an einer schattigen Bank hielt.

„Nu setz dich mal", bat sie, „und guck mal hier."

Thies sah die mächtige Kratzspur am Rollator und staunte. „Der Teufel hat aber große Krallen."

„Siehst du, sagte ich doch, aber es ist nicht mehr zu ändern. Doch wenn man nichts macht, rostet mir der Laufwagen unterm Hintern weg", fürchtete sie. „Darum hab ich hier ein Metallic-Spray aus Silber, aber ich seh doch so schlecht. Kannst du mir den Schaden übersprühen?" Sie sah ihn mit Dackelaugen an.

„Klar, sicher doch", versprach Thies und freute sich, dass er gebraucht wurde. „Ich hab früher schon bei uns was am alten Käfer repariert."

Marga reichte ihm die Dose und lehnte sich zurück.

Fachmännisch schüttelte Thies das Spray und schob den Rollator so hin, dass sie beide selbst nichts abbekamen. Vorher hatte er noch seinen Zeigefinger in die Luft gehalten, um zu erspüren, woher der Wind kam.

So etwas hätte ihm kaum jemand zugetraut. Heute allerdings war es überflüssig, denn es ging kein Lüftchen.

„Wollen wir nicht überall so ein bisschen Metallic hinsprühen?“, erkundigte sich Thies. „Dann sieht es aus wie Absicht.“

„Mach du mal“, erwiderte sie. „Hauptsache, das gute Stück bleibt mir noch ein paar Jahre erhalten.“

„Wie alt bist du denn jetzt?“, wollte Thies während des Sprühvorgangs wissen.

„Weiß nich mehr so genau“, gab Marga zu. „Wohl bald 100, denke ich.“

„Aber dann wirst du's nicht mehr so lange brauchen“, vermutete Thies. „Es sei denn, du hast recht damit, dass dich niemand will.“

„Na sicher stimmt das“, behauptete Marga steif und fest.

Thies schüttelte den Kopf. „Glaub ich nich. Dann gäbe es viel mehr so welche wie dich. Steinalt und runzlig und ohne Zähne. Ich kenn aber niemanden weiter, und ich kenn 'ne ganze Menge von der Feuerwehr und so. Is auch egal. Nu bin ich fertig. Guck mal! Sieht doch gut aus.“

Thies' Werk konnte sich sehen lassen. Der Rollator glänzte jetzt nicht mehr nur in violett-metallic, sondern war durch silberne Verzierungen aufgepeppt worden, die sich wie Streifen über die Rohre zogen. Marga war zufrieden und klopfte ihm auf die Schulter.

„Bist 'n guter Junge“, lobte sie ihn. „Aber ich hab noch nicht mal Geld für dich dabei. Das muss ich dir später geben. In meiner Tasche ist nur ein Würstchen. Das könnten wir teilen." Sie zog es heraus und versuchte es zu halbieren, aber es gelang ihr nicht. „Puh, das ist wohl schon alt. Ich krieg es nicht durch!", bedauerte sie und probierte, es in der Mitte zu zerbeißen. „Schmeckt auch merkwürdig", wunderte sie sich.

„Gib mir mal her", bat Thies und zuckte innerlich zusammen.

Das war gar kein Würstchen, sondern ein toter Finger, nicht mehr ganz frisch. Er hielt ihn vorsichtig ein Stück von sich entfernt in die Höhe.

„Du, Marga", fragte er, „wo hast du das her?"

„Hab ich bei Klöör-Karl gefunden", informierte Marga ihn.

Jetzt war Thies gänzlich verwirrt. Es hätte ja noch angehen können, dass sich ein Mechaniker verletzt oder sich gar etwas abschneidet, aber das, was er in den Händen hielt, hatte ganz klar einen langen, bunten Nagel und hatte garantiert nicht bei Klöör-Karl gearbeitet, außer im Büro vielleicht, aber da verlor man doch kein Körperteil.

„Wat ist nu mit dem Würstchen?", wollte die Alte wissen. „Kannst es von mir aus auch ganz haben."

„Nee, du, das ist was anderes, Marga. Ein Frauenfinger nämlich", erklärte Thies. „Aber was machen wir jetzt damit?"

„Hmm", machte Marga. „Da fragen wir am besten wen, der sich mit so was auskennt. Wir gehen zu Oma Pusch. Die hockt bestimmt in ihrem Kiosk am Hafen.

Das sind ja nur ein paar Schritte. Könntest du mich begleiten?“

Thies nickte. Er konnte die Alte doch nicht allein lassen.

Kein Häschen in der Grube

Seinen Bruder Bendix hatte er zum Melken geschickt. Er war aus der Schusslinie und würde ihm nicht in die Quere kommen. Also konnte Hilko ganz gemächlich zum ehemaligen Erdkeller des Hofes schlendern und nach seinem gut gemästeten Schwein gucken, das derzeit allerdings mit Sicherheit Kohldampf schob. Die Stelle lag weitab des Hauses. Er hatte sie erst spät nach dem Tod seiner Eltern entdeckt. Bendix ahnte nichts davon. Seitdem es Kühlschränke gab, brauchte man solche Gruben im Erdreich nicht mehr. Sie war daher wie gemacht für sein Vorhaben. Und niemand würde auf die Idee kommen, was er da trieb, geschweige denn nach jemandem suchen, der schon tot war. Es juckte ihn in seinem Innersten, dieser widerlichen Person das Licht auszublasen.

Doch Hilko war kein Mörder. Ursprünglich hatte er auch gar nicht vorgehabt, sein „armes“ Opfer über die Klinge springen zu lassen. Das allerdings war nun anders, da die, die er da gefangen hielt, soeben auf dem Weg ins Krematorium war. Zumindest offiziell. Sozusagen einwandfrei entsorgt mit Stempel auf der Sterbeurkunde. Das verschlechterte Tamaras Situation ungemein, vor allem, weil er sie trotz dichter Holzluke schon von Weitem schreien und zetern hörte. Selbst in dieser Ausweglosigkeit buk sie keine kleinen Brötchen. Da wurde ihm klar, dass sie sich nie ändern würde.

Anfangs hatte er gedacht, dass er sie läutern könnte, wo sie ihm doch so schön besoffen vor die Füße gefallen war und er sie in der Treckerschaufel auf den Hof gebracht hatte. Wie auch sonst. Tragen konnte man den Koloss nicht.

Bisher war von ihr jedoch nichts gekommen. Kein Zugeständnis ihrer Versäumnisse, ihres Hintergehens, nicht mal ein leises Bedauern, dass sie seinen Bruder belogen und seine Gutmütigkeit ausgenutzt hatte. Bendix war schwach. Also musste er ihn vor ihr beschützen. Ursprünglich hatte er vorgehabt, dass sie selbst das Weite suchen sollte, mit ihren Kuckuckskindern. Aber bisher hatte sie es noch nicht einmal zugegeben, obwohl der Beweis schwarz auf weiß in seiner Küche auf dem Tisch lag. Hilko schluckte. Er fand dieses Weib so widerlich in seiner dreisten, frechen Art. Eine Weile hörte er sich über dem Erdkeller ihre Beschimpfungen und Beschwerden an, dann fasste er einen Entschluss. Allerdings sollte sie zuerst gestehen. Eine Maske war nicht mehr nötig. Sie hatte ihn erkannt, aber das kümmerte ihn nicht. Es gab niemanden, dem sie das noch erzählen konnte. Langsam öffnete er die Luke. Es stank nach Eintopf und dem, was aus Eintopf wurde, wenn er wieder hinten herauskam.

„Hilko, du Arschloch, lass mich raus", brüllte sie, als sie sein Gesicht von oben auf sie hinunterstarren sah.

„Irgendwelche Sünden, die du zu gestehen hast?“, fragte er.

Sie lachte nur.

„Du hast meinen Bruder beschissen“, fuhr er fort. „Fällt dir dazu vielleicht was ein?“

„Weiß nicht, was du meinst, du Bauerntrampel, aber ich weiß, dass du in den Knast wanderst, wenn ich erst die Bullen verständigt habe.“

„Wie willst du das von da unten aus machen?“

„Du gibst mir ein Handy oder lässt mich raus“, forderte sie.

„Nie im Leben“, erwiderte er und meinte es wörtlich.

„Okay, ich gebe dir Geld und zeige dich nicht an“, versprach sie. „Wie viel willst du haben?“

„Erstens: Du hast keins. Zweitens: Ich brauch keins. Ich will die Wahrheit.“

„Und dann lässt du mich raus?“, versuchte sie ihr Glück.

„Vielleicht“, lenkte er ein.

Sie glaubte ihm zwar nicht, aber sie musste alles versuchen.

„Ich hab deinen Bruder im Grunde nicht beschissen, wie du sagst“, fing sie an. „Es war für alle das Beste so. Bendix war glücklich. Als Zuchtstier aber leider völlig unbrauchbar, um in deinem Jargon zu reden.“

Hilko lachte bitter und ignorierte den letzten Satz. „Glücklich mit dir? Wohl kaum. Unter der Fuchtel stand er und gab sich damit zufrieden. Er kannte einfach nichts anderes.“

„Und, ist das schlimm?“, konterte sie. „Einer ist immer der Boss. Wenn er das Zepter nicht in die Hand genommen hat, kann ich doch nichts dafür.“

„Er hat dich geliebt, aber du hast ihn nur benutzt“, redete sich Hilko in Rage.

„Wieso? Er hatte doch keine andere, die ihn wollte“, sagte Tamara schnippisch. „Und Erfahrungen hatte er auch nicht.“ Sie lachte höhnisch. „Musste ich ihm überhaupt erst mal beibringen, wie er sein Rohr verlegen kann.“

Hilko war kurz vor dem Platzen.

„Und dabei hattest du längst einen Braten in der Röhre, du widerliche Schlampe“, brüllte er. „Muss ein schlauer Kerl gewesen sein, dein Beschäler, wenn er hinterher nichts von dir wissen wollte und dich sitzen lassen hat.“

„Eben nicht“, keifte sie zurück. „Hat er nicht! Er wollte mich, aber ich ihn nicht. Der sah nämlich nur gut aus, hatte aber nichts in der Birne. Kein Mann zum Heiraten eben, nur zum Ficken.“

„Ach, und dafür wolltest du lieber einen soliden Kerl mit der Aussicht auf Grundbesitz“, schimpfte er. „Das kannst du dir aus dem Kopf schlagen.“

„Keine Chance!“, sagte sie triumphierend. „Es sind einwandfrei vor dem Gesetz Bendix’ Kinder. Und da du keine hast, erben sie mit Sicherheit. Kannste deinen Arsch drauf verwetten.“

„Jetzt nicht mehr“, erwiderte er kalt. „Mein Bruder war heute mit einem Vaterschaftstest für alle drei Bengel beim Anwalt.“

„Das glaubst du doch selbst nicht, du Spinner." Ihr Gesicht wurde puterrot.

„Oh doch, das habe ich mit langem Atem vorbereitet", gab er zu. „Dass du Schnapsdrossel mir aber noch selbst in die Hände gefallen bist, war das Sahnehäubchen."

„Sie werden mich längst suchen", zischte Tamara böse. „Und dann bist du dran!"

„Das hatte ich auch befürchtet, aber es ist anders gekommen", informierte er sie. „Besser, viel besser! Niemand vermisst dich, niemand wird dich suchen. Ich kann dich hier bis zum Sankt-Nimmerleins-Tag gefangen halten, ohne dass jemand was merkt. Und weißt du auch warum?"

„Nee, du Schwachmatiker."

„Dann will ich es dir verraten", flüsterte er. „Du bist schon tot." Ein irres Lachen folgte.

Zum ersten Mal bekam Tamara Angst.

„Wieso?", fragte sie beklommen.

„Ganz einfach, weil mein Bruder deine Leiche identifiziert hat und du schon auf dem Weg ins Feuer bist", erklärte Hilko. „Eine geniale Verwechslung! Ob aus Versehen oder mit Absicht, fragst du? Keine Ahnung, aber er ist ein guter Mensch. Ich denke, er hat sich schlichtweg geirrt. Auf jeden Fall habe ich ziemlich gefeixt. Denn das spielte mir total in die Hände."

Tamara verstand überhaupt nichts mehr.

„Aber ist denn wer anders tot?", erkundigte sie sich vorsichtig.

„Und ob. Die andere Saufziege, mit der du unterwegs warst, hat es zerlegt.“ Er lachte. „Im wahrsten Sinne des Wortes. Man hat Teile von ihr am Strand und im Sieltief gefunden. Okay, die sahen wegen der Hitze, des Wassers und der Fliegen nicht mehr so schön aus. Wahrscheinlich hat Bendix euch deshalb verwechselt. Die sah ja fast genauso aus wie du. Was ich übrigens nicht verstehen kann. Aber das geht mich ja nichts an.“

„Nein!“, schrie Tamara. „Das kann nicht sein. Wir waren doch an dem Abend noch spät unterwegs, weil das beschissene Wellness-Hotel in Schillig überbucht war. Deswegen sind wir wieder nach Hause gefahren und wollten es da krachen lassen.“

„Was interessiert mich der Scheiß?“, fragte er. „Fakt ist, dass die andere irgendwie tot auf dem Boden lag, als ich Bendix das Holz für den Winter mit dem Trecker gebracht habe. Und du hast blöd kichernd im Graben gesessen und sie immer wieder angestubst. Zuerst musste ich auch überlegen, wer wer ist, aber das Lachen hat dich verraten. Ich habe noch nie jemanden so einfältige Töne von sich geben hören. Also hab ich dir mit dem Scheit eins übergebraten und die Schaufel unter dich geschoben, nachdem ich das Holz abgekippt hatte. Schade um die schöne Buche. Die wird mein Bruder da im Süderriff nicht mehr brauchen, weil er zu mir gezogen ist. Ich frage mich nur, wo plötzlich die Alte hergekommen ist?“

„Welche Alte?“, erkundigte sich Tamara, um Zeit zu gewinnen.

„Marga heißt die, glaube ich. Ich muss ihren Rollator beschädigt haben. Aber sie floh nur vor mir und machte ein Kreuzeszeichen." Er schmunzelte. „Sie hat mich wohl für den Leibhaftigen gehalten. Schätze, ihre Augen sind nicht mehr so gut."

„Und was hast du mit Betty gemacht, du Schwein?"

„Ach ja, Betty hieß der fette Vogel", erinnerte sich Hilko. „Ich hab ihre Papiere, ihr Smartphone und ihre Schlüssel an mich genommen und sie liegen lassen. Irgendwer scheint sie aber in der Nacht noch gefunden zu haben. Sonst wäre sie nicht in Stücken wieder aufgetaucht."

„Pah, da wirst doch auch du deine Finger im Spiel gehabt haben", vermutete Tamara.

Hilko winkte ab.

„So, und nun verrätst du mir endlich den Namen vom Vadder deiner Kinder", forderte er, „damit sich der um die kümmern kann."

„Ausgeschlossen", wehrte sie sich. „Das mache ich selbst, auch wenn mir die Blagen meist auf den Geist gehen. Thies ist dazu überhaupt nicht in der Lage!" Scheiße, dachte sie, jetzt hab ich mich verplappert.

„Thies? Wat denn für ein Thies? Ja, doch wohl hoffentlich nicht Thies Töffel?"

Ihr blödes, entgeistertes Gesicht sprach Bände. Hilko musste sich den Bauch halten vor Lachen.

„Gibt's doch nicht", prustete er. „Da lässt die sich vom Dorftrottel wat Lütches andrehen. Und das auch noch dreimal. Nicht zu fassen!"

„Der Erste war ein Unfall“, brüllte Tamara. „Kapierst du’s nicht? Aber danach wurde ich nicht wieder schwanger. Dein Bruder brachte es ja nicht, und der Kevin war ganz propper. Es sollten wenigstens Geschwister sein. Und menno: Thies ist ganz in Ordnung.“

„Schon, aber ’n beten langsam und leider als alleinerziehender Vater völlig unbrauchbar“, wusste Hilko. „Blöd, jetzt muss ich meinen Plan überdenken.“

„Welchen Plan?“, wollte sie wissen.

„Eigentlich wollte ich das Erdloch mit Gülle, Mist und Mutterboden zuschmeißen“, sagte er süffisant und ließ die Klappe zufallen.

Noch weithin hörte er ihr Gezeter, das nach und nach in ein Weinen und Flehen umschlug. Aber Hilko hatte kein Mitleid mit ihr. Nur die Kinder taten ihm leid. Schlichte Mutter, beschränkter Vater … Was sollte daraus werden?

Nachforschungen

Während sich Oberkommissar Eike Hintermoser darum bemühte, an die Bank- und Handydaten der vermissten Betty Vogel zu kommen, streichelte Kollege Niklas den Bauch seiner hochschwangeren Frau Nadine. Er hatte sich einen halben Tag freigenommen, weil er mit zur Vorsorgeuntersuchung gehen wollte.

Rechtsmediziner Enno Esen hatte es nicht sofort zurück in den Kiosk gezogen, denn da war neben seiner Lotti eben auch noch Rita. Er mochte sie zwar, aber bei seinen Werbungsversuchen war sie ihm mehr als im Weg. Also hatte er beschlossen, erst einmal eine Runde am Strand zu drehen, in der Hoffnung, bis dahin würde die Luft rein sein. Aber der Spaziergang war keine Wohltat, denn es wimmelte nur so von Menschen, die entweder in der Hitze brieten oder ihr ins kühle Nass entfliehen wollten. Von herrlicher Ruhe, so wie in der kalten Jahreszeit, keine Spur. Das hatte er natürlich auch nicht erwartet, aber so einen Rummel ebenfalls nicht.

Krischan Hansen und Martin Hinrichsen dösten auf der Dienststelle vor sich hin. Außer ihnen war keiner da, noch nicht einmal die alte Marga. Der Fall mit der Fetten war abgeschlossen und von der Vermissten ahnten sie noch nichts. Höchste Zeit also, eine ruhige Kugel zu schieben, ein bisschen im Netz zu surfen oder einfach den Kopf auf die Brust sinken zu lassen, bis Eikes Smartphone sie aus ihren Träumen riss.

Im Kiosk fachsimpelten derweil Rita und Oma Pusch, während sie Rollmopsbrötchen schmierten.

„Ich hab nur noch zwei in petto", informierte Rita ihre Freundin.

„Okay, dann machen wir gleich dicht", beschloss Oma Pusch, der schon der Schweiß von der Stirn rann.

Beiden war nicht aufgefallen, dass sich von der Seite eine hochbetagte Dame und ein junger Mann genähert hatten.

„Rollmopsbrötchen sind aus!", rief die Kioskbesitzerin, „tut mir leid."

Es dauerte eine Weile, bis es sich nach hinten durchgesprochen hatte. Nur langsam löste sich die Schlange vor dem Tresen auf. Zurück blieben Marga und Thies in geheimer Mission.

„Ich hab euch extra ein Brötchen zurückgehalten", flüsterte Oma Pusch.

Marga stöhnte jedoch. „Nee, du, min Deern, ick hab keen Smacht."

„Sie hat auf einen Finger gebissen", erklärte Thies, „aber ich nehm wohl eins."

„Wie kann man vom sich auf den Finger beißen plötzlich keinen Hunger mehr haben?", erkundigte sich Rita. „Ist das ein neuer Abnehm-Trick? Gibt es da eine besondere Stelle, dass einem der Appetit vergeht?"

Wir übersetzen wieder ins Hochdeutsche.

„Nein, stellt euch vor, der ist mir bei Klöör-Karl direkt vor die Füße gerollt", erklärte Marga. „Jetzt habe ich Angst, der fehlt einem seiner Mitarbeiter, aber da sind doch gar keine Frauen beschäftigt."

„Sie dachte, das wäre ein Würstchen und hat da reingebissen", berichtete Thies. „Schon schlimm, wenn man nix mehr sieht."

In Oma Puschs Gehirn tickerte es.

„War da noch wer bei Klöör-Karl, Marga?"

„Ja, die kleinen Bengel Nils und Rico. Die wollten sich, glaube ich, ihre Seifenkiste umspritzen lassen", erzählte die Alte, „aber ich wundere mich, warum sie Pink wollten. Is was mit den beiden? Ich meine, sind sie vom anderen Ufer?"

Thies Töffel kicherte. „Meinste von Spiekeroog oder von Langeoog? Aber das kann doch gar nicht sein. Nils ist Lottis Sohn. Weißt du das denn nicht mehr?" Er schüttelte schmunzelnd den Kopf. Vielleicht war er auch nicht der Hellste, aber bei Marga schien es schon kräftig nachzulassen.

„Wo ist denn der Finger jetzt?", wollte Oma Pusch wissen.

„Warte, ich hab ihn in meiner Rocktasche", sagte Marga und zog ihn hervor. „Kiek mol, da isser!"

Wie Oma Pusch vermutet hatte, kannte sie das gute Stück. Es sah jetzt nur noch ein bisschen ramponierter aus. Putzig, dass das Körperteil wieder zu ihr zurückgefunden hatte. Das musste doch etwas zu bedeuten haben. Auch wenn Rechtsmedizin und Kripo den Fall abgeschlossen hatten, hielt sie es für einen Fingerzeig des Schicksals.

Rita jedoch war ein spitzer Schrei entfleucht. Sie hätte gut darauf verzichten können, das widerliche Ding noch einmal zu sehen.

„Mach das weg", zeterte sie. „Und stinken tut er auch noch!"

In der Tat, das musste Oma Pusch zugeben. Der Inhalt von Margas Rocktasche war weder optisch noch geruchstechnisch ansprechend. Also tat sie, was getan werden musste.

„Leg den Finger da mal drauf", bat sie Marga und hielt eine Dreifachschicht Küchenrolle auf ihrer Hand. Dann faltete sie ein Paket daraus, gab das Ganze in eine Gefriertüte und öffnete zu Ritas Entsetzen die Kühlschranktür.

„Du wirst doch wohl nicht in echt …", schimpfte sie laut, bis ihr die Stimme versagte.

Doch schwups, war das verpackte Leichenteil schon im Inneren verschwunden.

„Ich kann ihn doch nicht hier draußen bei den Temperaturen weiter verwesen lassen", erklärte Oma Pusch. „Und wo soll er denn hin? Es gibt ja noch kein Grab. Wartet, da ruft gerade Nils an."

„Jetzt nehm ich doch eins", brabbelte Marga dazwischen und griff sich ein Rollmopsbrötchen.

Oma Pusch ging an ihr Smartphone, und Nils wusste überhaupt nicht, was ihm geschah, denn sie blaffte ihn sofort an, noch bevor er irgendetwas sagen konnte.

„Du Hornochse hast bei Klöör-Karl einen Finger verloren", schimpfte sie. „Hol den gefälligst ab und leg ihn wieder dazu in das pinkfarbene Prachtstück."

„Scheiße", sagte Nils. „Der muss rausgerollt sein, als uns der Sarg vom Gabelstapler gefallen ist. Wie kommt er denn zu dir?"

„Das willst du nicht wissen", erwiderte Oma Pusch. „Sorg gefälligst dafür, dass das wieder in Ordnung kommt. Ich hab ihn hier am Hafen in meinem Kiosk, und der stinkt schon. Also will ich ihn schleunigst loswerden. Das kannst du doch wohl verstehen. Hygiene und so. Wenn das publik wird, kauft niemand mehr bei mir. Leichenfinger im Kühlschrank und das schon zweimal. Komm sofort her und nimm ihn mit! Pack ihn zu Schwabbel und Büste in den Sarg."

„Das geht leider nicht", gestand Nils. „Deswegen rufe ich dich auch an. Sie ist schon auf dem Weg ins Krematorium."

„Was? So schnell?", fragte Oma Pusch.

„Eben. Ich fand das auch komisch", antwortete Nils. „So, als hätte der was zu verbergen. Ich wusste auch nicht, ob ich wegen meiner Bedenken mit Eike sprechen soll."

„Das lass man erst mal." Sie überlegte einen Moment. „Hmm, vielleicht ist es praktisch, noch einen Finger zu haben, wenn der Rest bald Asche ist."

„Ja, genau", stimmte Nils zu. „Dann behalt den man schön bei dir. Da ist er sicher. Und überleg mal, ob da was dran sein könnte mit dem Bendix Odelmann.

Tschüssi, ich muss jetzt“, sagte er und legte auf, bevor sie Widerworte geben konnte.

Drei Augenpaare starrten sie an.

„Du willst den behalten?“, fragte Rita perplex.

„Macht euch keine Sorgen“, versuchte Oma Pusch zu beruhigen. „Und du, Thies, bringst die Marga jetzt nach Hause. Nach diesen aufregenden Stunden sollte sie sich ein Schläfchen gönnen.“

Der junge Mann nickte, hakte die Alte unter und schob mit ihr samt runderneuertem Rollator ab.

„Wir müssen dringend den Odelmann befragen“, flüsterte Oma Pusch, weil man nie wissen konnte, wer plötzlich um die Ecke kam.

Und es war wie verhext, ja so, als ob es nicht mit rechten Dingen zugehen würde. In dem Moment, als Oma Pusch beschloss, den Tresen hochzuklappen, fand sich Bendix, schon leicht beschickert, dort wie ein herbeigerufenes Gespenst ein und bestellte einen Schnaps. Besser konnte es nicht laufen, dachten die Freundinnen und zwinkerten sich unbemerkt zu.

Ruhe im Karton

Verwundert lauschte Hilko in die Luft, als er sich dem Erdkeller näherte. Das Weib schrie und keifte nicht. Wahrscheinlich hatte es Angst. Zu Recht, wie er fand, denn es stand auf Messers Schneide, ob sie überleben würde oder nicht.

Im Geiste hatte er die Gülle schon so schön über ihren Körper platschen lassen und die Grube bis zur Halskrause verfüllt, damit die Nase richtig dicht über der dampfenden Oberfläche thronte. Ersaufen im Wasser war bestimmt schon scheiße, aber in der Jauche musste es die Hölle sein.

Plötzlich stockte er. Ihr würde doch nichts passiert sein?

Für seinen neuerlichen Plan brauchte er sie nämlich. Und wenn sie einwilligte, war er sie auch los, ohne, dass er sie umbringen musste. Er wurde nicht zum Mörder und sie überlebte. Eine Win-win-Situation. Aber sie musste mitspielen, und er musste sich auf ihre Verschwiegenheit verlassen können. Getraut hätte er ihr natürlich nie, aber in diesem Fall ging es auch um ihren Vorteil. Sie würde sich sozusagen ins eigene Fleisch schneiden, wenn sie ihn verriet, denn dann war sie auch selbst dran.

Vorsichtig öffnete er die Luke. Sie hatte wohl nicht damit gerechnet, dass er so schnell wiederkam und schlief in der Ecke auf einer Matratze, die schon bessere Tage erlebt hatte. Als sie das Quietschen der Falltür hörte, schreckte sie hoch. Er schmiss ihr einen Apfel runter.

„Wie großzügig", höhnte sie. „Ist das jetzt meine Henkersmahlzeit?"

„Am liebsten ja", gab Hilko zu, „aber ich hätte da noch eine andere Idee, die uns beiden helfen würde."

„Schieß los", sagte sie knapp.

„Da sogar dein eigener Ehemann dich als Leiche verwechselt hat, könnten wir das Spiel jetzt umdrehen", begann er.

„Inwiefern?"

„Ganz einfach. Du nimmst die Identität deiner Freundin an, räumst ihr Konto leer, haust ins Ausland ab und vertickerst von dort aus ihre Wohnung", schlug Hilko vor.

„Wo ist der Haken bei der Sache?", erkundigte sie sich. „Ich nehme doch mal an, dass du mir nicht mit einem Mal was Gutes tun willst."

„Was aus dir wird, ist mir egal", gab er zu. „Mich interessiert nur, dass du meinen Bruder in Ruhe lässt und für ihn tot bleibst. Eine Tamara Odelmann wird es also auch in Zukunft nicht mehr geben. Von mir aus kannst du stinkreich in die Dominikanische Republik auswandern oder nach Hawaii oder Timbuktu. Ist mir völlig wurscht. Aber du suchst das Weite und lässt dich hier nie wieder blicken."

„Klingt interessant", gab das Erdferkel zu. „Wie stellst du dir den Ablauf vor?

„Als Erstes schmeiße ich dir den Ausweis runter, und du übst die Unterschrift von dieser Betty Vogel", bestimmte er. „Ich verkleide mich und hebe nachts 1000 Euro von ihrem Girokonto ab. Die dusselige Nuss hat nämlich hinten auf ihre Bankkarte einen Zettel geklebt, der zwar wie eine Einkaufsliste aussieht, aber ich bin doch nicht blöd. Wer kauft schon ein Ei, sieben Zwetschgen, drei Pilze und zwei Bohnen? Ist doch ganz klar, wie die Nummer lautet: 1732!"

„Einen Versuch ist's wert", sagte Tamara.

„Genau, und zeitgleich aktiviere ich ihr Handy wieder für einen kurzen Moment, damit es so aussieht, als sei sie unterwegs", erklärte er. „Wir müssen vortäuschen, dass sie nach wie vor lebendig ist. Ich weiß aus dem Fernsehen, dass die von der Polizei immer Bank- und Handydaten abfragen."

„Ach, ja! Und was passiert nun mit mir?", erkundigte sie sich.

„Du bleibst im Loch, bis ich dich in einen Flieger auf Nimmerwiederkehr setze", informierte er sie. „Die ganze Kohle von deiner Freundin kannst du dir einstecken. Meinetwegen kannst du auch deinen Blagen was davon schicken, aber glaube mir, es ist besser, dass sie ohne deinen schlechten Einfluss aufwachsen."

„Du bist echt ein riesiges Superarschloch", schimpfte sie. „Weißt du, was du mir da anbietest? Du willst, dass ich meine Kinder für Geld zurücklasse."

„Und für dein Leben! Vergiss das niemals“, drohte er. „Freiheit und Überleben für und mit reichlich Kohle. Solltest du gegen die Absprache zurückkommen, mache ich dich kalt. Versprochen!“

Das glaubte sie ihm unumwunden. Und er war auch dazu fähig. Wie es aussah, blieb ihr sowieso nur die Wahl zwischen Teufel und Beelzebub. Friss oder stirb! Was gab es da also zu überlegen?

„Okay“, sagte sie. „Schmeiß mir den Ausweis und was zu Schreiben runter. Lebendig machen können wir sie sowieso nicht mehr. Verwandte hatte sie keine. Warum also nicht?“

Hilko nickte und ließ einen Beutel herunter. Er hatte sie richtig eingeschätzt. Sie war sich selbst am wichtigsten. Die Kinder spielten nur eine untergeordnete Rolle. Sie hatte sie bekommen, weil es zum Leben als Statussymbol dazugehörte. Doch als sie anstrengend wurden, kümmerte sie sich nicht mehr um ihren Nachwuchs und parkte ihn vor dem Fernseher, auf dem Trampolin oder im Pool. Auch jetzt waren es niedere Beweggründe und eine skrupellose Art von Gewissenlosigkeit, sich mit der Kohle aus dem Staub zu machen, auf Nimmerwiedersehen.

Kein Muttertier hätte sich bestechen und seine Brut im Stich gelassen. Mit Hörnern, Zähnen oder Krallen hätten sie alles versucht. Aber der wissende Mensch konnte denken, und das Resultat seiner Entscheidungen war bisweilen speziell.

Säufermund tut Wahrheit kund

„Ich hab sie alle gemolken, hicks“, sagte Bendix Odelmann, „und dann musste ich an die frische Luft.“

Oma Pusch wedelte den Alkoholdunst zur Seite und dachte, dass er nicht gerade welche verbreitete, aber nun gut, es war extrem vorteilhaft, dass er hier so wehrlos am Tresen ihres Kiosks stand. So konnten sie ihn ausfragen, ohne dass er selbst was merkte, wenn sie geschickt waren. Zum Beispiel, wo er denn im Zeitraum des Todes seiner Frau gewesen war. Ihr Schwager Enno hatte ihn auf ungefähr sechs Stunden plus minus des Abends eingegrenzt, an dem die Frauen nach Schillig gefahren waren.

„Moin, Bendix, du trinkst gerne mal ’n Kleinen“, flüsterte sie ihm zu und holte den Küstennebel aus dem Kühlschrank. „Willst du einen? Geht natürlich aufs Haus.“

„Einer geht wohl noch“, beschloss er und griff zu.

„Na klar“, stimmte Rita mit ein, „und auf einem Bein kann man ja nicht stehen.“ Sie hatte ihre Freundin durchschaut und goss nach.

„Na, denn man Prost“, säuselte er.

„Was gibt es denn zu feiern?“, erkundigte sich Oma Pusch.

Er kicherte. „Dass meine bösartige Alte, die hinterhältige Hexe in Schall und Rauch aufgegangen ist."

Oma Pusch horchte auf. „Ach, ich wusste gar nicht, dass ihr zwei euch nicht grün wart", wunderte sie sich.

„Eigentlich schon, wenigstens hab ich das gedacht", erzählte Bendix weiter.

„Ich dachte, ihr hattet nur mit den meisten Nachbarn Ärger", schaltete Rita sich ein. „Schweißt nicht gerade so etwas zusammen?"

„Schon", gab Bendix zu. „Diese blöden, ollen Rentner. Immer wollten die nur ihre Ruhe haben. Kinder machen nun mal Lärm. Und wenn da in ihr Hoheitsgebiet neue Leute hinziehen, dann ist es eben so. Müssen die sich halt dran gewöhnen."

„Stimmt", erwiderte Oma Pusch. „Die Senioren kosten den Staat eh nur Geld, und da wollen sie auch noch Rechte haben? Unglaublich! Kinder gehen da ja wohl vor. Sollen die Alten lieber die Klappe halten. Sind eh bald weg."

Im ersten Moment dachte Rita, sie hörte nicht recht, aber dann verstand sie den Plan: Guter Cop, böser Cop!

„Aber Lotti, es gibt doch auch noch was dazwischen. Jeder könnte Rücksicht auf den anderen nehmen", schlug Rita vor.

Bendix prustete, während Oma Pusch nachschenkte. „Rücksicht? Meine Alte? Das glaubst du doch wohl selbst nicht! Im Gegenteil. Die war so was von emotional, dass sie dann noch Öl ins Feuer gegossen hat, um die Nachbarn zu ärgern."

„Ist ja wohl auch richtig so", beteuerte Oma Pusch. „Man kann sich schließlich nicht alles gefallen lassen. Wenn man nur dreist genug auftritt und seine Ellenbogen ordentlich einsetzt, dann trauen sich die anderen nicht mehr aufzumucken."

„Genau so war sie", lachte Bendix und schlug sich auf die Schenkel. „Ohne Rücksicht auf Verluste zog sie ihren Stiefel durch. Nach ihr die Sintflut! Leider auch bei mir." Plötzlich fiel er wie ein Kartenhaus in sich zusammen. Gebückt stand er da und stützte sich auf den Tresen.

„Wie meinst du das?", erkundigte sich Rita mitfühlend.

„Sie hat mich belogen", schniefte er, „von Anfang an. Alles nur Lug und Trug. Wahrscheinlich hat sie mich nie geliebt."

„Na, na, na", versuchte Oma Pusch den armen Gehörnten zu beruhigen. „Dann hätte sie dich doch nicht geheiratet."

Ein weiterer Nebel floss ins Glas und fand seinen Weg durch Bendix' Kehle direkt in sein Gehirn, wo er die klare Sicht weiter verschlechterte.

„Meinst du?", fragte er wehleidig.

„Bestimmt", pflichtete auch Rita ihr bei. „So was macht man doch nicht aus Jux und Tollerei."

„Dann warst du doch sicher froh, als sie mit ihrer Freundin zum Wellnesswochenende aufgebrochen ist", wagte Oma Pusch einen Vorstoß. „Ich meine, wenn ihr Stress hattet, tut doch so ein bisschen Abstand ganz gut."

„Aber wir hatten doch gar keinen Stress“, jaulte Bendix und schniefte dabei. „Wenigstens meistens nicht, weil ich nachgegeben hab. Aber okay, ich geb zu, dass ich mich auf einen schönen Abend mit meinen Kumpels gefreut hatte, ohne mir hinterher anhören zu müssen, dass ich es beim Feiern übertrieben habe. Tamara war ja selbst kein Kind von Traurigkeit, aber wenn ich mal einen über den Durst getrunken hatte, gab's gleich einen Rüffel. Aber jetzt isse wech!“ Er lachte gehässig. „Und ich kann saufen, so viel ich will!“

„Kannste nich“, kam es mit einem Mal von der Seite. Hilko Odelmann zog seinen Bruder am Ohr. „Du hörst jetzt stracks mit dem Supen auf. Ich geh nur schnell zur Bank, dann hole ich dich ab.“ Er wandte sich an Oma Pusch. „Und du garantierst mir, dass er nichts mehr in sich reinkippt. Gib ihm einen von deinen Rollmöpsen zum Neutralisieren.“ Er legte zehn Euro auf den Tresen.

„Geht klar“, sagte Oma Pusch, „wir passen schon auf ihn auf. Brauchst dir keine Sorgen zu machen.“

Ein Glück, Hilko ließ ihn noch hier. Sie waren doch noch nicht fertig mit der Befragung. Sie sah dem Älteren nach und wunderte sich, dass er eine Sporttasche bei sich trug. Aber das ging sie ja nichts an.

„Wo waren wir stehen geblieben?“, nahm sie den Faden wieder auf.

„Beim Saufen“, sagte Rita und grinste. „Erst darf er wegen seiner Alten nicht, und jetzt funkt ihm sein Bruder dazwischen. Böse Welt!“

„Aber an dem Abend, wo Tamara weggefahren ist, hast du dich mit deinen Freunden verabredet?", hakte Oma Pusch nach.

„Das war herrlich", schwelgte Bendix in Erinnerungen. „Wir haben zu dritt bei Knut auf dem Sofa gesessen und Playstation gezockt. Dazu haben wir Pizza bestellt. Später hatte Onno dann noch ein paar Filmchen, sogar ein schlüpfriges. Aber bevor das ausgeartet ist, bin ich lieber nach Hause gegangen, äh, mehr oder weniger. Thies Töffel hat mich unterwegs aufgelesen und zu Hause abgesetzt. Das war 'nen feinen Zug von ihm."

„Schön, dass du nicht allein warst", sagte Oma Pusch und zwinkerte Rita zu. „Deine Freunde haben den Abend bestimmt auch noch in guter Erinnerung."

„Klar", bestätigte Bendix. „Und dann komm ich nach Hause und seh das viele Holz, das mein Bruder mir über den Zaun gekippt hat. Ihr wisst, was das bedeutet?"

„Viel Arbeit", wusste Rita.

„Eben, und das, obwohl ich schon da wusste, dass ich am nächsten Tag einen Brummschädel haben würde", stöhnte Bendix, „auf jeden Fall hab ich erst mal in den Stapel gegöbelt."

„Besser als in die Karre vom kleinen Heinzi", erwiderte Oma Pusch. „Für den fährt der Thies doch."

„Ja, erstaunlich, ne?", wunderte sich Bendix. „Hätte nie gedacht, dass der den Führerschein schafft."

„Er is halt nur 'n beten langsam", wandte Rita ein. „Das heißt aber nicht, dass in seinem Oberstübchen kein Licht brennt. Ich kenn seine Mutter. Beide sind hochanständig und fleißig."

„Wenn du meinst", lallte Bendix und machte ein Bäuerchen.

„Wie wäre es denn mit einem Rollmops auf Toast?", fragte Oma Pusch. „Brötchen sind leider aus."

„Willst du mich vergiften?", fragte er und wedelte mahnend mit dem Zeigefinger. „Ist doch schon genug passiert. Eine wech, die andere tot." Er grinste. „Schön tot! Und was das Beste ist: Es gibt kein Brimborium."

„Wie meinst du das?", hakte Oma Pusch nach.

„Na, kein so'n Krams wie 'ne Trauerfeier oder so. Einfach ab und wech", erklärte er. „Puff, und bei 1000 Grad kommt sie auch nicht als Geist wieder."

„Es gibt überhaupt keinen offiziellen Abschied von deiner Frau?", wollte Rita erstaunt wissen.

„Nee, weil sie mich betrogen und hintergangen hat", schluchzte Bendix. Dann kramte er aus seiner Hosentasche ein Papier hervor, legte es vor den beiden Frauen auf den Tresen und tippte mit dem Zeigefinger darauf. „Wisst ihr, ich hatte Masern wie Hilko."

„Und das hast du da auf deinem Zettel schwarz auf weiß?", erkundigte sich Oma Pusch. „Warum?"

„Nee, nee, das ist der Beweis für den Kuckuck", berichtete er, „aber ich weiß nicht, wer er ist."

„Ich glaub, du hast jetzt doch zu viel intus", vermutete Rita.

„Moment, warte mal", bat Oma Pusch. Sie hatte das Wort „Labor" gelesen. „Darf ich mir ein Foto machen?"

„Von mir aus“, antwortete Bendix. „Kannste eh nix mit anfangen. Ist so’n medizinischen Zeugs. Und mein Bruder sagt, ich soll nicht drüber reden.“

Nachdem Oma Pusch das Blatt abgeknipst hatte, steckte er es wieder weg. Sie hatte eine Vermutung und legte nach.

„Ist das nicht schlimm für eure Kinder, wenn sie nicht einmal Abschied nehmen können?“, bohrte sie.

„Was hab ich damit zu tun?“, konterte er.

„Du hast mit nix was zu tun“, donnerte Hilko, der wiedergekommen war, und zog seinen Bruder weg. „Wir gehen jetzt nach Hause, und da koche ich dir einen starken Kaffee oder wasche dir den Kopf. Ganz nach Belieben. Tschüss, die Damen.“

Rita und Oma Pusch winkten den beiden nach.

„Denkst du das, was ich denke, Rita?“

„Wahrscheinlich nicht, denn ich weiß nicht, was du denkst, Lotti“, gab sie zu.

„Komm, wir gucken uns das Pamphlet mal auf meinem Smartphone an“, schlug Oma Pusch vor.

Aus den ganzen Diagrammen wurden sie zwar nicht schlau, aber aus dem abschließenden Text zur Beurteilung. Dort stand, dass Kevin, Marcel und Pepe eindeutig die Söhne von Tamara waren, aber zu 100 Prozent nicht die von Bendix.

„Sack und Asche“, sagte Oma Pusch verblüfft. „Siehste, dachte ich es mir doch. Ich hatte nämlich früher mal gehört, dass Masern Männer unfruchtbar machen können.“

„Ah, jetzt verstehe ich auch, was Bendix mit Kuckuck gemeint hat. Da hat ihm wohl einer fremde Eier ins Nest gelegt", stellte Rita fest.

„Puh, damit hätte er eigentlich erst recht ein Motiv gehabt, seine Alte umzubringen", überlegte Oma Pusch laut, „aber ich glaube ihm, dass er mit seinen Kumpels abgehangen hat. Es ließe sich auch leicht nachprüfen."

„Die armen Kinder", seufzte Rita.

„Irgendeinen Vater werden sie schon haben", beruhigte Oma Pusch sie.

So langsam wurde es kühler. Enno kam vom Deich aus auf den Kiosk zugeschlendert.

Das Einzige, was Rita jetzt nicht mehr gebrauchen konnte, war das Gesäusel des Rechtsmediziners.

„Ich will dann jetzt mal nach Hause", sagte sie und sprang auf. „Du brauchst mich doch eh nicht mehr. Zeig deinem Bewunderer, was du da auf dem Handy hast. Vielleicht kann er rauskriegen, wer der echte Vadder von den Blagen ist."

„Wie soll denn das gehen?", fragte Oma Pusch und lachte.

Manchmal hatte ihre Freundin wirklich komische Ideen.

Betty Vogel lebt

Kurz bevor Doktor Enno Esen den Kiosk seiner Liebsten erreichte, klingelte sein Telefon. Sie hatte ihn schon gesehen, doch er wollte eben horchen, was es Brisantes gab, also hob er ab und winkte ihr zu. Es war nämlich der junge Oberkommissar Hintermoser am Apparat und das hoffentlich mit neuen Informationen, dachte Enno.

„Alles paletti mit dieser Betty", informierte Eike ihn erleichtert. „Ihr Smartphone hat sich vorhin eingeloggt, und Geld hat sie auch von ihrem Konto abgehoben."

„Das ist ja mal immerhin sehr beruhigend", freute sich Enno. „Hat sie denn auch jemand gesehen?"

„Nicht direkt, aber die Sparkasse hat ein Video von ihr am Automaten. Also können wir jeden Gedanken an einen neuen Vermisstenfall ad acta legen. Ein Glück! Ich wär jetzt auch echt mal froh, wenn wir eine ruhigere Kugel bei dieser Hitze schieben könnten."

„Verstehe ich total", gab Enno zu. „Ich ruhe mich momentan ehrlich gesagt auch etwas im Schatten meines Hospitanten aus, aber jetzt bin ich auf dem Weg zu deiner Tante."

„Na, dann Waidmanns Heil", wünschte Eike. „Sie wird sich ärgern, dass sich der Mord als Unfall entpuppt hat. Direkt langweilig. Und nun auch noch das mit der wieder aufgetauchten Vermissten. Sachen gibt's!" Er lachte. „Gar nix zu ermitteln diesmal für mein armes Tantchen."

„Scheint so", erwiderte Enno, „wobei es schon merkwürdig ist, dass unsere zerstückelte Leiche so mir nichts dir nichts und vor allem so schnell ohne Trauerfeier ins Feuer gekommen ist."

„Was, die ist schon im Krematorium? Kaum, dass wir sie freigegeben haben?", hakte Eike nach.

„Ja, Nils informierte deine Tante, weil es ihm komisch vorkam. Mir schrieb sie dann eine SMS. Damit hatte ich einen Grund, noch mal am Kiosk vorbeizugehen."

„Tja, normal ist es sicher nicht, sich seiner Angehörigen möglichst umgehend zu entledigen, aber ein Kapitalverbrechen können wir trotzdem nicht draus konstruieren", stellte Eike fest. „Jeder trauert anders."

„Das stimmt wohl", wusste auch Enno und verabschiedete sich.

Rita hatte unterdessen das Weite gesucht, sehr zur Zufriedenheit des Mediziners, denn so hatte er seine Lotti ganz für sich. Er strich sein halblanges, graues Haar hinters Ohr und schlenderte auf sie zu.

„Na, mein Lottchen, was hast du denn für rote Bäckchen? Ist es die Hitze, mein Erscheinen oder witterst du etwas?"

Auf seinen Flirtversuch ging sie nicht ein. Es gab jetzt wirklich wichtigere Dinge. Ihr Smartphone lag schon vor ihr.

„Guck mal, Enno, da habe ich durch Zufall ein sehr interessantes Papier abgelichtet“, berichtete sie. „Du wirst damit mehr anfangen können als ich, aber ich bin mir ziemlich sicher, dass die Odelmann-Kinder zwar von ihr sind, aber nicht von ihm.“

„Interessant“, sagte Enno fasziniert. „Das wäre ein herrliches Mordmotiv, wenn es denn Mord gewesen wäre.“

„Aber das wissen wir doch überhaupt nicht mit Sicherheit, dass es keiner war“, wandte Oma Pusch ein. „Uns ist nur bekannt, dass aufgrund der vorhandenen Spuren nichts darauf hindeutet.“ Sie seufzte. „Aber leider hat der Bendix ein hieb- und stichfestes Alibi für den Tatzeitraum. Zwei seiner Freunde können das bezeugen. Er fällt also als Täter sowieso flach, auch wenn er sich dafür gut eignen würde.“

„Ach, ärgere dich nicht, dass es diesmal kein Gewaltverbrechen gibt, in dem du ermitteln kannst“, schlug Enno vor. „Wir können dein Foto mit dem Vaterschaftstest trotzdem mal an Fokke schicken. Er ist bestimmt noch im Institut und soll es ausdrucken, damit wir es der Vollständigkeit halber zu den Akten legen können. Ist das sicher mit den Kumpels vom Ehemann? Oder würden die auch für ihn lügen?“

„Möglicherweise“, gab Oma Pusch zu, „aber Thies Töffel hat ihn auf dem Heimweg aufgelesen und nach Hause gebracht. Und da war er laut Pottwal, also der Schwiegermutter, auch die ganze Nacht. Er war wohl nicht gerade leise auf der Toilette, wenn du verstehst, was ich meine. Auf jeden Fall hätte er gar nicht genug Zeit gehabt, um eine so massive Leiche zu zerteilen und an verschiedenen Stellen abzulegen."

„Klingt logisch", erwiderte Enno und tippte auf Oma Puschs Handy rum. Mit einem leisen Surren entschwand der Laborbefund in Richtung Esens. „Nun schenk uns doch mal einen Kleinen ein", bat er. „Ich würde heute liebend gerne den Abend mit dir verbringen, wenn du noch nichts vorhast."

Oma Pusch schmunzelte. „Haben wir denn was zu feiern?"

„Und ob", antwortete der Rechtsmediziner. „Wir feiern, dass wir nix aufzuklären haben, nicht mal uns selbst." Er grinste breit. „Ich schlage vor, wir holen uns auf dem Weg zu dir noch einen schönen Fisch, den wir dann gemeinsam zubereiten."

Warum nicht, dachte Oma Pusch, die erst jetzt merkte, wie müde sie nach diesem anstrengenden Tag war. Sie wollte gerade zustimmen. Doch da klingelte Ennos Handy schon wieder. Diesmal war es Fokke. Was für eine unglaublich fixe Reaktion auf die Mail. Schnell aktivierte er den Lautsprecher, damit Oma Pusch gleich mithören konnte.

„Moin! Sach mal, wieso bringst du alles durcheinander? Und das auch noch nach Feierabend", beschwerte sich der Hospitant. „Du kannst überhaupt froh sein, dass ich noch hier bin. Das ist ja ganz heiß."

Enno verstand nur Bahnhof. Doch dann dämmerte es ihm.

„Ja, ich weiß, die Kinder sind nur von ihr und nicht vom Vater. Steht doch unten explizit drin", sagte Enno.

„Das meine ich nicht", erwiderte Fokke. „Die Mutter ist auch nicht die Mutter."

Jetzt musste Enno laut lachen. „Das kann nicht sein. Glaube mir, das wäre im Krankenhaus aufgefallen. So eine Geburt kann man schlecht faken, vor allem nicht dreimal."

Oma Pusch machte große Augen. Jetzt wurde die Sache doch noch spannend.

„Was meint er?", wisperte sie.

Enno legte seinen Zeigefinger auf die Lippen.

„Du verstehst mich falsch", beharrte Fokke auf seiner Meinung. „Ich habe nicht gesagt, dass dein Laborbefund lügt. Aber die Frau, die hier vom Ehegatten als Tamara Odelmann identifiziert worden ist, ist nicht mit derjenigen vom Gentest identisch. Es ist also entweder falsches Material eingeschickt worden oder unsere Tote war nicht die, für die wir sie gehalten und die wir freigegeben haben."

„Ach, du heilige Scheiße", entfuhr es Enno.

„Es kann nur die Freundin vom Walross sein", flüsterte Oma Pusch in sein Ohr, „glaube mir."

Enno schüttelte den Kopf und zischte zurück. „Die ist wieder aufgetaucht. Später mehr."

„Möglicherweise ein Fehler in unserem Labor", überlegte er laut. „Letzteres können wir aber leider nicht mehr nachprüfen, denn wie ich hörte, ist sie bereits verbrannt."

„Was? So schnell?“, fragte Fokke erstaunt.

„Äh, ich hätte da noch einen Finger im Kühlschrank“, plapperte Oma Pusch etwas zu laut dazwischen und erntete einen verwunderten Blick.

„Wer quasselt da?“, erkundigte sich Fokke.

„Das erzähle ich dir später. Es scheint wohl doch noch ein Leichenfragment zu geben, wenn ich das richtig verstanden habe, auch wenn ich es mir momentan noch nicht erklären kann“, informierte Enno Esen ihn.

„Kurios. Ich bin gespannt. Und was ist mit dieser verschwundenen Freundin? Die soll ihr doch so ähnlich gesehen haben. Etwas Vergleichs-DNA von dieser Frau wäre hilfreich“, schlug Fokke vor. „Vielleicht war die es.“

„Daran hatte ich jetzt auch schon gedacht, aber die können wir leider ausschließen, denn sie scheint plötzlich wieder da zu sein. Eike hat ihre Bankbewegungen und ihre Handydaten überprüft.“

„Schade“, sagten Oma Pusch und Fokke wie aus einem Mund.

„Du hast ein Echo im Hörer“, wunderte sich der angehende Rechtsmediziner.

„Kann sein“, sagte Enno und zwinkerte „seiner“ Lotti zu.

„Wir können jetzt auch schlecht noch einmal um Genmaterial der verstorbenen Mutter bitten“, dachte Fokke laut.

„Das wäre ziemlich pietätlos“, erwiderte Enno.

„Und ich möchte behaupten, dass ein Ehemann seine Frau doch wohl zweifelsfrei erkennen kann", fuhr der junge Arzt fort.

„Kommt auf den Verwesungszustand an", wandte Enno ein, „und vielleicht darauf, was er die Umstehenden glauben lassen will. Aber im Ernst, du warst doch auch dabei. Der hat nicht gelogen. Da bin ich mir vollkommen sicher. So abgebrüht kann man kaum sein, und ich kann mir auch nicht vorstellen, dass er gut schauspielern kann. Ist doch eher ein schlichtes Gemüt."

„Alles richtig, was du sagst", gab Fokke zu, „Fakt ist aber, dass wir hier zwei vollkommen unterschiedliche DNA-Profile von zwei Frauen haben, und der Sache müssen wir auf den Grund gehen."

Während der Rechtsmediziner noch sprach, hatte Oma Pusch den Finger aus dem Kühlschrank geholt. Enno verdrehte die Augen. Das war doch nicht möglich. Es kam ihm wie ein Déjà-vu vor. Den hatte er doch schon einmal untersucht und wollte ihn eigentlich nicht wiedersehen. Es war ein Trauerspiel.

„Du hast vollkommen recht", antwortete Enno seinem Kollegen. „Bleib, wo du bist. Ich bringe dir eben etwas, das uns Klarheit finden lassen wird. Allerdings dann erst morgen, wenn die Analyse durch ist, aber immerhin."

„Ist gut", sagte Fokke und legte auf, auch wenn sein Kollege in Rätseln sprach.

„Und du, meine Liebe, hast jetzt zwei Möglichkeiten, damit ich die Sache mit dem Finger wieder vergesse", drohte Enno. „Entweder bleibst du hier im Kiosk und wartest auf mich oder du gehst schon vor und holst den Fisch. Ruckzuck bin ich wieder bei dir."

Oma Pusch lächelte. Was hatte er ihr schon zu diktieren?

„Weder noch", konterte sie frech. „Ich setze mich jetzt da oben auf dem Deich gemütlich auf eine Bank und beobachte den Sonnenuntergang. Da kannst du mich abholen."

Potz Blitz!, dachte er. Es dämmerte tatsächlich schon.

„Okay, so machen wir das", hörte sie noch und schon war er weg, mitsamt des Fingers.

Wer schläft, sündigt nicht

Schon während der Fahrt nach Hause in Richtung Thunum schnarchte Bendix wie ein alter Bär. Der Alkohol und die Umstände hatten ihn müde gemacht. Da es warm draußen war, beschloss Hilko, ihn dort einfach auf dem Sitz schlummern zu lassen und lenkte den Wagen in die Scheune. Wenn sein Bruder später aufwachte, konnte er aus dem Auto rauskrabbeln und ins Bett gehen.

Er selbst hatte nun alle Zeit der Welt, sich mit seinem Vorhaben zu beschäftigen.

Die Klamotten seiner verstorbenen Mutter, die er aus dem Schrank genommen hatte, brachte er wieder darin unter. In einer anderen großen Reisetasche, die er mitgebracht hatte, befanden sich ausschließlich Kleidungsstücke von Betty Vogel. Auch einen Rollkoffer hatte er damit gefüllt. Leider wusste er nicht, ob die beiden Vetteln auch dieselbe Schuhgröße hatten. Aber das konnte er nun mal nicht ändern. Wenn sie mitspielte, musste sie Zugeständnisse machen und Widrigkeiten in Kauf nehmen. Schließlich wurde sie durch seinen Coup reich und frei.

Lange hatte er überlegt, wie er es anstellen sollte. Er traute ihr immer noch nicht, aber es war zu riskant, selbst wieder die Rolle der Betty zu spielen und sich auszupolstern. Das musste sie künftig tun, denn dann würde es nicht auffallen.

Hilko war inzwischen davon überzeugt, dass es das Einfachste wäre, wenn sie erst mal eine Zeit lang in ein anderes Bundesland gehen würde. Dort konnte sie ein neues Konto eröffnen, ihre Unterschrift, die sie eingeübt hatte, hinterlegen. Sie wäre aus der Schusslinie und könnte ihre Zukunft von dort aus in Ruhe planen. Den Verkauf der teuren Eigentumswohnung zum Beispiel und das Transferieren des umfangreichen Guthabens. Letztendlich war es ihm egal, ob sie irgendwo weit entfernt im Land blieb oder auf die Bahamas umzog. Ihm war nur an einer einzigen Sache gelegen: Sie sollte für immer aus seinem Leben und dem seines Bruders verschwinden.

Das war die Bedingung für ihr neues Dasein im Überfluss, das ohne jegliche Verantwortung war, außer für sich selbst.

Mit einem Eimer voll heißem Seifenwasser ging er in Richtung Erdkeller. Diesmal hörte er kein Zetern und Schreien. Sie schien sich mit der neuen Situation bestens arrangiert zu haben. Er öffnete die Klappe und starrte in ihr freches Grinsen.

„Wann lässt du mich endlich raus, du Spacko?", fragte sie. „Gibt ja wohl keinen Grund mehr, mich einzusperren."

„Doch! Solange du Tamara Odelmann bist, kommst du hier nicht raus", bestimmte er.

„Dann lässt du mich eben als Betty Vogel gehen", schlug sie vor.

„Darüber können wir reden. Jetzt wasch dich erst mal und zieh dir ihre Klamotten an. Dann sehen wir weiter."

Er ließ den Eimer, Waschlappen und Handtuch an einer Kette herunter.

„Was, in dieser Pfütze?", meuterte sie. „Ich muss auch meine Haare waschen. Hast du überhaupt eine Ahnung, wie ich aussehe? Und diesen Gestank werde ich nie wieder los."

Hilko war genervt.

„Wasch jetzt entweder deine Haare oder deinen Körper", befahl er, „dann bringe ich dir meinetwegen noch einen, wenn's sein muss."

„Wie großzügig. Dreh dich um", forderte sie. „Kannst woanders spannen."

„Ehrlich gesagt bin ich nicht besonders scharf drauf, dich nackt zu sehen", gab er zu, „aber meinetwegen. Wenn's dich beruhigt. Hast du die Unterschrift geübt?"

Er hörte es plätschern.

„Sicher", erwiderte sie. „Die kann ich längst aus dem Effeff. Was denkst du denn?"

„Okay, das ist gut. Dann schlage ich vor, dass ich dich noch heute Nacht zum Hafen bringe, damit du die Wohnung von deiner Freundin beziehen kannst. Morgen früh erledigst du dann alles Wesentliche und siehst zu, dass du irgendwohin in den Urlaub fährst. Wir müssen vermeiden, dass doch noch jemand draufkommt, dass du nicht Betty bist. Ich hab dir 1000 Euro abgehoben. Damit kommst du erst mal klar. Sieh zu, dass dich möglichst wenig Leute sehen, vor allem keine, die du kennst."

„Schon klar", antwortete sie, „ich bin ja nicht doof."

Hilko kommentierte das nicht.

„Hatte diese Betty einen Computer?", wollte er wissen.

„Sicher", sagte sie und lachte. „Nenn mir einen, der heute keinen hat. Wenigstens in unserer Generation. Bei dir mag das noch was anderes gewesen sein."

„Dann überprüfst du als Erstes, ob sie ihre Bankgeschäfte online erledigt hat", schlug er vor. „Das würde alles einfacher machen."

„Menno, das weiß ich, du Honk. Kaum einer geht noch selbst in die Bank oder in die Sparkasse, wie in diesem Fall. Aber das ist nicht alles. Sie hat auch ihre Passwörter auf ihrem Laptop. Ich muss nur reinkommen, doch das dürfte nicht so schwierig sein, sich einzuloggen."

„Das solltest du sofort testen, wenn du in der Wohnung bist."

„Mache ich. Hol du jetzt neues Wasser", bat sie.

Hilko sah hinunter ins Loch. Die LED-Lampe musste bald wieder aufgeladen werden, dachte er. Er wusste ja nicht, was sie sonst getragen hatte, aber als Betty war sie nicht nur fett, sondern darüber hinaus auch noch ein richtig bunter Vogel. Möglicherweise war das von Vorteil, denn es lenkte vom Gesicht ab. Und wenn sie eine Sonnenbrille trug, was ja im Hochsommer nicht ungewöhnlich war, würde sie niemand erkennen.

Eine halbe Stunde später war alles perfekt. Bendix schlief noch oder schon wieder. Das hatte Hilko überprüft und den immer noch lallenden Bruder ins Bett gebracht, denn er brauchte das Auto, um die falsche Betty wegzubringen. Die hatte sich mittlerweile auch die Haare notdürftig gewaschen und gekämmt.

„Schieb mir die Leiter runter", sagte sie. „Ich bin fertig."

„Okay", erwiderte er. „Wenn du im Hafen bist, tun wir den Akku und die SIM-Karte wieder ins Smartphone deiner Freundin. Kapiert? Ich händige dir alles aus. Auch die Geldbörse und ihren Wohnungsschlüssel. Danach sind wir geschiedene Leute. Ich kenne gar keine Betty Vogel und du keinen Hilko Odelmann. Wenigstens nicht näher. Am nächsten Tag regelst du wie gesagt alles und haust dann ab – für immer. Wenn du dich nicht dran hältst, lasse ich dich auffliegen."

„Nun hör schon auf zu drohen, und lass die Leiter endlich ins Loch, damit ich rauskommen kann", meckerte sie.

Aber das Vorhaben ging schief. Für das alte, gute Stück hatte sie einfach zu viel Gewicht. Die dritte Stufe brach durch. Sie konnte von Glück sagen, dass sie nicht gestürzt war.

„Warte, ich hiev dich mit dem Trecker rauf. Runter war einfacher", gab er zu und ignorierte ihren bösen Blick.

Dann holte er seinen Fendt, befestigte eine massive Metallkette daran und ließ sie hinunter.

„Schling die fest um deinen Körper, auch einen Teil durch die Beine und hak den Karabiner in eins der Glieder", erklärte er ihr. „Das wird sich nicht bequem anfühlen, aber so kriegen wir dich am schnellsten raus. Wir wollen doch nicht die ganze Nacht hier am Erdkeller vertüdeln."

Das war Tamara auch mehr als recht. Sie wollte dies alles einfach vergessen und nur noch in eine bessere Zukunft schauen.

Mit Mühe und Not gelang das Vorhaben. Wie ein kleines Schweinchen quiekte sie, als sich die Metallglieder während des Anhebens in ihr Fleisch bohrten. Dann war es geschafft. Gemeinsam schlichen sie sich zur Scheune. Bendix war bereits im Bett. Vorab hatte Hilko ihr Gepäck ins Auto geladen. Es würde so aussehen, als sei sie verreist gewesen, wenn sie in ihrer Wohnung ankam. Perfekt, dachte er. Ihn ärgerte es nur, dass er wegen seines Bruders einen Pakt mit dem widerlichen Weib schließen musste und das auch noch zu deren Vorteil. Wenn der wüsste, was er alles für ihn in Kauf genommen hatte. Aber es war wesentlich besser, dass Bendix von ihrem Tod überzeugt war, als ihn jemals mit der Nase auf seinen Irrtum zu stoßen.

Im Schutz der Dunkelheit stieg sie in einer Seitenstraße mit ihren Taschen und dem Rollkoffer aus Hilkos Wagen. Währenddessen aktivierte er das Smartphone und händigte es ihr mit allem aus, was diese Betty am Abend ihres Dahinscheidens bei sich getragen hatte.

„Ich könnte dir ja jetzt alles Gute für die Zukunft wünschen", sagte er zum Abschied, „aber das wäre gelogen."

Sie lachte nur. „Ist mir egal. Meine Zukunft wird auf jeden Fall besser. Was man von deiner wahrscheinlich nicht behaupten kann."

„Doch", sagte er, „denn du bist weg!"

Dann ließ er sie stehen, stieg ein und fuhr durch die Nacht davon.

Kriegsrat

Im Dunklen trafen sich auch ein paar vermummte Gestalten in der Ecke eines Gartens. Sie machten bewusst kein Licht. Es waren nicht nur die Mortensens und die Hankens, sondern auch Fine und Oskar Jacobsen sowie das Ehepaar Steffens.

Außenstehende hätten das Gespräch niemals mitverfolgen können, da es in echtem ostfriesischen Platt vonstattenging. Wir übersetzen natürlich.

„Ich will das nicht mehr", klagte Dorit Steffens. „Von mir aus kann sie einer von euch nehmen."

Allgemeines, ablehnendes Gemurmel machte sich breit. Niemand war dazu bereit.

„Wie auch immer, sie müssen weg", bestimmte Dorit. „Ich hatte das damals nur gemacht, weil wir die Truhe sowieso entsorgen und uns eine neue kaufen wollten. Jetzt steht mir das alte Ding im Weg rum, und wir können uns keinen neuen Gefrierschrank kaufen. Was denkt ihr, was damit geschehen soll? Eure Idee von neulich könnt ihr jedenfalls vergessen. Es wird nämlich überhaupt kein Grab geben, wo wir ein Loch buddeln und sie dazulegen können."

„Woher weißt du das?", erkundigte sich Knut Mortensen.

„Ich hab zufällig den Nils aus meiner alten Klasse getroffen", erklärte sie. „Ihr wisst schon, der ist doch Bestatter geworden."

„Ach ja, der Nils Esen", erinnerte sich Insa Hanken. „Sohn von Ritas Freundin Lotti."

Dorit nickte. „Und der hat mir erzählt, dass die Leiche schon beim Verbrennen ist und dass unsere Nachbarin in einem anonymen Grab bestattet werden soll."

„Hört mal", schaltete sich Klaas Hanken mit leiser Stimme ein. „Wie wäre es dann, wenn wir den Rest einfach in deren Garten vergraben. Dann ist das fast so, als ob sie zu Hause ist, nur eben bedeutend leiser." Er grinste. Man sah seine weißen Zähne im Mondschein blitzen.

„Seid ihr bescheuert?", schaltete sich Fine Jacobsen ein. „Da darf doch nix mehr von zu finden sein. Sonst kommen wieder Fragen auf. Das können wir wohl kaum gebrauchen. Nicht jetzt und nicht später mal. Also kann man die Arme weder vergraben noch im Meer verklappen. Irgendwann taucht alles wieder auf. Es sei denn, man macht ein schönes Feuerchen und lässt sie in Rauch aufgehen."

„Ja, verbrennen ist gut", stimmte Insa Hanken zu. „Was wech ist, ist wech! Die Asche lässt sich auch viel leichter unauffällig im Beet oder in der Biotonne entsorgen."

„Ich hätte da noch eine ziemlich große Feuerschale", schlug Oskar Jacobsen vor. „Lasst uns in unserem Garten treffen. Der liegt schön am Rand. Dann kriegen es weniger von den anderen Nachbarn mit. Wir tun so, als hätten wir was zu feiern, und dabei verbrennen wir die Arme ganz nebenbei."

„Also, ich weiß nicht", wandte Nina Mortensen ein. „Habt ihr denn keine Skrupel?"

Wieder hörte man undefinierbares Gemurmel.

„Wisst ihr, die hätten wir haben sollen, als wir die Angelschnur gespannt haben, über die das Walross gefallen ist", sagte Erik Steffens nachdenklich.

„Oder als ihr Kerle auf die Idee gekommen seid, eure scharfen Angelmesser zu holen, anstatt die Polizei oder 112 anzurufen", zischte Insa.

„Wir waren doch alle dafür, die Angelegenheit unter den Teppich zu kehren", erinnerte Dorit die anderen. „Also sind wir auch alle gleichermaßen schuldig. Egal, wer was gemacht hat. Außerdem wollten wir sie doch gar nicht umbringen, sondern es ihr nur ab und zu etwas unbequem machen, hier in der Gegend zu wohnen. Unsere anderen Aktionen mit der brennenden Hecke und der Hundescheiße im Gartenpool hatten ja nichts gebracht."

„Dass die aber auch so doof fallen musste", wunderte sich Knut. „Sie hatte noch nicht mal eine Beule. Wie kann man da tot sein?"

Der eine oder andere zuckte mit den Schultern, einige schüttelten fassungslos den Kopf.

„Eins ist doch wohl klar", sagte Oskar Jacobsen. „Das sind die letzten beiden Teile, die wir dringend loswerden müssen. Dann sind wir fein raus und nichts deutet mehr auf eine Beteiligung unsererseits hin. Schon allein deshalb bin ich dafür, es gleich heute zu erledigen. Nicht, dass es noch dumm kommt. Ihr wisst, wie das Schicksal manchmal spielt. Wer ist dafür?“

Mit fünf zu drei Stimmen war die Sache beschlossen.

Erik seufzte. Ihm blieb die undankbare Aufgabe, das Gefriergut aus dem Keller zu holen. Aber so ein dicker Arm war schwer. Alleine konnte er nur einen von den fast 20 Kilo schweren Brocken tragen. Er bat Knut um Hilfe. Widerstrebend erklärte der sich bereit. Die anderen Nachbarn holten Bier aus ihren Kellern und schlichen in den Garten der Jacobsens. Es musste ja authentisch nach einer Feier aussehen.

Inmitten der Wiese stellte Oskar die Feuerschale auf. Darum herum platzierte er acht Gartenstühle. Fine hatten noch zwei Flaschen Schluck besorgt. So eine Aktion konnte man außerdem nicht nüchtern durchstehen.

„Was denkt ihr eigentlich, wie lange so insgesamt 40 Kilo eingefrorener Arm brauchen, bis sie durch sind?“, fragte sie.

„Du meinst wohl bis zur Unkenntlichkeit verbrannt“, hakte Nina nach.

„Sicher“, erwiderte Fine, „ich wollte nicht kosten.“

„Zu fett, das Ganze“, sagte Insa und kicherte schrill. „Aber ihr hättet sie vorher auftauen sollen. Zwei Kilo Braten brauchen nämlich auch schon drei Stunden. Und dann ist er ja nicht verbrannt.“ Sie rieb sich das Kinn und überlegte, ob das alles sinnvoll war.

„Wir machen hinterher den Deckel drauf", beschloss Fine. „Der Rest kann dann alleine weiterbrutzeln."

„Hauptsache, das wird da drin heiß genug", hoffte Knut und hatte auch seine Zweifel.

„Während wir anheizen, können wir die Arme doch schon danebenlegen. Dann tauen sie an", schlug Oskar vor. „Ah, da kommen sie." Er winkte den beiden Männern zu, die schwer an ihrer Last trugen.

Niemand wollte so recht darüber nachdenken, was sich in den schwarzen Plastiksäcken befand. Man sah ja nichts. Dafür floss reichlich Bier und Köm in die Kehlen der Nachbarn. Nach und nach sorgte der Alkohol für eine heitere Stimmung, während in der Schale ein Berg aus feuerroter Glut entstand. Man beschloss, nun endlich den entscheidenden Schritt zu wagen und das Gefriergut aufzulegen.

„Lassen wir die Säcke dran?", wollte Fine wissen. Sie hatte keine Lust auf den Anblick der dicken Arme. Am liebsten wollte sie damit gar nichts mehr zu tun haben.

„Das geht nicht", entschied Erik. „Schier und ohne Verpackung können wir unsere Aktion als Grillabend tarnen, aber sobald es nach Plastik stinkt, haben wir die Anwohner des gesamten Süderriffs am Hals."

„Wer packt sie aus?", erkundigte sich Dorit. „Bei uns lagerten sie und Erik hat sogar noch einen rausgetragen."

„Ich auch", rief Klaas. „Jetzt sind mal Knut und Oskar dran."

Den beiden Männern blieb keine Wahl. Sie wollten sich auch nicht drücken. Vorsichtig entfernten sie den schwarzen Kunststoff. Knut stutzte.

„Da fehlt ja ein Finger", stellte er erstaunt fest. „Hat sie sich den abgerissen?"

Klaas schmunzelte. „Damit hab ich mir ein Späßchen erlaubt. Ihr wisst doch, unsere Rita von weiter vorne im Süderriff gibt doch immer so an, dass sie mit ihrer Freundin Lotti alle möglichen Kriminalfälle löst."

„Ja und?"

„Was hast du gemacht?"

„Hast du den abgeschnitten?"

Alle redeten durcheinander. Unruhe kam auf.

„Psst, ihr Saufköppe, die beiden haben eben nämlich gar nix geschnallt. Von wegen Aufklärung bei Mord und Totschlag. Nichts haben sie auf die Kette gekriegt. Keine Ahnung haben sie, obwohl sie uns sogar schon befragt haben", erklärte Klaas. „Ihr wisst doch, dass ich auch meist den Fisch für die Bauernstuben mit zur Arbeit bringe. Ja, und dann liefere ich schon mal des Öfteren ein oder zwei Eimer Rollmöpse in Oma Puschs Kiosk aus. Die sind schwer. Also bin ich behilflich und stelle sie ihr gleich in den großen Kühlschrank. Seht ihr, und dabei habe ich dort auch den Finger versteckt."

„Du Hornochse!", schimpfte seine Frau Insa.

„Dann ist ja doch noch nicht alles vernichtet", fürchtete Nina.

„Doch, doch, denn die Spurensicherung war im Kiosk", wusste Dorit. „Habe ich mit eigenen Augen gesehen, als ich beim Bäcker war. Und die haben den Finger mit Sicherheit in die Rechtsmedizin gebracht. Also ist er auch mit im Feuer gelandet, als die Hexe verbrannt worden ist.“

„Dein Wort in Gottes Ohr“, stöhnte Knut und goss sich noch einen ein, bevor er den Arm auf die Glut legte.

„Auf drei?“, fragte er Oskar.

Der nickte.

„Eins, zwei, drei“, zählte Knut vor.

Sie hoben das Halbgefrorene an und gaben es vorsichtig in die Schale. Es zischte, pfiff und roch zum Schrecken aller zunächst wie lecker gebratener Bauchspeck.

„Ich kann nie wieder Schweinefleisch essen“, seufzte Fine und beruhigte ihren Magen mit Schnaps.

Gegen Mitternacht war die Gesellschaft jenseits von Gut und Böse. Man schunkelte und sang mehr schlecht als recht irgendwelche Strophen aus Seemannsliedern, an die man sich in diesem Zustand noch erinnerte.

Nina hickste und erkundigte sich, wie weit die Arme denn schon wären. Dass sie nach mehrmaligem Wenden rundum verbrannt waren, konnte jeder selbst sehen.

„Ich müsste sie anschneiden“, erklärte Kellner Klaas mit nachdenklichem Blick.

„Auf keinen Fall“, tönte es gleich aus mehreren Kehlen.

„Sie müssen unbedingt zu Asche werden“, beharrte Erik, dessen Alkoholspiegel am niedrigsten war. „Ich schlage vor, wir Männer halten rundum Wache und schlafen umschichtig am Feuer. Aufpassen und Holz nachlegen. Einverstanden?“

Müde nickten die anderen drei, während die Frauen froh waren, ins Bett fliehen zu können. Auch wenn der Deckel längst auf der Feuerschale lag, so stank es daraus trotzdem wie aus der Hölle. Und das roch natürlich auch Marga, die mal wieder des Nachts auf dem Mühlenstrich in Richtung Süderriff mit ihrem Rollator unterwegs war, weil sie nicht schlafen konnte.

Techtelmechtel

Nachdem er den Finger zu Fokke in die Rechtsmedizin gebracht hatte, war Doktor Enno Esen auf schnellstem Weg wieder nach Neuharlingersiel zurückgefahren. Er hatte dem Jüngeren noch aufmunternd auf die Schulter geklopft und ihm für seinen unglaublichen Einsatz gedankt. Ergebnisse würde es sowieso erst am nächsten Tag geben. Warum also dableiben und mutmaßen? Das machte für ihn keinen Sinn.

Ihn zog es zu „seiner“ Lotti ins „Dattein“, denn über der alten Hafenkneipe wohnte sie so richtig schön gemütlich, auch wenn Ronny, der haarlose Papagei, manchmal ganz schön nervte. Aber das musste er hinnehmen, wenn er ihr nahe sein wollte.

Auf dem Deich hatte er sie abholen sollen. Das war ihr Wunsch gewesen. Und was tat ein Mann auf Freiersfüßen nicht alles für seine Angebetete. Er fand Oma Pusch auf einer der Bänke sitzend. Der Kopf war ihr auf die Brust gefallen. Sie schien zu schlafen. Doch etwas war merkwürdig. Ihr Brustkorb hob und senkte sich gar nicht. Enno brach der Angstschweiß aus. Sie atmete auch nur ganz flach, wenn er das richtig sah. Mit einem Schwung brachte er sie auf der Bank zum Liegen und riss ihr die Bluse auf. Doch zum Abhören ihres Herzschlags kam er nicht, weil ihm eine schallende Ohrfeige die Luft nahm. Vor lauter Sorge war ihm das entgeisterte und verwirrte Gesicht seiner Liebsten entgangen.

„Nimm die Pfoten weg!“, schrie sie ihn an.

Einige Passanten blieben stehen und glotzten, aber niemand half.

„Aber ich wollte doch nur ...“, begann Enno.

„Wenn du mir an die Wäsche willst, kannst du das gefälligst im stillen Kämmerlein machen! Komm, lass uns gehen.“

Die Gaffer schmunzelten und gingen weiter. Hier war nichts Interessantes mehr zu sehen.

„Was hast du dir nur dabei gedacht?“, schimpfte Oma Pusch weiter, als sie in Richtung „Dattein“ gingen.

„Aber, Lotti, du hast dagelegen wie tot“, erklärte Enno. „Ich habe gedacht, es ginge dir schlecht und wollte dich retten. Mit Herzmassage und Mund-zu-Mund-Beatmung. Ehrlich! Und die Bluse ersetze ich dir natürlich.“

Sie glaubte ihm. Insgeheim musste sie sogar schmunzeln. Es war ja rührend, wie sehr er sich um sie sorgte.

„Jetzt komm“, sagte sie, „ich habe keine Lust mehr auf Fisch. Lass uns ein Spiegelei in die Pfanne hauen. Im Kühlschrank habe ich noch frisch gepulte Krabben. Das schmeckt doch auch. Irgendwie habe ich jetzt keine Lust mehr auf so viel Aufwand.“

„Das kann ich gut verstehen“, lenkte Enno ein. „Es war auch ein anstrengender Tag für uns alle.“

Für dich weniger, dachte Oma Pusch. Du schiebst ja im Moment dem Fokke alles zu und daher eine ruhige

Kugel, aber sie schwieg lieber. Heute war ihr nur noch nach Harmonie und Gemütlichkeit. Sie wollte auch nicht mehr fachsimpeln und darüber nachdenken, was es bedeuten konnte, wenn der Finger, der ja genetisch mit den anderen Leichenteilen identisch war, es eben nicht mit der Frau auf dem Vaterschaftstest sein würde.

Sie hakte sich bei Enno ein und schlenderte mit ihm in Richtung Hafen.

„Soll ich die Eier braten?", fragte er mit sanfter Stimme, als sie die Tür zu Oma Puschs Wohnung öffneten.

„Nu höre mal", tönte es auf sächsisch aus dem Käfig, „isch werd dir gleisch eens überbraten, und dann gommst du endlisch in de Pfanne."

„Tolle Begrüßung", sagte Enno. „Ich wusste doch, was mir gefehlt hat."

Das Radio dudelte im Hintergrund und spielte jetzt einen Shanty. Der Papagei wippte im Takt. Oma Pusch ging das Herz auf.

„Ja, unser süßer, kleiner Ronny", schwärmte sie. „Bist du so lange allein gewesen. Komm, ich gebe dir eine leckere Kaustange."

Der Vogel quittierte ihr Vorhaben mit einem anerkennenden Pfiff, der Enno durch Mark und Bein ging. Aber der Rechtsmediziner war zuversichtlich. Wenn das Tier erst kaute, hatten sie einen Moment Ruhe.

Hier unter dem Dach herrschten schweißtreibende Temperaturen. Schnell riss Oma Pusch die Fenster überall auf, damit der Durchzug für etwas Erleichterung sorgte. Dann schlug sie Enno vor, die Eier in die

Pfanne zu hauen. Also folgte er „seiner“ Lotti in die Küche, wo sie gemeinsam beim Braten ein Deichinger tranken. Das Bier kam direkt aus dem Eisfach und war bei diesen Temperaturen ein echter Segen.

Kurze Zeit später stand ein dampfendes Krabbenbrot mit Ei vor ihnen.

„Lass es dir schmecken“, sagte Oma Pusch und öffnete zwei weitere Bierflaschen.

„Hmm, das duftet köstlich“, freute sich Enno und hoffte auf ein Dessert mit Pfiff, wobei er nicht den anstrengenden Piepmatz meinte, sondern eher die Wärme aus dem Inhalt der zerstörten Bluse. Oma Pusch hatte sie fürs Erste notdürftig mit einer Klemme zusammengezwickt, aber nicht bemerkt, dass ihrem Gegenüber ein kleiner Einblick ins Dekolleté geblieben war. Darüber schwieg er natürlich lieber und genoss die Aussicht.

Schon längst war es dunkel geworden. Gerade hatten es sich die beiden auf dem Sofa gemütlich gemacht, da waren sie auch schon eingenickt. Das war nicht ganz das, was sich Enno vorgestellt hatte, aber die Hitze, die Aufregung und das Bier waren wahrscheinlich dafür verantwortlich gewesen. Er selbst bemerkte es nicht mal, wie ihm nur wenige Zentimeter neben dem nach Parfüm duftenden Busen die Augen zufielen. So friedlich nebeneinander rüsselnd hätten sie mit Sicherheit die ganze Nacht zugebracht, wenn nicht irgendwann zu später Stunde das Telefon geklingelt und sie aus den schönsten Träumen gerissen hätte.

Oma Pusch wusste überhaupt nicht, wie ihr geschah, denn sie hatte das Smartphone noch in der Hosentasche. Dort vibrierte und trötete es nach Leibeskräften. Noch völlig verdattert nahm sie es heraus und sah aufs Display. Es war Rita. Da musste was passiert sein, wenn sie mitten in der Nacht anrief.

Während sie abnahm, musste sie grinsen. Enno sah auch nicht gerade wie das blühende Leben aus. Seine halblangen, weißen Haare standen zu Berge, die eine Wange hatte er sich an ihrer Schulter rot gelegen, und seine Augen, mit denen er sie verwirrt anstarrte, lagen in tiefen Höhlen.

„Ich hoffe, es ist was Wichtiges", seufzte Oma Pusch in den Hörer und hielt ihn so, dass Enno was mitkriegte.

„Natürlich!", sagte Rita aufgeregt. Sie war ganz aus dem Häuschen. „Glaubst du, sonst würde ich dich wecken? Marga ist bei mir."

Oma Pusch stöhnte. Das konnte doch nicht Ritas Ernst sein. Sollte sie jetzt ins Süderriff kommen, um zu helfen, die Alte loszuwerden?

„Du brauchst gar keine so komischen Töne zu machen", schimpfte Rita. „Ich habe das gehört."

„Worum geht es denn?", fragte Oma Pusch.

„Do geiht wat vör", rief Marga von hinten.

„Ja, wirklich!", beeilte sich Rita zu bestätigen. „Ich musste schon Türen und Fenster schließen. Der Gestank ist echt unerträglich."

„De Hell hett sick updoon", klagte die Hochbetagte.

„Na, na“, versuchte Oma Pusch die beiden zu beruhigen. „So schlimm, dass sich die Hölle unter euch auftut, wird es schon nicht sein.“

„Unter uns nicht, aber in Nachbars Garten“, erwiderte Rita. „Marga ist sich ganz sicher. Sie sagte, es röche nach Krieg. Du weißt ja, sie hat damals in Berlin einiges erlebt mit Bomben und so.“

„Ist denn was explodiert?“, fragte Oma Pusch erschrocken.

„Das wissen wir nicht“, gab Rita zu. „Marga faselt was von einer Mine und einem Stolperdraht. Sie hat wohl Personen an einer Detonationsstelle gesehen und die Gegend abgesucht. Auf jeden Fall stinkt es nach etwas widerlich Verbranntem. Du musst sofort herkommen.“

Oma Pusch räusperte sich. „Ja, also, dann werde ich mal Enno verständigen. Zur Sicherheit, falls ein Arzt gebraucht wird.“ Sie zwinkerte ihm zu. „Wenn da was dran ist, können wir die Polizei rufen. Aber falls Marga wieder Gespenster sieht, wird er uns nicht verpfeifen. Bist du denn selbst auch schon zu der Stelle hingegangen?“

„Bist du verrückt?“, fragte Rita. „Natürlich nicht, aber ich habe aus dem Obergeschoss einen Blick auf ein Feuer werfen können. Da muss auch der bestialische Gestank herkommen.“

„Na gut, wir machen uns eben frisch und kommen dann“, versprach Oma Pusch.

„Ist Enno etwa bei dir?“, wollte Rita mit misstrauischem Unterton wissen.

„Wie kommst du denn darauf?", fragte Oma Pusch, lachte und legte auf.

„Ich schätze, daran wird sie sich nie gewöhnen, dass du und ich ...", begann Enno.

„Dass du und ich was?", hakte sie nach.

„Ach, nichts. Komm, lass uns schnell nachgucken fahren, was sich die beiden da im Süderriff zurechtgesponnen haben", schlug er vor und ging zur Toilette, während sich Oma Pusch zu seinem Leidwesen ein neues Oberteil anzog.

Im Paradies

Als Tamara Odelmann alias Betty Vogel die Tür zu ihrer Wohnung aufschloss, war es ein völlig neues Gefühl. Sie hatte mit ihrem früheren Leben abgeschlossen und freute sich auf das neue. Natürlich kannte sie die Räume oberflächlich, denn sie war oft bei ihrer Freundin zu Besuch gewesen, aber nun gehörten sie ihr. Ja, ihr ganz allein, und niemand würde daran etwas ändern. Auch das gesamte Interieur, Bettys Schmuck sowie ihre Kleidung waren zu ihrem Eigentum geworden, ohne dass sie daran wirklich einen Anteil gehabt hatte. Alles war ihr einfach so durch einen glücklichen Schachzug des Schicksals zugefallen. Den Preis, den sie dafür zu zahlen hatte, hielt sie für angemessen. Sicher würde sie ihre Kinder vielleicht dann und wann vermissen, aber die schönste Zeit hatte sie mit ihnen längst verbracht. In Zukunft würden sie weniger klein und niedlich, sondern vielmehr pubertär und anstrengend sein. Darum konnten sich dann andere kümmern. Ihre Mutter zum Beispiel. Die hatte eh nichts weiter zu tun oder Bendix, weil er sich den Jungs wegen der vielen gemeinsamen Jahre verpflichtet fühlte und von ihr aus sogar Thies Schloot, der Töffel, denn es war noch gar nicht raus, wie helle ihr Nachwuchs überhaupt in der Birne war. Vielleicht gesellte sich Gleich zu Gleich?

Sie hingegen konnte ein Leben in Saus und Braus führen. Das stand ihr gut zu Gesicht, fand sie. Viel zu lange hatte sie ein Schattendasein geführt und sich gerade das Nötigste leisten können. Oftmals war Betty finanziell eingesprungen. Natürlich nur, wenn sie auch selbst etwas davon gehabt hatte. Zum Beispiel, wenn es um ein gemeinsames Wochenende ging, das diesmal flachgefallen war und ihre Freundin das Leben gekostet und ihr selbst dafür ein besseres geschenkt hatte.

Was zählten da schon die Blagen? Sie stellte erfreut fest, dass sie ganz gut ohne auskam. Und wenn es sie juckte, weil sie sich eine Nanny leisten konnte, könnte sie sich immer noch ein neues Kind machen lassen. Sogar ganz ohne Mann durch künstliche Befruchtung. Im Moment stand ihr jedoch überhaupt nicht der Sinn danach. Sie wollte endlich leben! Fürstlich und luxuriös. Also beschloss sie, sich einen Traum zu erfüllen und nach Rügen zu gehen, wenn sie am nächsten Tag alles geregelt haben würde.

Bei Immobilienscout hatte sie nämlich ein tolles Herrenhaus in der Nähe vom Cap Arkona gefunden. Nach ihren Schätzungen konnte sie das eins zu eins mit der Wohnung in Neuharlingersiel tauschen. Dadurch blieben ihr immer noch die finanziellen Mittel von Betty, die nicht nur auf der Bank lagen. Sie grinste in sich hinein. Was dieser Hilko nicht wissen konnte, war, dass ihre Freundin einen satten Batzen ihres

Reichtums in einem Tresor im Schlafzimmer lagerte. Wenn er also besser gezockt hätte, wäre bei ihrer Freilassung für den bekloppten Landwirt noch viel mehr rauszuholen gewesen. Nicht ihr Pech! Sie gönnte sich eine ausgiebige Dusche, warf die Klamotten, die sie getragen hatte, in den Müll und packte Taschen wie Koffer aus. Wer konnte schon ahnen, was der ihr alles da reingestopft hatte. Ein Bauerntrottel ohne Sinn und Gespür für Mode. Sie wollte ihre eigene Auswahl treffen, bevor sie sich am nächsten Tag von einem Taxi nach Rügen in ein erstklassiges Hotel bringen lassen würde. Und ab dem Zeitpunkt war nur noch Müßiggang oder Party angesagt. Ganz nach Belieben. Von dort aus konnte sie wegen der Immobilie in Neuharlingersiel einen Makler engagieren und in Kürze alles perfekt machen.

Frisch geduscht fühlte sie sich schon viel besser. Das Erdloch war von ihr abgefallen und ebenso der ganze Dreck der Vergangenheit. Zeit, sich selbst ganz neu zu erschaffen. Nackt stellte sie sich vor den Spiegel und erstarrte. Obwohl sie ein, zwei Kilo in diesem Naturkeller abgenommen haben dürfte, war sie noch immer ein gewöhnungsbedürftiger Anblick. Das musste sie sogar vor sich selbst zugeben. In zahlreichen Fettlappen hing ihre Haut wellenartig nach unten. Eine Figur war überhaupt nicht auszumachen. Sogar den Busen musste man suchen. Er fiel nur durch die Brustwarzen auf, weil ihr kalt war. Da gab es auch keinen Bauchnabel, und selbst untenrum konnte sie sich so ohne Kleidung nicht unschicklich präsentieren, denn es war schlicht und einfach nichts zu sehen. Ihre Körperfülle verbarg alles. Darüber hinaus hatte die Speckoberfläche unzählige Einbuchtungen. Sie musste abnehmen, beschloss sie. Gerade jetzt, wo sie endlich leben wollte, sollte es eine Veränderung geben. Vielleicht würde sie sich einen Ballon in den Magen setzen und die Fettschürzen entfernen lassen. Geld genug hatte sie ja. Daran konnte es nicht scheitern. Sie seufzte und bedeckte den Schaden, den sie durch ihre haltlose Fresserei verursacht hatte, mit Bettys teurer Unterwäsche. Dann probierte sie verschiedene Outfits, legte passende Ketten und Armbänder um und entschied sich, was sie am nächsten Tag tragen würde.

Puh, so eine Modenschau machte hungrig, dachte sie und griff nach Bettys Handy. Doch die Pizzerien in der Umgebung waren schon geschlossen. Glücklicherweise fand sie im Eisfach noch eine Pizza Speciale, die sie mit weiteren Köstlichkeiten aus dem Kühlschrank belegte. Nach einer halben Stunde lag sie mit Cola, Pizza sowie Schokolade vor dem Fernseher und schlemmte. Einmal noch, da will ich es mir richtig gut gehen lassen, dachte sie. Später schlief sie in der Luxusstrandmuschel ein, die auf der Terrasse ihres Penthouses stand. Das war nur anderthalb Stunden vor der Morgendämmerung, doch weder Seewind noch Möwengeschrei oder Tageslicht weckten sie. Erst das Klingeln an der Haustür konnte sie aus ihren süßen Träumen reißen.

In der Hölle

Dieser Moment war im Süderriff noch weit entfernt, als Oma Pusch und Enno bei Rita eintrafen. Am Esstisch in der Küche saß eine völlig entgeisterte Marga und schüttelte den Kopf. Rita hatte ihr zur Beruhigung einen Schnaps eingeschenkt, aber sie zitterte immer noch.

„Jetzt erzähl doch Lotti und Enno noch mal, was du eben erlebt hast", bat Rita.

Wir übersetzen wieder.

„Ich hab in die Hölle gesehen", sagte die Alte und schlotterte. „Kinder, ich hätte nie gedacht, dass der Eingang zu ihr im Süderriff ist. Da bin ich schon so oft langgegangen. Ihr müsst sehr vorsichtig sein, Kinder! Der Teufel holt sich vor allem gern junges, unverdorbenes Fleisch und makellose Seelen."

Enno verdrehte die Augen, aber Oma Pusch wusste, dass es einen wahren Kern geben würde, also hakte sie nach. Etwas war mit Sicherheit vorgefallen, denn Marga roch nach Feuer.

„Wo hast du den Höllenschlund denn gesehen?", erkundigte sie sich, als ob es das Normalste der Welt wäre, so eine Frage zu stellen. Es war wichtig, dass man die Seniorin ernst nahm. Sonst würde sie gar nichts mehr preisgeben.

„Da hinten im Garten an der Ecke“, flüsterte Marga. „Er wurde von vier Teufeln bewacht und hatte eine Tür.“

„Aber haben die dich denn nicht entdeckt?“, hakte Oma Pusch nach.

„Nee, stell dir vor, ich hatte Glück. Sie schliefen! Hatten wohl reichlich intus. Du weißt doch, dass sie bei Überfluss und Wollust nicht maßhalten können“, erklärte sie mit leiser Stimme. „Und ich wusste doch in dem Moment auch noch gar nicht, womit ich es zu tun hatte.“ Sie schluchzte.

„Was meinst du?“ Oma Pusch runzelte die Stirn.

„Na ja, der Eingang zur Hölle war nicht gleich offensichtlich. Ganz verborgen lag er inmitten der Teufel. Daraus stank es nach Feuer, Glut, Asche und auch Schwefel, so glaube ich wenigstens. Da musste ich nachsehen und habe mich angeschlichen. Sonst hätte ich die Tür nicht hochheben können, aber dabei habe ich mich verbrannt.“

Marga hielt ihre Hand hoch. An den Fingern hatte sie deutliche Brandblasen.

„Das verbinden wir gleich“, versprach Rita und tätschelte die Alte.

„Du hast also direkt in den Schlund der Hölle gesehen, während die vier Teufel an ihrem Rand schliefen?“, rekapitulierte Oma Pusch. „Und was hast du darin gesehen?“

Marga sah sich vorsichtig um.

„Einen armen Sünder“, sagte sie schluchzend. „Er wollte sich wohl mit letzter Kraft am Leben festhalten.

Den Rest hatte das Feuer schon gänzlich verschluckt, aber ich habe deutlich gesehen, wie er versucht hat, sich mit den Händen am Eingang der Hölle festzukrallen." Sie formte die Hände wie Klauen und zeigte dann auf ihren Oberarm. „Bis dahin guckte er noch raus, aber es war zu spät. Er war schon ganz schwarz verkokelt."

Jetzt schaltete sich Enno ein.

„Willst du etwa behaupten, da hätten Arme im Feuer gelegen?", wollte er wissen.

Marga nickte. „Das war zumindest das Einzige, was man von dem armen Sünder noch gesehen hat. Der Rest war schon im Fegefeuer verbrannt."

„Es hat echt scheußlich gerochen heute Nacht", bekräftigte Rita. „Als ich aus dem Fenster gesehen habe, konnte ich deutlich erkennen, dass es von dort hinten kam, wo die Jacobsens wohnen. Ganz am Ende des Süderriffs ist das."

Marga nickte und Enno öffnete das Küchenfenster, um in die Luft zu schnuppern. Die Frauen hatten recht. Es lag noch ein leichter Brandgeruch im nächtlichen Dunst. Sein Blick fiel auf die Uhr. Bald vier, dachte er und demnächst würde schon wieder die Sonne aufgehen. Wahrscheinlich war das wieder Schwachsinn von der durchgeknallten Alten, aber für ihn war das eine gute Möglichkeit, vor Lotti den Helden zu spielen.

„Und was machen wir jetzt?", fragte Rita.

„Ihr bleibt schön hier, und ich werde mir die Sache mal aus der Nähe ansehen", beschloss er.

Marga machte das Kreuzeszeichen.

„Möge der Herr dich behüten", flehte sie. „Kinder verabschiedet euch von eurem Freund, falls er nicht wiederkommt."

„Papperlapapp", sagte Enno und griff sich von der Wand eine Suppenkelle aus Metall. Notfalls konnte er damit zuschlagen. Dann ging er aus der Haustür in Richtung Mühlenstrich. Seine Nase wies ihm den Weg. Am Gartentor der Jacobsens hielt er an. Im schwindenden Mondlicht, das der Dämmerung weichen wollte, sah er, was Marga für den Höllenschlund gehalten hatte: Eine kapitale Feuerschale! Sogar mit Deckel. Von Teufeln war allerdings nichts zu sehen. Dafür standen ein paar Stühle ringsherum und Flaschen lagen im Gras. Alles ausnahmslos alkoholische Getränke. Es war eindeutig. Hier hatte man mit mehreren Leuten gefeiert und wahrscheinlich gegrillt. Nur eins erschloss sich ihm nicht. Was hatten sie noch auf dem Rost gehabt, das wie menschliche Arme mit Krallen ausgesehen haben konnte? Das war wirklich das Einzige, was ihm merkwürdig vorkam, und vielleicht die Hitze, die noch von dem Behältnis ausging. Vorsichtig hob er mit seinem Ärmel den Deckel an und schaute in die Schale. Er nickte. Wie er vermutet hatte, befand sich darin nur Asche. Weder Arme noch Klauen waren zu sehen. Aber er wollte sich nichts nachsagen lassen und durchstöberte den staubigen Inhalt mit der Suppenkelle. Als es klapperte, dachte er zunächst an Reste der Holzkohle, aber Aussehen und Form waren anders. Es schienen eher Knöchelchen vom Grillfleisch zu sein. Möglicherweise hatte es Kotelett oder Hähnchenflügel gegeben. Mit einem Seufzer erfüllte er seine Pflicht den Damen gegenüber und sammelte die Fragmente in sein Stofftaschentuch, das er in die Hosentasche steckte. Damit hatte er mehr als genug getan, fand er, und warf einen Blick auf das Haus der Jacobsens. Dort schien alles zu schlafen. Entwarnung auf ganzer Linie also. Er konnte siegreich als Retter zu Ritas Haus zurückgehen und die Damen beruhigen. Wenn sie darauf bestehen würden, hätte er sogar noch ein Ass im Ärmel und könnte beweisen, dass sich da im Feuer nur tierisches Knochenmaterial befunden hatte und kein armer Sünder.

Neugierig empfingen sie ihn schon an der Haustür.

„Es ist alles in Ordnung", versicherte er. „Was auch immer da geschehen ist, jetzt ist es vorbei. Du kannst also ganz in Ruhe nach Hause fahren und dich aufs Ohr legen. Ich schätze, du hast kaum Schlaf gehabt heute Nacht."

„Danke, mein Junge", sagte Marga erleichtert und hielt ihre verbundene Hand.

„Ich ruf den lütten Heinz an", beschloss Rita.

Gemeinsam warteten sie, bis das Taxi kam. Darin saß allerdings Thies Töffel, der mit nachsichtigem Blick ausstieg, der Alten in den Wagen half und mit ihr davonfuhr.

„Ich hab hier noch was aus dem Feuer gefischt", berichtete Enno, als sie endlich zu dritt waren und rollte das Taschentuch auf dem Küchentisch auseinander. „Wahrscheinlich Reste vom Grillen, obwohl ich die Form etwas absonderlich finde. Nur deshalb habe ich sie überhaupt mitgebracht. Vielleicht ist aber auch durch das Feuer etwas abgebrochen."

Interessiert studierte Oma Pusch die Knöchelchen.

„Also in der Schule hatten wir früher ein Knochengerüst", erzählte sie und schauderte ein bisschen. „Es war keins aus Plastik, so wie es sie heute vielleicht noch im Biounterricht gibt, sondern eins von einem echten Menschen."

Rita nickte mit entsetztem Blick. Das hatte sie vollkommen vergessen.

„Nun ja, ich finde, das hier hat irgendwie etwas von einer Sanduhr", überlegte Oma Pusch laut. „Es erinnert mich an …"

„… einen Fingerknochen?", fragte Enno. „Das hatte ich auch überlegt, aber ich fürchte, wir sehen Geister. Wahrscheinlich wegen Margas Höllengeschichten. Aber weißt du was? Zur Sicherheit und damit wir die ein für alle Mal ausräumen, werde ich Fokke bitten, die Stückchen genauer unter die Lupe, beziehungsweise unters Mikroskop, zu nehmen. Dann sind wir schlauer und können das Hühnerbein in die Tonne werfen." Er lachte. „Aber jetzt, meine Lieben, muss der Onkel Doktor dringend in sein Bettchen. Die Sonne geht nämlich schon auf, und wenn ihr euch recht erinnert, warten wir noch auf ein interessantes DNA-Ergebnis. Da möchte ich hellwach sein."

„Ich schlage vor, ihr bleibt gleich hier, sonst dauert es noch länger, bis ihr die Augen zumacht", sagte Rita.

„Außerdem wäre ich jetzt nicht gerne allein." Sie lächelte unsicher. Arme im Feuer oder zumindest Finger. Ihr war nicht ganz wohl. „Lotti kann mit mir im Ehebett schlafen und du auf dem Sofa, Enno. Was denkt ihr?"

„Von mir aus", erwiderte Oma Pusch und Enno nickte zerknirscht. Wieder nichts mit dem Tête-à-Tête!

„Okay, ich wecke euch dann um acht mit einem Kaffee. Vorher werden wir eh nichts erfahren."

Erschlagen und hundemüde legten die drei sich schlafen. Jeder döste mit seinen ganz eigenen Gedanken weg und hoffte auf nicht allzu schlimme Träume nach dieser Nacht.

Falscher Alarm

Oberkommissar Niklas Müller hatte an diesem Morgen einen ganz besonders starken Kaffee gebraucht, denn er hatte die Nacht mit seiner Frau Nadine im Krankenhaus in Wittmund verbracht. Während er gehofft hatte, die Zwillinge würden das Licht der Welt erblicken, ließen bei seiner Frau die Wehen allmählich nach. Sie entpuppten sich als Senkwehen. Nadine nahm das ganz gelassen hin, aber er war ein Nervenbündel. An Schlaf war daraufhin nicht mehr zu denken.

Dafür war er jetzt todmüde, weswegen ihn das Klingeln des Telefons aus dem Dösen riss. Der Anruf kam vom Hausmeister, der für die Luxuswohnungen am Hafen verantwortlich war.

„Herr Wachtmeister, ich rufe wegen Ihrer Vermissten an", erklärte er. „Frau Vogel ist wohl wirklich verreist gewesen, wie ich es vermutet habe. Auf jeden Fall ist sie gestern mit einigen Taschen und einem Koffer wieder nach Hause gekommen. In der Penthouse-Wohnung hat auch fast die ganze Nacht Licht gebrannt."

„Danke für Ihre Informationen", erwiderte Niklas, „aber wir wussten schon, dass sie wieder im Land ist."

„Ach so", wunderte sich der Hausmeister, „na dann ist ja gut. Ich wollte nur Bescheid sagen, weil sie nämlich jetzt schon wieder mit ihrem Gepäck draußen steht. Es sieht so aus, als würde sie wieder verreisen wollen. Geht mich natürlich nichts an. Kohle hat sie ja genug. Aber ich meine nur, nicht dass sie sie gleich von Neuem vermissen."

„Okay, sehr aufmerksam von Ihnen, ich werd's meinen Kollegen ausrichten", versprach Niklas. „Nochmals vielen Dank."

„Da nicht für", freute er sich. Das Gefühl in einem Kriminalfall ein bisschen wichtig zu sein, gefiel ihm.

Auch anderenorts war man in der Nacht aktiv gewesen, während der Bruder seinen Rausch ausschlief. Hilko Odelmann hatte die Chance genutzt und den Erdkeller sofort mithilfe seines Treckers zugeschüttet. Leider hatte das länger gedauert, als er gehofft hatte. Noch immer ging er davon aus, dass niemand jemals misstrauisch werden würde, wenn Tamara alias Betty den Ort für immer verlassen hatte. Es sollte trotzdem keinen Beweis für die Machenschaften im Hintergrund geben. Wenn nichts gefunden wurde, konnte man auch auf keine dummen Ideen kommen. Es bestand sonst immer noch die Möglichkeit, dass sein Bruder Bendix den Erdkeller einmal entdecken könnte. Also war es besser, wenn es ihn überhaupt nicht mehr gab.

Rechtsmediziner Fokke hätte normalerweise recht gut geschlafen, wenn ihn nicht die Antwort auf die Frage beschäftigt hätte, wessen Leiche sie denn nun tatsächlich ins Krematorium geschickt hatten. Er selbst glaubte nicht an ein Versehen der Labore. Ihm blieb aber nichts anderes übrig, als erneute Tests abzuwarten. Darum fuhr er sehr früh wieder ins Institut, um vor Ort zu sein, wenn der Computer sein Ergebnis ausspuckte. Geduld war nicht sein zweiter Vorname.

Bendix Odelmann wachte an diesem Morgen mit einem schlimmen Dröhnschädel auf. Er hatte einen Kater, wie er im Buche stand. Vor der vergangenen Nacht war nichts in seinem Gedächtnis hängen geblieben. Es blieb ihm auch keine Zeit, seinen Rausch richtig auszuschlafen, denn in seiner Zimmertür stand Hilko mit der Forke in der Hand. Das war unmissverständlich. Stöhnend quälte er sich aus den Federn, zog seine Arbeitskleidung an und machte sich ans Misten. Gemolken und gefüttert hatte Hilko das Vieh längst. Sein Leben war ein Trauerspiel, jaulte Bendix innerlich. Wenn er Pech hatte, würde er bis ans Ende seiner Tage hier auf dem Hof schuften. Welche Frau würde ihm schon hierher folgen? Kinder hatte er plötzlich auch keine mehr, und er wusste nicht einmal, wem sie nun gehörten. Schmerzlich stellte er fest, dass er sie vermisste, obwohl sie ihn oft genervt hatten. Manches war echt toll gewesen. Sie nicht wiederzusehen, tat weh. Nicht mehr für sie als Vater verantwortlich zu sein, war auf der einen Seite eine Erleichterung, andererseits fühlte es sich auch falsch an. Das einzig Gute an seiner Situation war, dass seine Alte weg war, das herrische Biest.

Auf der Polizeidienststelle in Esens klingelte erneut das Telefon. Verdammt, diesmal war Niklas tatsächlich richtig eingenickt gewesen. Gut, dass das keiner gesehen hatte.

„Oberkommissar Müller", meldete er sich. „Was kann ich für Sie tun?"

„Ich möchte einen Hinweis geben", erklärte eine verstellte Stimme.

„Dann kommen Sie doch bitte zu uns ins Dienstgebäude", bat Niklas.

Räuspern. „Nein, der Hinweis ist anonym."

„Verstehe", erwiderte Niklas und war plötzlich hellwach, denn die Handynummer stand im Display. Er notierte sie sich. „Geht es um einen aktuellen Fall?"

„Ja, um Mord", berichtete die Stimme, „und um Betrug. Thies Töffel ist der Vater. Und sie ist nicht tot. Darum will sie sich schleunigst aus dem Staub machen, denn sie hat ihre Freundin auf dem Gewissen. Ihr müsst euch beeilen."

Dann legte der Anrufer auf.

Bei Niklas Müller schrillten alle Alarmglocken. Umgehend sah er nach, in welcher Funkzelle sich das Telefon eingeloggt hatte und wem es gehörte, aber damit kam er nicht weiter. Es war ein Prepaid-Handy, das sich im Bereich des Hafens befinden musste. Bei der Touristenflut konnten sie nicht alle Leute überprüfen.

Er verständigte Eike und berichtete ihm von dem Anruf. Gemeinsam versuchten sie, Licht ins Dunkel zu bringen.

Für Durchblick sorgte der DNA-Test, der mittlerweile vor Fokkes Augen lag. Er war eindeutig, warf aber neue Fragen auf: Tamara war nicht Tamara und der Finger gehörte ihr auch nicht. Wer also war die Tote? Und warum hatte der Ehemann eine Frau als seine identifiziert, die es gar nicht war?

„Was?", rief Enno in sein Smartphone. Er war noch nicht vollständig wach und bat Fokke, die Information zu wiederholen. „Gibt's ja nicht!"

Davon war Oma Pusch wach geworden. In Ritas Nachthemd stand sie mit neugierigem Blick vor ihm. Enno machte den Lautsprecher an.

„Nein, ich weiß nicht, wer unsere zerstückelte Leiche ist, aber wenn ich mich recht erinnere, hat doch die Freundin von dieser Tamara ähnlich ausgesehen", antwortete Fokke. „Mit etwas gutem Willen könnte man vermuten, dass es der Gatte tatsächlich nicht gemerkt und sie aufgrund des Verwesungszustands verwechselt hat."

„Ja, aber diese Betty soll wieder aufgetaucht sein, sagte mir Eike", erklärte Enno verdattert.

„Rollentausch", flüsterte Oma Pusch und schlug sich vor die Stirn. „Dass ich da nicht gleich drauf gekommen bin. Die andere war ja stinkreich."

„Wie bitte?", fragte Fokke höflich. „Ich habe dich nicht verstanden."

„Tamara ist Betty und Betty ist tot", fasste Enno zusammen.

„Gut möglich", bestätigte Fokke.

„Ich muss dringend die Kommissare verständigen", sagte Enno und legte einfach auf.

Doch da kam er erst mal nicht durch. Die Leitung war besetzt.

Die Flucht

Wen hätte die neue Betty Vogel anrufen können, wenn nicht den Vater ihrer Kinder, Thies Schloot, um sie mit dem Taxi nach Rügen zu bringen? In seiner Gegenwart fühlte sie sich immer wohl. Er war zahm, redete gerne mit ihr.

Etwas verband sie, trotz seiner Schlichtheit. Sie war sich auch sicher, dass er sie niemals verpfeifen würde, selbst, wenn er herausbekam, dass sie sich als jemand anders verdünnisierte. Wenn es gut lief, konnte sie ihn sogar während der Fahrt zu einer Pause mit Schäferstündchen verleiten. Sie hatte schon seit Ewigkeiten keinen Sex mehr gehabt, und Thies mochte es mollig. Das wusste sie.

Zu ihrem Leidwesen lehnte der Töffel die Fahrt bei Ankunft rundheraus ab.

„Ich darf nur hier in der Gegend chauffieren", erklärte er ihr. „So weite Fahrten bis nach Rügen macht nur der lütte Heinz."

Und noch bevor sie Einwände oder Geldscheine vorbringen konnte, rief er seinen Chef an, der sich sehr über die verlockende Einnahme freute und mit einem anderen Wagen angedüst kam, um die dicke Betty-Tamara mitsamt ihrem Gepäck einzuladen.

„Kümmer dich man um die Lüttchen von deiner verstorbenen Freundin Tamara“, rief sie ihm aus dem Autofenster noch zu. „Du bist nämlich ihr Papa und nicht der Bendix, hat sie mir gesagt.“

Thies Schloot, der Töffel, tippte sich an die Stirn und winkte zum Abschied. Und da sagten die anderen immer, er hätte einen an der Waffel.

Hilko Odelmann sah aus einiger Entfernung zu und hoffte, dass das Taxi vom Heinz GPS hatte, damit man das Weib erwischen würde. Sein Prepaid-Handy hatte er in den Mülleimer geworfen. Mehr, als die Polizei mit der Nase auf einen Mord aus Habgier zu stoßen, hatte er nicht machen können. Und immerhin hatte er ihnen noch den wahren Vater der Odelmann-Kinder genannt.

Das gesamte Ermittlerteam rotierte inzwischen. Etliche Telefonate hatte es zwischen Rechtsmedizin und Kommissariat gegeben. Die Spurenlage ließ nur eine Lösung zu: Tamara Odelmann hatte Betty Vogel heimtückisch ermordet, um an deren Reichtum zu kommen und ein Leben im Luxus zu führen. Dabei war sie auch ihrer eigenen Familie gegenüber skrupellos und rücksichtslos vorgegangen.

Aufgrund der Brisanz der Lage und der angekündigten Flucht hatte man verabredet, sich vor dem Haus am Hafen zu treffen, in dem diese Betty gewohnt hatte und hoffte, ihre Doppelgängerin noch anzutreffen. Doch sie stießen nur auf Thies Töffel. Der Piepmatz war schon ausgeflogen. Eike versuchte sein Glück und tolerierte ausnahmsweise die Anwesenheit seiner Tante, die in Hörweite an einer Laterne lehnte, als sei sie nicht da.

„Sag mal, Thies, hast du Betty Vogel gesehen?", fragte er. Thies konnte ja nicht wissen, was da vor sich ging. Er musste sie auch für Tamaras Freundin gehalten haben.

„Nee", antwortete Thies, „die Betty hab ich nicht gesehen, aber Tamara, die sich verkleidet hatte, als ob sie Betty wäre. Steht ihr gar nicht, der bunte Fummel, aber in einer Feuerwehruniform sieht sie toll aus."

Enno musste grinsen. Man unterschätzte den Thies.

„Und wo wollte sie hin?", hakte Eike nach.

„Nach Rügen, aber das hab ich genauso wenig kapiert wie ihr merkwürdiges Gequatsche", berichtete Thies.

„Was meinst du?", erkundigte sich Eike.

„Sie wollte mir wohl vertellen, dass ich der Vadder von ihren Kindern bin. Dabei hab ich nur mal ab und zu … also sie hat mir gefallen, aber sie war ja verheiratet und hat mir versprochen, es würde nix rauskommen." Thies war ratlos. „Und jetzt ist sie abgehauen. Soll ich mich jetzt um die drei kümmern?"

„Das kriegen wir raus", versprach Enno ihm.

„Also, ich mag Kinder und meine Mutter auch", erwiderte Thies. „Viel Geld haben wir natürlich nicht, aber viel Platz, und im Garten könnten die mit anpacken. Mutti baut fast alles Gemüse selber an, und ein paar Karnickel oder Enten haben wir auch immer. Momentan spare ich auf einen Fernseher. Ist aber nicht so wichtig. Das hat Zeit."

Oma Pusch musste innerlich grinsen. Das wär's echt. Und vermutlich auch gar nicht mal schlecht für die Jungs. Gesundes Essen, keine eckigen Augen mehr und viel frische Luft. Dafür reichlich Bewegung. Da bräuchte es kein Klettergerüst mehr und anderen Krams.

„Mit wem ist Tamara denn weg?", wollte Eike wissen.

„Der lütte Heinz fährt sie jetzt nach Rügen", gab Thies Auskunft. „Ich bin ja froh, dass sie noch lebt, aber war das dann im Sand die Betty?" Auch ihm war der Leichenfund nicht verborgen geblieben.

„Wir werden das alles anhand von Vergleichsspuren aus Bettys Wohnung herausfinden", versicherte ihm Eike.

„Na gut, dann kann ich wieder in die Taxizentrale fahren?", fragte Thies.

„Moment", sagte Eike. „Wir müssen die Tamara aber irgendwie stoppen. Sie ist ja nicht Betty."

„Au ja", freute sich Thies. „Das wollte ich schon immer mal machen."

„Was denn?", wollte Eike wissen.

„Na, wen verfolgen wie im Krimi. Los! Steigt ein! Ich weiß immer genau, wo der Heinz ist. Und er weiß, wo ich bin." Thies zeigte auf das Display in seinem Taxi.

Das ließen sich Eike und Enno nicht zweimal sagen. Es war der schnellste Weg, um die Flucht zu beenden.

Schimpfend blieb Oma Pusch zurück. Man hatte sie doch glatt vergessen.

Alles kommt in Ordnung

Erst drei Tage später öffnete Oma Pusch ihrem Enno wieder die Wohnungstür. Sie war diesmal wirklich ausdauernd im Schmollen gewesen und hatte ihn überall ignoriert, wo er aufgetaucht war. Aber als sie durch ihren Spion sah, dass er ein wahres Blumenmeer in ihrem Flur aufgebaut hatte, dazu einen Tisch mit weißer Decke, Champagner und zwei Tellern voller Austern, ließ sie sich doch erweichen.

Die Situation vor Tamaras Verhaftung war brenzlig gewesen. Er hatte Oma Pusch nicht stehen lassen wollen, das wusste sie, aber Strafe musste trotzdem sein. Zu schnell nachzugeben, war in diesem Fall nicht förderlich.

Dass er nun auch noch zu singen begann, als sie die Tür öffnete, war wirklich nicht nötig gewesen. Ronny fiel krächzend in die Melodie mit ein, weswegen sie Enno lachend den Mund zuhielt. Zu viel war einfach zu viel.

„Kannst du mir verzeihen, mein Lottchen?“, fragte er wehmütig, während er die Köstlichkeiten in ihre Wohnung trug.

„Nur, wenn du mir alles haarklein erzählst“, erwiderte sie.

„Hättest du schon längst haben können", konterte er. „Also setz dich jetzt und genieße einen schönen Abend mit mir. Wo soll ich anfangen?"

„Na, bei der Flucht natürlich", forderte sie.

Er lächelte. So kannte und liebte er sie.

„Also, Thies war prima", erzählte er. „Du hättest echt sehen sollen, wie der mit seiner Taxe den Weg abgeschnitten hat. Der lütte Heinz glaubte, seinen Augen nicht zu trauen und konnte gerade noch rechtzeitig bremsen. Kurz vor Schortens hatten wir sie. Mit Wegrennen war ohnehin nichts, bei 200 Kilo." Er kicherte. „Sie hat dann ziemlich schnell zugegeben, Bettys Platz eingenommen zu haben, als wir was von DNA erwähnten. Aber den Mord bestreitet sie vehement."

„Vielleicht doch ein Unfall?", wandte Oma Pusch ein.

„Nie im Leben", wusste Enno. „Alle Beweise sprechen gegen sie. Wir wissen zwar nicht, was genau passiert ist, aber sie muss sie zu Fall gebracht und sich anschließend versteckt haben."

„Moment", schaltete sich Oma Pusch ein. „Und wie soll sie das mit dem Zerteilen und Verteilen gemacht haben?"

„Wahrscheinlich mit Geld", vermutete Enno. „Der Safe in Bettys Wohnung war auch leer. Sie wird zwielichtige Gestalten angeheuert haben, die die Drecksarbeit für sie erledigt haben."

„Möglich", überlegte Oma Pusch, „aber wie konnte sie davon ausgehen, dass ihr eigener Mann sie als Tote bestätigt?"

„Sie hat Bettys Tattoo aus der Schulter rausgeschnitten oder rausschneiden lassen", erklärte Enno. „Dazu ein bisschen Verwesung und vielleicht der Wunsch, sie loszuwerden … Den Bendix hat das nämlich hart getroffen, dass sie doch noch existiert und wahrscheinlich auch, dass die Kinder nicht von ihm, sondern von Thies Schloot sind, wie es sich tatsächlich bestätigt hat. Zudem ist er jetzt auch noch mit einer mutmaßlichen Mörderin verheiratet."

„Kein leichtes Schicksal", gab Oma Pusch zu.

„Das hat er sich wohl auch gedacht, als er volltrunken mit dem Motorrad gegen einen Brückenpfeiler gedonnert ist", berichtete Enno. „Du kannst es noch nicht wissen, es wird erst morgen in der Zeitung stehen. Unfall oder Absicht ist die Frage, aber die wird sich voraussichtlich nicht mehr klären lassen."

„Was für ein Rattenschwanz von Spätfolgen", stöhnte Oma Pusch. „Dieser eine Tod hat für viele Menschen im Umfeld einiges verändert."

„Das kannst du wohl laut sagen", stimmte Enno zu, „vor allem für die Kinder. Mutter im Knast, der vermeintliche Vater tot, der echte ein Töffel, wobei ich erstaunt war, wie helle er in Wirklichkeit in der Birne ist. Möglicherweise tut man ihm Unrecht, weil er ein bisschen langsam ist."

„Dann ziehen die drei jetzt zu ihm?", erkundigte sich Oma Pusch.

„So sieht es aus", antwortete Enno.

Sie nickte und prostete ihm zu.

„Auch das Schlimmste hat noch sein Gutes!“, sagte er erleichtert.

„Ja, und die Nachbarn im Süderriff haben endlich wieder ihre Ruhe. Wie schön! Was ist eigentlich mit den Knochen aus der Feuerschale?“, hakte sie nach.

Enno zwinkerte ihr zu. „Zuerst hatte ich tatsächlich gedacht, das eine wäre ein Fingerknochen, aber jetzt ist die Sache ja aufgeklärt. Da habe ich den Mist weggeworfen. Interessiert eh keinen mehr.“

Oma Pusch, die genau dasselbe gedacht hatte, schwieg zu dem Thema lieber. Sie wollte auch nicht weiter darüber nachdenken, wo die Arme abgeblieben waren.

„Nun, dann ist der Fall endlich aufgeklärt“, sagte sie erleichtert.

„Ja, und genau das feiern wir jetzt“, schlug Enno vor, „vor allem aber stoßen wir darauf an, dass du nicht mehr böse auf mich bist.“

Der Champagner perlte zwischen den Austern in ihren Kehlen, und Enno hoffte, dass sie vor lauter Genuss vergessen würde, ihn nach Hause zu schicken.

Personenregister

Hauptpersonen

Oma Pusch

Mit richtigem Namen heißt sie Charlotte Esen. Daraus wurde in der Kinderzeit eine Lotti, da sie ihren Vornamen nicht ausstehen konnte und deswegen gehänselt worden war. Später mutierte sie zu unserer Oma Pusch – aus ganz besonderen Gründen, wie Sie in „FriesenNerz“ lesen werden. Sie ist eine freundliche, aber überaus neugierige ältere Dame so zwischen 55 und 65 Jahren.

Genaueres möchte sie nicht bekannt geben. Wir wollen ihr den Gefallen tun. Als echte Ostfriesin mit einem Stammbaum, der weit ins siebzehnte Jahrhundert zurückreicht, ist sie mit fast jedem an der Küste verwandt oder verschwägert. Die meisten anderen kennt sie ihr Leben lang. Sie betreibt einen Kiosk am Hafen von Neuharlingersiel, der nicht nur hervorragende Rollmopsbrötchen nach Spezialrezept bietet, sondern ebenso als Tante-Emma-Laden und als Nachrichtenbörse fungiert. Als dreifache Witwe und durchaus ansehnliche Dame ist sie zwar nicht mehr auf der Jagd nach Nummer vier, sie ist aber dem männlichen Geschlecht gegenüber nicht grundsätzlich abgeneigt. Neben den verflossenen, angeheirateten Verwandten hat sie fünf Kinder und dreizehn Enkel. Seit einiger Zeit wohnt sie im Obergeschoss der alten Hafenkneipe „Dattein", das sie extra für sich ausgebaut hat. So direkt am Meer fühlt sie sich pudelwohl.

Rita

Als beste Freundin von Oma Pusch ist Rita immer zur Stelle, wenn es etwas Neues gibt. Spannendes wird sofort geteilt und diskutiert. Rita ist in ungefähr demselben Alter wie Oma Pusch, weswegen wir auch hierüber schweigen wollen. Im Gegensatz zu ihrer Freundin Lotti will sie von Männern überhaupt nichts mehr wissen. Sie hat, gelinde gesagt, die Nase voll von ihnen und ist froh, Witwe zu sein. Darüber werden wir vielleicht irgendwann einmal mehr erfahren. Auf jeden Fall wohnt sie noch im ehelichen Haus mit Garten und Erker, der zufälligerweise an ein Grundstück grenzt, auf dem sich etwas Interessantes abspielte (siehe FriesenNerz). Im Kiosk unterstützt Rita ihre Freundin bei der Herstellung sowie beim Verkauf der legendären Rollmopsbrötchen und vor allem beim Aufschnappen und Weitergeben des täglichen Tratsches.

Enno Esen

Eigentlich Dr. Enno Esen, denn der einstige Modearzt, der die Damen der Küste verarztete und verführte, ist darüber hinaus seit einiger Zeit durch eine Zusatzausbildung auch Rechtsmediziner. Bei den Frauen jüngeren Alters kommt der Sechzigjährige längst nicht mehr an. Das hat seinem Ego schwer zu schaffen gemacht. Als Dandy alter Schule trägt er seine Haare immer noch mittellang, um sie gekonnt nach hinten zu werfen, was jedoch niemanden mehr beeindruckt. Die Idee eines Dreitagebartes hat er nach kurzer Zeit verworfen, da er damit eher wie ein Landstreicher aussieht. Während der maskuline Stern sinkt, steigt der medizinische. Enno ist maßgeblich an der Aufklärung der aktuellen Fälle beteiligt, die es wirklich in sich haben. Man muss den Hut vor ihm ziehen. Einen gewissen Respekt verschafft er sich dadurch auch bei seiner Schwägerin Lotti, die die Frau seines verstorbenen Bruders ist und ihn eigentlich noch nie leiden konnte. Mit ihr hatte er jahrelang keinen Kontakt mehr. Erst durch die aktuellen Ermittlungen kommen sich die beiden näher.

Eike Hintermoser

Ein Halbostfriese! Was für ein beklagenswerter Zustand. Er ist ein Neffe von Oma Pusch und darüber hinaus ein junger Kommissar, der erst kürzlich von Wittmund aus nach Esens abkommandiert wurde, um dort die Leitung der Kripo zu übernehmen. Wegen seiner teilweise bayerischen Abstammung wird er von den Kollegen oft gehänselt, was ihn nicht juckt, denn er wird für seinen scharfen Spürsinn heimlich bewundert, ohne dass dies jemand zugegeben hätte. Das kriminalistische Feingefühl muss ihm wohl Oma Pusch vererbt haben. Dennoch geht ihm seine Tante bisweilen auf die Nerven, da sie ihre Nase überall hineinstecken muss und ihm manchmal einen Schritt voraus ist. Gegen ihre listigen Ausfragemethoden hat er ein einfaches Mittel: Er ist ständig auf der Hut, wenn sie etwas von ihm will. Man könnte das auch argwöhnisch nennen. Mit Rechtsmediziner Enno versteht sich Eike hervorragend. Die beiden arbeiten Hand in Hand. Privat führt er bislang ein Singledasein, aber das ist für ihn kein erstrebenswerter Zustand. Rita und Oma Pusch hoffen auf ein Mädchen von der Waterkant.

Bodo Siebenstein

Niemand singt die Shantys besser als er. Der Chef der Spurensicherung ist ein echtes Urgestein, auch wenn niemand weiß, woher er eigentlich stammt. Man munkelt, dass seine Vorfahren Wikinger sein könnten. Rein optisch fehlen ihm nur ein Hörnerhelm und die Streitaxt. Bei seiner Arbeit hat er grundsätzlich ein Seemannslied auf den Lippen, was die ermittelnden Beamten manchmal nervt, auch wenn sie es nicht sagen. Siebenstein ist für seine außergewöhnlichen Ermittlungsmethoden bekannt und denkt manchmal „um die Ecke". Bei seiner Frau Trude ist er nur im Winter gerne zu Hause, denn er hasst Gartenarbeit über alles. Er ist der Ansicht, dass Unkrautjäten und dergleichen ohnehin keinen Sinn machen, denn die Natur gewinnt sowieso. Pflanzen und Beete interessieren ihn nur, wenn es gilt, darin Spuren eines Verbrechens zu entdecken. Sein Labor ist also sein zweites Zuhause. Dorthin flieht er, wenn Trude ihn drangsaliert. Bei schwierigen Untersuchungen im biologischen Bereich hilft ihm gelegentlich sein Freund Watschenhuber aus München, auch Watschi genannt. Per Skype trinken sie abends den einen oder anderen Tropfen zusammen und klagen einander ihr eheliches Leid oder fachsimpeln über Zellen und Körpersäfte.

Nele Freese

Die Frau mit dem fünffachen „E" im Namen. Blond, schlank, dabei gut gewachsen und auch noch schön, ist sie der optische Leckerbissen bei jeder Morduntersuchung. Dass sie darüber hinaus auch noch intelligent ist, vermutet man nicht. Nur Oma Pusch geht sie gelegentlich auf den Leim, ohne es zu merken. Das liegt allerdings daran, dass sie es so geschickt anfängt. Ihr Chef Bodo Siebenstein hat es kürzlich erwogen sie zu bitten, ob sie sich bei der Arbeit nicht ein Kopftuch oder eine Mütze aufsetzen kann, bevor sie im weißen Spezialanzug verschwindet. Er ist es leid, dass sich die Kollegen wie hormongeplagte Gockel benehmen, sobald Nele in der Nähe ist. Der Einzige, der gegen ihre Reize immun zu sein scheint, ist Eike Hintermoser. Kurios! Er wird doch nicht etwa? Nein, das kann nicht sein! Oma Pusch wüsste es mit Sicherheit. Vielleicht ist Nele einfach nicht sein Typ, was schier unmöglich anmutet bei diesen Kurven. Dabei legt es Nele nicht im Geringsten darauf an, den Herren zu gefallen. Doch zusätzlich zu ihrem Aussehen ist ihr ein zartes Wesen eigen, das sofort den männlichen Beschützerinstinkt weckt und die Kerle wuschig macht.

Christian oder auch Krischan Hansen

Gemütlicher Polizeibeamter mit der Aussicht darauf, dass die Pension nicht mehr in allzu weiter Ferne liegt. Daher lässt er alles vollkommen ruhig angehen. Falls ihn jedoch jemand in seinem gemächlichen Büroalltag stört, kann er auch ganz schön griesgrämig werden. Überstunden oder gar Wochenendeinsätze werden von ihm nicht sonderlich geschätzt und nach Möglichkeit vermieden. Seinen Schreibtischstuhl verlässt er ungern, und wenn doch, dann höchstens, um sich Kaffee nachzugießen. Zu Hause tauscht er ihn gegen das Sofa oder die Kücheneckbank ein. Wenn er einmal sitzt, kann man ihn kaum weglocken. Wegen seiner Bewegungsarmut hat er einen leichten Bauch angesetzt, auf dem sich die Hände bei einem Büronickerchen gut ablegen lassen.

Martin Hinrichsen

Der etwas jüngere Kollege von Krischan Hansen legt schon dieselbe Betulichkeit an den Tag wie er selbst. Frei nach dem Motto: „Eile, weil ein Mord geschehen ist? Wozu denn? Der ist doch schon tot!" Als schlaksiger, dürrer Kerl ist er nicht unbedingt ein Sechser im Lotto. Vor allem, weil ihm die Natur auch noch abstehende Ohren mitgegeben hat. Das hat ihm den einen oder anderen wenig schmeichelhaften Spitznamen eingebracht, von dem er glücklicherweise nichts weiß. Er ist sensibel. Aufgrund seiner Erscheinung wirkt er leicht begriffsstutzig und nicht unbedingt intelligent. Gelegentlich überrascht er jedoch mit äußerst brillanten Ideen. Dass er untendrunter Feinrippwäsche trägt, hat seinen Kollegen schon des Öfteren viel Nervenstärke abverlangt. Sie mussten sich schwer beherrschen, nicht in ein schallendes Gelächter auszubrechen, wenn der dürre Hering in seinen Unterhosen vor ihnen stand.

Miezi

Ein Fall für sich. Absolut! Denn sie ist etwas Besonderes. Mit ihrer Kleidung aus den 50er-Jahren zieht sie alle Blicke auf sich. Die jüngere Cousine von Oma Pusch ist Friseurin und wurde in Leipzig geboren, weswegen sie ausgiebig sächselt. Ihre Haare trägt sie zu einer stilvollen Frisur auf den Kopf geschneckelt und bedeckt diese meist partiell mit einem passenden Hut. Neuerdings hat sie ein Haus in Bensersiel gekauft und will sich dort mit ihrem Salon niederlassen. Leider redet sie den ganzen Tag auf die ihr eigene, näselnde Weise und kann auch sehr anstrengend sein. Eingeweihte gehen ihr lieber aus dem Weg, denn wen sie erst mal in den Fängen hat, den lässt sie so schnell nicht wieder los. Dabei kommt ihr ihr Beruf zugute. Damen mit Wicklern oder Farbe in den Haaren können ihr nicht entrinnen und sind im Salon fabelhafte Opfer für ihre Erzählungen. Mit Oma Pusch verbindet sie die Liebe zum Tratsch, und da sie trotz all der Widrigkeiten hilfsbereit und freundlich ist, erträgt die ältere Cousine sie mit einem Augenzwinkern.

Marga

Mit ihren fast einhundert Jahren ist Marga ein echtes Unikum. Sie nimmt noch ziemlich rege am Leben teil, auch wenn sie nicht alle Tassen im Schrank hat. Am liebsten schnackt sie Platt, was aber nicht jeder versteht. Noch niemals hat sie den Küstenstreifen verlassen und wird es wohl auch nicht mehr. Gelegentlich sieht oder hört sie Dinge, die dringend bei der Polizei angezeigt werden müssen. Seien es Spanner, Diebe oder Teufel. Kein Unhold hat eine Chance. Marga lässt nichts unversucht, ihm das Handwerk zu legen. Darum kommt sie häufig auf der Dienststelle vorbei, um von den schrecklichen Machenschaften in ihrem Umfeld zu berichten. Keiner nimmt sie mehr ernst, auch wenn ab und zu ein Quäntchen Wahrheit in ihren Geschichten zu finden ist.

Hinnerk

Übrigens: Immer zuerst am Fundort einer Leiche ist der alte, hinkende Fischer Hinnerk. Er weiß alles, sieht alles und hat eine Menge Seemannsgarn zu erzählen. Nicht nur darum ist er für Oma Pusch und deren Freundin Rita ein echtes Goldstück, nein, er hilft auch bei den Ermittlungen, wo die beiden nicht weiterkommen.

Danksagung

Zunächst einmal möchte ich allen Lesern danken, die meine skurrilen OstfriesenKrimis lieb gewonnen haben. Sie sind das Pendant zu meinen SchattenKrimis, in denen es authentisch zugeht. Aber hier darf mit Oma Pusch herzhaft gelacht werden. Es ist auch alles nicht zu ernst zu nehmen. Vieles ist überzeichnet, ja, im realen Leben vollkommen unwahrscheinlich. Jemand schrieb einmal in einer Rezension: Leichte Bettlektüre. Na, wunderbar! Genau das soll es sein. Ein heiterer, spannender Krimi, den man mit einem Schmunzeln liest.

Und genau das hat auch Sandra Krenzer gefallen, die mich immer wieder auf der Frankfurter Buchmesse besucht und sich intensiv für meine Bücher eingesetzt hat. Herzlichen Dank. Ich hoffe irgendwann auf ein Wiedersehen auf der Buchmesse in Frankfurt.

Darüber hinaus gilt mein besonderer Dank meinem lieben Freund, dem Fallanalytiker des LKA Niedersachsen, Carsten Schütte, der auch meine OstfriesenKrimis von Anfang an begleitet und sein waches Auge nicht nur auf die ermittlungstechnischen Belange legt, obwohl er hier ruhig ein Auge zudrücken darf. Mit ihm und seiner Frau Cordi haben wir schon herrliche Stunden mit Fachsimpelei und neuen witzigen Ideen verbracht. Ich hatte die beiden seinerzeit auf einer Lesung in der Nähe des Steinhuder Meers kennengelernt.

Meine literarisch begeisterte Freundin Sabine Semrau liest das Manuskript schon während der Entstehung mit und unterstützt mich mit ihren Kommentaren, aber ich schreibe manchmal schneller, als sie lesen kann. Darum weiß sie noch nicht, wie es ausgeht.

In die Bresche des Kontrolllesens ist dankenswerterweise zusätzlich mein lieber Schwiegervater gesprungen. Er hat das komplette Manuskript zum Ende des Schreibprozesses ruckzuck in einem Rutsch auf logische Fehler gelesen. Eine höchst wichtige Aufgabe, da ich „scheibchenweise" schreibe und nicht immer alle Seiten im Kopf präsent habe.

Und obwohl ich jedes Buch natürlich auch selbst noch einmal lese, möchte ich einer gewissen „Betriebsblindheit" vorsorgen. Zu dem, was man selbst produziert, hat man verständlicherweise kein distanziertes Verhältnis.

Ein herzliches Dankeschön sage ich dem Team der CW Niemeyer Buchverlage, das mir in jeder Hinsicht hilfreich zur Seite steht und mich fördert. Brigitte Pacholeck möchte ich danken, dass sie sich so intensiv mit meinen Texten auseinandersetzt, auch wenn sie die SchattenKrimis lieber mag. Carsten Riethmüller hat ein fantastisches Cover mit vielen liebevollen Details gestaltet. Auch hierfür sage ich herzlichen Dank.

Ganz lieben Dank sage ich auch meinem Mann, denn er hält mir nicht nur schreibtechnisch den Rücken frei! Mit unseren Hunde Leo und Ole genießen wir viel frische Luft und die Natur. Und wie so oft beginnt mit meinem letzten Satz in einem Buch unser Urlaub zu viert. Endlich mal wieder genug Zeit, um die Seele baumeln zu lassen – ein ganz wichtiges Element, damit mein übersprudelndes Gehirn auch mal zur Ruhe kommen kann. Zwischen den Büchern handarbeite ich, denn dann muss ich einfach mal etwas mit den Händen machen und nicht mit dem Kopf.

Dem Schicksal oder dem Zufall möchte ich danken, dass mir die Gabe der Kreativität in die Wiege gelegt worden ist. Auch wenn man das Handwerkszeug erlernen kann, wie ein Buch zu schreiben ist, so ist es doch ein Geschenk, wenn es einem gelingt, die Menschen mit seinem Inhalt zu fesseln.

Meiner Familie danke ich für die liebevolle Unterstützung beim Schreiben meiner Bücher und bei deren Präsentation. Ich freue mich, dass ihr so regen Anteil an meinen Ideen nehmt und verspreche, meine Fantasie weiter so fließen zu lassen.

Nané Lénard

Im Verlag CW Niemeyer bereits erschienen ...

Die Hafenidylle von Neuharlingersiel wäre perfekt, aber ...

Ach, du Schreck! Oma Pusch schaut aus ihrem Fenster direkt auf den toten Emil. Der Fischer hängt im eigenen Mast. Gerade als sie mit ihrer Freundin Rita die Ermittlungen aufnimmt, erfährt Oma Pusch, dass Theo leblos in einem Strandkorb sitzt. Ein Selbstmord? Oma Pusch hat ihre Zweifel. Vor allem, weil sich der Tote samt Strandkorb in Luft aufgelöst hat, noch bevor die Polizei vor Ort ist. Oma Pusch folgt ihrer guten Nase und bringt dabei nicht nur sich selbst in Gefahr, denn ...

... ein böser Geist treibt an der Küste sein Unwesen.

Nané Lénard. FriesenGeist
352 Seiten. Klappenbroschur. ISBN 978-3-8271-9518-0
E-Book 978-3-8271-8526-6 (Pdf)
978-3-8271-8326-2 (Epub)

#niemeyerbuch

Jetzt kein Buch mehr verpassen

Im Verlag CW Niemeyer bereits erschienen ...

Neuharlingersiel wehr di mit Flunken und Foten!

Eine Leiche … verpackt in Folie … mit einem leeren Heringsbecher in den Händen … Soll das ein Zeichen sein?
Na klar! Denn der Tote ist Adde Jacobsen, Inhaber einer Plastikfabrik, der mehr Feinde als Freunde hatte.
Gut, dass er hin ist, hört man es wispern! Zum Teufel mit dem Sondermüll, heißt es hinter vorgehaltener Hand, aber keiner will's gewesen sein. Als man den Mord Umweltschützern in die Schuhe schieben will, laufen Oma Pusch und ihre Freundin Rita zur Hochform auf und ermitteln …

Nané Lénard. FriesenSchmutz
368 Seiten. Klappenbroschur. ISBN 978-3-8271-9553-1
E-Book 978-3-8271-8580-8 (Pdf)
978-3-8271-8379-8 (Epub)

#niemeyerbuch

Jetzt kein Buch mehr verpassen

Im Verlag CW Niemeyer bereits erschienen ...

Wehe ihm! Sie haben ihn eingeholt die Schatten der Vergangenheit.

Spätsommer an der Rodenberger Windmühle: Das Leben eines Mannes endet auf mysteriöse Weise – er wurde mit verbotener Kriegsmunition erschossen. Hauptkommissar Wolf Hetzer entdeckt in Tatortnähe ein graviertes Metallschild aus dem Jahr 1880, das er zunächst für einen Fund aus frühen Mühlenzeiten hält. Als jedoch weitere Spuren in die Vergangenheit böhmischer Büchsenmacher weisen, kommen Hetzer Zweifel, ob er nicht doch etwas Tatrelevantes an sich genommen hat. Eigene, heimliche Recherchen lassen ihn zunehmend unruhig werden.

Nané Lénard. SchattenZorn
368 Seiten. Klappenbroschur. ISBN 978-3-8271-9472-5
E-Book 978-3-8271-8531-0 (Pdf)
978-3-8271-8330-9 (Epub)

#niemeyerbuch

Jetzt kein Buch mehr verpassen